梅子熟时栀子香

肖复兴 著

浙江教育出版社·杭州

我平生头一次从头到尾看到了春天一步步地向我走来的全过程。像看一场大戏，开场锣鼓是草地上的草，定场诗是公园里的花，压轴戏是一树树参天而清新的绿叶。

《吉维尼的春天,清晨》,克劳德·莫奈,1885

一茬茬的孩子,就跟一茬茬的庄稼一样,长得飞快,此起彼伏的,这茬麦子刚登场,那茬豆子又要成熟了,另一茬的稻子又等着开镰了。

《麦田与柏树》，文森特·威廉·梵高，1889

《雨中的奥维尔风景》,文森特·威廉·梵高,1890

这场一连下了好多天的雨,终于停了。蜗牛和太阳一起出来,爬上我们大院的墙头。她却没有出现在我们大院里。

《麦捆》，文森特·威廉·梵高，1890

　　人的一生，如果真的有什么事情叫作无愧无悔的话，在我看来，就是你的童年有游戏的欢乐，你的青春有漂泊的经历，你的老年有难忘的回忆。

年轻时就应该去远方、去漂泊。漂泊会让他见识到他没有见到过的东西,让他的人生半径像水一样蔓延得更宽,更远。

《圣玛丽附近的海景》,文森特·威廉·梵高,1888

《野玫瑰》,文森特·威廉·梵高,1890

春季里,花繁事盛,尽遇知味之士;
冬季里,白雪红炉,畅饮怀乡之情。

序

俞敏洪

"东方名家经典"系列中的散文精选集推出来了,我特别开心。开心,不仅因为这一想法的最初创意我积极参与了,而且我本人对于散文这种表达方式也情有独钟。同时,这一创意,也能够成为我和那些著名作家和散文家联结和交流的桥梁。

小说、诗歌、散文三种文体,我都很喜欢。高中之前读小说比较多,稚嫩的心灵需要故事的滋养,小说中的人物对读者品格和个性的塑造，常常会产生重大的影响，所以我们说：少不读水浒，老不读三国！从高中到大学，我更多地阅读诗歌，当然主要是现当代诗歌，不仅读，自己也学着写。二十世纪八十年代，诗歌的阅读和写作风靡全国，那种青年的朦胧情感和激情，需要从诗歌中汲取营养和寻找出口。当少年的幻想和青年的激荡开始退潮，我们开始面临的，是平凡的日常和绵延的岁月，这时候，我们的心灵，更加需要润物细无声的滋养。从大学毕业开始，阅读散文就成了我的习惯，并且一直持续到今天。

其实，我们从上学伊始，就一直在得到散文的滋养。十二年的中小学岁月，我们几乎每一个人，应该都或多或少背诵过一些散文，从古文的《爱莲说》《岳阳楼记》《醉翁亭记》，到现代散文《绿》《背影》《雪》，我们都耳熟能详。我们大部分人的表达能力和写作能力，也是从写作散文训练开始的。散文，尽管不如小说扣人心弦，也不如诗歌慷慨激昂，但却如涓涓细流，滋润心田。一盏茶、一杯酒，孤灯相伴，没有比反复阅读精美的散文更加能够让人心平气和的了。

散文读多了，我自己也尝试着写。初中的时候我尝试写过小说，事实证明我的想象力太贫乏，根本成不了小说家。大学时候我尝试着写诗歌，希望通过诗歌打动心上人的芳心，结果"芳心"在读完我写的诗歌后瞬间枯萎。我终于发现我是一个从生活到情感都很朴素平凡的人，用朴素平凡的语言来记录自己的生活和思想，才是最适合的方式。创立新东方后，我一头扎进了新东方生死存亡的经营之中，有很长一段时间既不怎么阅读，也不怎么写作。等到终于意识到生命比生意更加重要时，已经人到中年。终于重新拿起书，拿起笔，开始了只求意会的阅读和随心随意的记录。我一直认为，生命中的一些事情和情感，是需要记录的，而记录最好的方式，当然就是散文。记录，不是为了出版，不是为了宣传，而是为了自己，为了自己一生走来，能够回头去寻找过来的路径。这几年，我也编写了几本散文集，可惜由于文笔和思想欠佳，始终没有什么大气的文字出现。

每每当我阅读到优秀的散文时，我就爱不释手，到今天我还有意无意会去背诵一些特别优秀的散文段落。周围也总有朋友和家长问我，我们的孩子怎样找到优秀的散文去阅读。这些询问，终于激发了我收集优秀的散文，并且结集出版的想法。新东方有自己的编辑队伍，现在又有了自己的推广平台，很多现在活跃在中国文坛的作家和散文家还和我有私交，有了这些条件，我觉得要是不做这件事情，都对不起自己。于是，我跟一些作家谈了我的想法，结果得到了他们的鼎力支持!

大部分作家都著作等身，我们从什么角度来选取作家的散文，变成一本精选集，就成了一个问题。最后，我们决定以"成长"为切入角度。我们希望，这套"东方名家经典"，更多的是为青少年进行编辑，让青少年通过阅读这些名家散文和他们的成长回忆，得到启发和励志，帮助青少年更加美好地成长。通过阅读这些文字，这些著名的作家不再是一个个神一样的存在，而是还原成一个个有血有肉的人，有欢笑有眼泪，有成功也有失落。追寻这些优秀作家的成长脚步和他们对于人生的思考，我们不仅在品味他人的人生发展，更是在潜移默化地设计自己的人生之路。也许，在不知不觉之中，我们走上了一条更加明亮的发展道路。

在我们被忙忙碌碌的日常事务所淹没的今天，我们更加需要阅读来拯救我们的心灵。新东方在过去的几年中，一直在努力推广阅读。近几年来，在我们自己平台上售出的图书数量巨大。其中不光包含市面上一些耳熟能详的畅销品类，还有很多平时稍显冷门的纯文学类的甚至哲学类的图书。由此我们感受到，越来越多的读者正在回归阅读的本质，越发注重阅读带来的精神上和心灵上的愉悦与滋养。因此，我们新东方的这套散文集，也是本着这样一种使命感与责任感，精心梳理编辑，推给广大读者。

在这套散文集之后，我们还会陆续推出越来越多的好作家的好作品。我们希望自己能通过大众阅读与更多的人建立联结。2021年，我还做了一件事，就是开了一家书店，叫"新东方·阅读空间"。买书和读书这两件事，我自己一直没有中断过。现在，我又开始写书、卖书。不过，这个阅读空间作为一个实体书店，我希望它不以卖书为主，而以阅读为主。

人生在世，总要做一些绝对不会后悔的事情，而阅读，就是你怎么做都不会后悔的事情，尤其是当你阅读的是文笔和内容俱佳的散文。

让我们一起打开"东方名家经典",开启一次愉快的精神之旅吧。

《黄昏的草垛》,伊萨克·伊里奇·列维坦,1899

目录

第一章 繁星弯月落入心间　　　　1

翠湖诗韵　　　　3
白马湖之春　　　　6
荔枝　　　　9
那片绿绿的爬山虎　　　　12
春天去看肖邦　　　　15
阳光的三种用法　　　　19
草是怎样一点点绿的　　　　22
双瀑记　　　　25
白桦林　　　　27
水的传奇　　　　29
落叶的生命　　　　33
无花果　　　　36
谁打翻了莫奈的调色盘　　　　40
笔下犹能有花开　　　　44

第二章　当岁月长出自己的纹理　　47

细雨台儿庄　　49
天池浪漫曲　　53
今朝有酒　　56
美丽的脆弱　　61
北大荒的教育诗　　64
年轻时去远方漂泊　　70
生命平衡的力量　　73
好味止园葵　　77
苍蝇馆子和洗脚泡菜　　80
荒原记忆　　84
礼花三章　　88
与石共舞　　92
动物园的约会　　95
等那一束光　　99

第三章 在世界之外的某个地方　　　　　103

女人花　　　　　105
客厅里的鲜花　　　　　108
手扶拖拉机斯基　　　　　111
冬夜里的野玫瑰　　　　　114
一万种夜莺　　　　　119
凤冠霞帔　　　　　126
白桑葚，紫桑葚　　　　　130
何氏两家春　　　　　140
老钟和他的爬墙虎　　　　　151
小手表的鸽子　　　　　162
迟桂花　　　　　171
最后的孩子王　　　　　181
风中的字　　　　　191
大师隐于市　　　　　193

第四章 把甘甜与苦涩都酿入浓酒 　　197

- 生命不仅属于自己 　　199
- 忆秦娥 　　202
- 太阳味道的西红柿 　　217
- 被雨打湿的杜甫 　　220
- 清明忆 　　224
- 娘的四扇屏 　　227
- 独草莓 　　231
- 蓝围巾 　　234
- 北京人喝酒 　　238
- 不时不食 　　241
- 重阳花糕 　　244
- 冬日四食 　　247
- 京城花事 　　251
- 四块玉和三转桥 　　255
- 小院隔雨相望冷 　　258

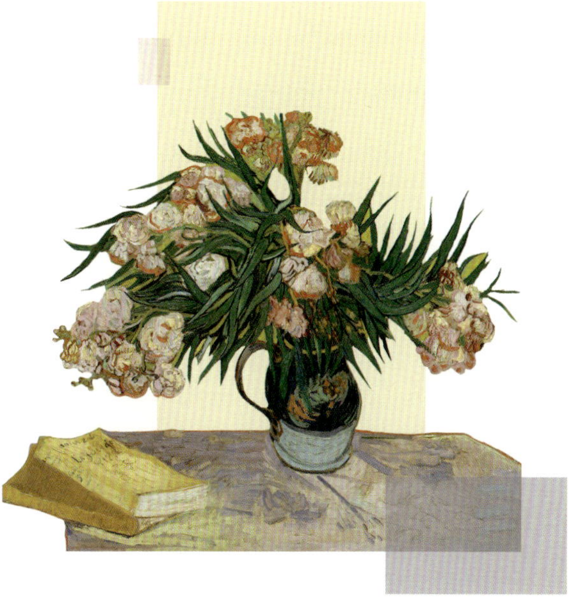

第一章

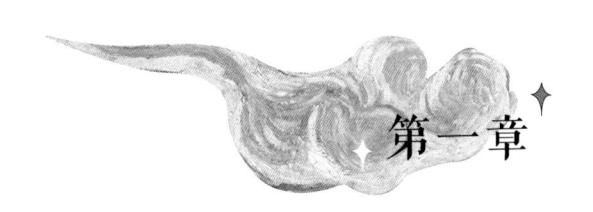

繁星弯月落入心间

……在甩手无边的田野上,坐在驮满麦子和豆荚的马车上回生产队的时候,能够看到夜色是怎样褪去,鱼肚白是怎样露出在遥远的地平线上,晨曦又是怎样一点点染红天空,最后,太阳是怎样跳上半空中。

翠湖诗韵

自20世纪80年代第一次来昆明,今年是第六次,眼见着昆明的变化,越来越大都市化,人和楼越来越多,却也越来越少有了点儿老昆明味儿。如今,硕果仅存的,大概就是翠湖一带,包括讲武馆、昆明大学和云南师大校园内老西南联大旧址,多少还能让人回忆起老昆明的样子。

车子沿着昆明大学校门和云南文联(那里原来是西南联大的教工宿舍)下坡不远,就看见一池碧水在阳光下闪闪发光,明亮的眼睛一样,眨动着的睫毛,就是湖边风中轻摇的杨柳。再近些,清晰地看见了红嘴鸥飞翔,驮着透明的云霭霞影,衔着湿润的湖光山色。

翠湖到了。如果没有了翠湖,还能找到老昆明的影子吗?

诗人于坚为翠湖曾经写过这样的诗句:"大隐隐于市/旧公园/一盆老掉牙的古玩/居然在市中心逍遥法外。"他说得很对,因为他是老昆明。翠湖,作为街心公园,其特点就在于:一、特别地老;二、位于市中心。这两点都很重要,如果它不在市中心,像滇池一样在城外,意思就不一样了。如果它不古老,不是老得当年和滇池连成一体,它的意义也就不一样了。一座古城,具有这样两个特点相结合的地方,这个地方便成为这座城市一个醒目的节点,连接历史和现实,疏通情感与思绪。可以就地徜徉,也可以虚蹈怀旧;可以集体到这里跳广场舞,也可以一个人借这里抒怀写诗。

因为这次来昆明住在翠湖宾馆，出门便是翠湖，翠湖一览无余，感觉翠湖和昆明别处一样，到处是人，天天都显得像过节一样热闹。即便到了晚上，翠湖依然弦歌四起，人声鼎沸；特别是环湖大道两侧鳞次栉比的饭馆灯红酒绿，让翠湖成为不夜之湖。翠湖，有些过于热闹了。拥挤的城市，把它挤压得像一只气球，膨胀得鼓鼓的，随时都有可能脱手腾空而飞，也随时都可能爆破似的。

起码我第一次来这里时不是这样。

猜想，当年陈寅恪来这里时，就更不一样。

扯起陈寅恪，是因为到翠湖，不能不想起他那首有名的诗《昆明翠湖书所见》："照影桥边驻小车，新妆依约想京华。短围貂褐称腰细，密卷螺云映额斜。赤县尘昏人换世，翠湖春好燕移家。昆明残劫灰飞尽，聊与胡僧话落花。"那是他1939年抗日战争时期写的一首重要的诗，这首诗的手迹，后来在《浦薛凤家族收藏师友书简》一书中曾经见过。那上面还有一题跋："庾子山哀江南赋云，谈劫之飞灰，辨常星之夜落，今日必有南京明星流落昆明矣。一笑。"诗和题跋意思互现，清晰说明这首诗是战时的离乱弦歌。那时候，陈寅恪来西南联大教书，妻子和女儿在香港，托付给许地山照顾。而且，那时候，他的眼睛已经不好，视力急剧下降。正所谓国难家恨，离愁别绪，以及病魔的折磨，都在心间，便也都在诗间，其中"赤县尘昏人换世，翠湖春好燕移家"一联，最让人心动。

那时候，他家住青云街，离翠湖很近，便常到这里散步。和他一起到翠湖散步的，还有他的挚友吴宓。这一池碧水，多少可以慰藉离乱之人不平静的心。猜想，那时的翠湖绝对不会有今天这样的人多如蚁。即使战乱之际，如果不是空袭，在平常的日子里，翠湖也应该是适于散步的地方。一座城市，哪怕建设得再堂皇，再繁华，再国际大都市化，也应该留下一两处可以让人安静散步的地方。更何况，翠湖因有陈寅恪等这样的文化人留下的身影和诗篇，而让人们到这里散步时呼吸到历史的沉重和文化的悠长之气息。这个地方，便越发显得对昆明人也同时对外来游人的重要，散步时会多涌出一份遐想和几丝诗思情意。

心里暗想，如果把陈寅恪的诗，把于坚的诗，把很多诗人写翠湖的诗，镌刻在翠湖边的石头上，翠湖会多一番色彩，成为一泓诗湖呢。

便忍不住把陈寅恪的诗重新找出，敬步原韵，也写了一首，不求石头镌刻，只求自己铭记翠湖和先生：

此地当年驻小车，而今碧池映秋华。
翠湖锦瑟红鱼出，黄叶佳人白雀斜。
江北梦消羞有国，云南路断耻余家。
战云七十五年过，风动满园金菊花。

陈寅恪当年有诗："黄鹂鲁连羞有国，白头摩诘尚余家。"记住先生和翠湖，就是记住那段历史，便会分外珍惜翠湖，力求让翠湖保持原韵。

2014年11月22日昆明归来

白马湖之春

才出浙江上虞十里,山清水秀的白马湖便扑面而来,风也似乎清爽湿润多了。正是早春二月,想起朱自清先生在《白马湖》一文中曾经说过的:"白马湖的春日自然最好。山是青得要滴下来,水是满满的、软软的。小马路的两边,一株间一株地种着小桃与杨柳。小桃上各缀着几朵重瓣的红花,像夜空的疏星……"心里不住地想,此次来白马湖的时间真是选对了。

如同任何一场大革命退潮之后一样,拔剑四顾的茫然,都会让为之献身的人们无所适从。轰轰烈烈的五四运动落潮了,迎来的失望和落败的景象,让一群有理想有追求的文人,心中充满迷惘,他们不想在城市里醉生梦死浑浑噩噩,跑到了无论离杭州还是离宁波都偏远的上虞,寻找到白马湖这样一块世外桃源,去做点他们想做的又能够做的事情,给曾经在革命大潮中急剧澎湃的心找一块绿洲。想起他们,总会不由自主地想起柔石在小说《二月》里写到的萧涧秋,那样的"五四"热血青年,现在的人们早就嘲笑为"愤青"了。

真是想象不出了,1922年的春天是什么样子的。为什么经亨颐先生在白马湖畔一招呼,那么多的文人,现在听起来名声那样显赫的文人,一下子就抛弃了都市的奢靡与繁华,都来到了荒郊野外的这里办起了这所春晖中学?当时号称"白马湖四友",除了夏丏尊年长一点,1922年是

36岁了,朱光潜只有25岁,而朱自清和丰子恺只有24岁。现在,真的是难以想象了。那毕竟不是短暂的观光旅游。

走出校园的后门,过了树荫蒙蒙的小石桥,终于走到了经亨颐先生和夏丏尊等诸位前辈曾经走过的白马湖畔了。二月春光乍泄,阳光格外灿烂,真的如朱自清先生所说的那样:"山是青得要滴下来,水是满满的、软软的。"一种说不出的感觉,从遥远的历史中涌出,蔓延在白马湖中,荡漾起波光潋滟的涟漪,晃着我的眼睛。

经亨颐的"长松山房"、何香凝的"蓼花居"、弘一法师的"晚晴山房"、丰子恺的"小杨柳屋"、夏丏尊的"平屋"……次第呈现在眼前。虽然"晚晴山房"是后来新翻建的,"蓼花居"已成废墟,但毕竟还有夏丏尊、朱自清、丰子恺的房子保持着原来的风貌。房子都是依山临湖而建,按照眼下的时尚,都是山间别墅,亲水家居,格外时髦的。但现在的房子所取的名字,能够有他们这样的雅致吗?"富贵豪庭""罗马花园"……那些俗气又土气得掉渣儿的名字,怎么能够和"小杨柳屋""平屋"相比呢?

名字不过只是符号,符号里却隐含着一代人心里不同的追求。小院里原来是种着菜蔬的,要为日常的生活服务,现在栽满花草,还有郁郁青青的橙树,越冬的橙子还挂在枝头,颜色鲜艳得如同小灯笼。屋子都很低矮,完全日式风格,因为无论经亨颐还是夏丏尊,都是留日归来,当年他们是春晖中学的创办者和主要响应者。走进这些小屋,地板已经没有了,砖石铺地,泥土的气息,将春日弥漫的温馨漫溢着。简朴的家具,能够想象出当年生活的样子。书房都是在后面的小屋里,窗外就是青山,一窗新绿鸟相呼,清风和以读书声,最美好的记忆全在那里了。

走出"平屋"小院,就是朱自清先生说的小马路,小马路前面就是白马湖,湖水在阳光下不住地闪耀。想起朱自清先生写白马湖的诗句:

"湖在山的趾边,山在湖的唇边。"也想起他当年看到湖边系着一只空无一人的小船的时候他说过的话:"我听见了自己的呼吸,想起了'野渡无人舟自横'的诗,真觉物我双忘了。"也许,可以这样说,前者是他们这一代人心中常常涌起的诗意,后者是他们所追求的境界吧?只可惜,这两样,如今的我们都缺少了,而且不以为渐渐失去的弥足珍贵。

朱自清先生在回顾白马湖的时候,还曾经说过这样的一句话:"我喜欢这里没有层叠的历史所造成的单纯。"这话让人沉思。倒不仅仅是单纯已经离我们越来越远,而是层叠的历史和心头层叠的灰尘污垢,越来越厚重,让我们无法清扫干净。白马湖,便在他们的生命中,而只能在我们的想象里。

2005年3月1日于北京

荔枝

我第一次吃荔枝,是28岁的时候。那时,我刚从北大荒回到北京,家中只有孤零零的老母。站在荔枝摊前,脚挪不动步。那时,北京很少见到这种南国水果,时令一过,不消几日,再想买就买不到了。想想活到28岁,居然没有尝过荔枝的滋味,再想想母亲快70岁的人了,也从来没有吃过荔枝呢!虽然一斤要好几元,挺贵的,咬咬牙,还是掏出钱买上一斤。那时,我刚在郊区谋上中学老师的职,衣袋里正有当月四十二元半的工资,硬邦邦的,鼓起几分胆气。我想让母亲尝尝鲜,她一定会高兴的。

回到家,还没容我从书包里掏出荔枝,母亲先端出一盘沙果。这是一种比海棠大不了多少的小果子,居然每个都长着疤,有的还烂了皮,只是让母亲一一剜去了疤,洗得干干净净。每个沙果都显得晶光透亮,沾着晶莹的水珠,果皮上红的纹络显得格外清晰。不知老人家洗了几遍才洗成这般模样。我知道这一定是母亲买的处理水果,每斤顶多五分或者一角。居家过日子,老人就这样一辈子过来了。不知怎么搞的,我一时竟不敢掏出荔枝,生怕母亲骂我大手大脚,毕竟这是那一年里我买的最昂贵的东西了。

我拿了一个沙果塞进嘴里,连声说真好吃,又明知故问多少钱一斤,然后不住口说真便宜——其实,母亲知道那是我在安慰她而已,但这样的把戏每次依然让她高兴。趁着她高兴的劲儿，我掏出荔枝："妈！今儿我给您也买了好东西。"母亲一见荔枝，脸立刻沉了下来："你财主了怎么着？这么贵的东西，你……"我打断母亲的话："这么贵的东西，不兴咱们尝尝鲜！"母亲扑哧一声笑了，筋脉突兀的手不停地抚摸着荔枝，然后用小拇指甲盖划破荔枝皮，小心翼翼地剥开皮又不让皮掉下，手心托着荔枝，像是托着一只刚刚啄破蛋壳的小鸡，那样爱怜地望着舍不得吞下，嘴里不住地对我说："你说它是怎么长的？怎么红皮里就长着这么白的肉？"毕竟是第一次吃，毕竟是好吃！母亲竟像孩子一样高兴。

那一晚，正巧有位老师带着几个学生突然到我家做客，望着桌上这两盘水果有些奇怪。也是，一盘沙果伤痕累累，一盘荔枝玲珑剔透，对比过于鲜明。说实话，自尊心与虚荣心齐头并进，我觉得自己仿佛是那盘丑小鸭般的沙果，真恨不得变戏法一样把它一下子变走。母亲端上茶来，笑吟吟顺手把沙果端走，那般不经意，然后回过头对客人说："快尝尝荔枝吧！"说得那般自然、妥帖。

母亲很喜欢吃荔枝，但是她舍不得吃，每次都把大个的荔枝给我吃。以后每年的夏天，不管荔枝多贵，我总要买上一两斤，让母亲尝尝鲜。荔枝成了我家一年一度的保留节目，一直延续到三年前母亲去世。

母亲去世前是夏天，正赶上荔枝刚上市。我买了好多新鲜的荔枝，皮薄核小，鲜红的皮一剥掉，白中泛青的肉蒙着一层细细的水珠，仿佛跑了多远的路，累得张着一张张汗津津的小脸。是啊，它们整整跑了一年的长路，才又和我们阔别重逢。我感到慰藉的是，母亲临终前一天还吃到了水灵灵的荔枝，我一直认为是天命，是母亲善良忠厚一生的报偿。如果荔枝晚几天上市，我迟几天才买，那该是何等的遗憾，会让我产生多少无法弥补的痛楚。

其实，我错了。自从家里添了小孙子，母亲便把原来给儿子的爱分给了孙子一部分。我忽略了身旁小馋猫的存在,他再不用熬到28岁才能尝到荔枝,他还不懂得什么叫珍贵,什么叫舍不得,只知道想吃便张开嘴巴。母亲去世很久以后,我才知道她临终前一直舍不得吃一颗荔枝,都给了她心爱的太馋嘴的小孙子吃了。

而今,荔枝依旧年年红。

1991年1月于北京

那片绿绿的爬山虎

1963年，我上初三，写了一篇作文叫《一张画像》，是写教我平面几何的一位老师。他教课很有趣，为人也很有趣，致使这篇作文写得也自以为很有趣，经我的语文老师推荐，这篇作文竟在北京市少年儿童征文比赛中获奖。当然，我挺高兴。一天，语文老师拿来厚厚一个大本子对我说："你的作文要印成书了，你知道是谁替你修改的吗？"我睁大眼睛，有些莫名其妙。"是叶圣陶先生！"田老师将那大本子递给我，又说："你看看叶先生修改得多么仔细，你可以从中学到不少东西！"

我打开本子一看，里面有这次征文比赛获奖的20篇作文。我翻到我的那篇作文，一下子愣住了：首先映入眼帘的是红色的修改符号和改动后增添的小字，密密麻麻，几页纸上到处是红色的圈、勾或直线、曲线。那篇作文简直像是动过大手术鲜血淋漓又绑上绷带的人一样。回到家，我仔细看了几遍叶老先生对我作文的修改。题目《一张画像》改成《一幅画像》，我立刻感到用字的准确性。类似这样的地方修改得很多，长句子断成短句的地方也不少。有一处，我记得十分清楚，"怎么你把包几何课本的书皮去掉了呢？"叶老先生改成："怎么你把几何课本的包书纸去掉了呢？"删掉原句中"包"这个动词，使句子干净了，也规范了。而"书皮"改成"包书纸"更确切，因为书皮可以认为是书的封面。

我真的从中受益匪浅，隔岸观火和身临其境毕竟不一样。这不仅使我看到自己作文的种种毛病，也使我认识到文学事业的艰巨：不下大力气，不一丝不苟，是难成大气候的。我虽然未见叶老先生的面，却从他的批改中感受到他的认真、平和以及温暖，如春风拂面。

叶老先生在我的作文后面写了一则简短的评语："这一篇作文写的全是具体事实，从具体事实中透露出对王老师的敬爱。肖复兴同学如果没有在这几件有关画画的事儿上深受感动，就不能写得这样亲切自然。"

这则短短的评语，树立起我写作的信心。那时我才15岁，一个毛头小孩，居然能得到一位蜚声国内外文坛的大文学家的指点和鼓励，内心的激动可想而知，涨涌起的信心和幻想，像飞出的一只鸟儿抖着翅膀。那是只有那种年龄的孩子才会拥有的心思。

这一年暑假，语文老师找到我，说："叶圣陶先生要请你到他家做客！"

我感到意外。像叶圣陶先生这样的大作家，居然要见见一个初中学生，我自然当成人生中的一件大事。

那天，天气很好。下午，我来到东四北大街一条并不宽敞却很安静的胡同。叶老先生的孙女叶小沫在门口迎接了我。院子是典型的四合院，敞亮而典雅，刚进里院，一墙绿葱葱的爬山虎扑入眼帘，使得夏日的燥热一下子减少了许多，阳光都变成绿色的了，像温柔的小精灵一样在上面跳跃着，闪烁着迷离的光点。

叶小沫引我到客厅，叶老先生已在门口等候。见了我，他像会见大人一样同我握了握手，一下子让我觉得距离缩短不少。落座之后，他用浓重的苏州口音问了问我的年龄，笑着讲了句："你和小沫同龄呀！"那样随便、和蔼，作家头顶上神秘的光环消失了，我的拘束感也消失了。越是大作家越平易近人，原来他就如一位平常的老爷爷一样让人感到亲切。

想来有趣，那一下午，叶老先生没谈我那篇获奖的作文，也没谈写作。他没有向我传授什么文学创作的秘诀、要素或指南之类。相反，他几次问我各科学习成绩怎么样。我说我连续几年获得优良奖章，文科理科学习成绩都还不错。他说道："这样好！爱好文学的人不要只读文科的书，一定要多读各科的书。"他又让我背背中国历史朝代，我没有背全，有的朝代顺序还背颠倒了。他又说："我们中国人一定要搞清楚自己的历史，搞文学的人不搞清楚我们的历史更不行。"我知道这是对我的批评，也是对我的期望。

我们的交谈很融洽，仿佛我不是小孩，而是大人，一个他的老朋友。他亲切之中蕴含的认真，质朴之中包容的期待，把我小小的心融化了，以至不知黄昏什么时候到来，悄悄将落日的余晖染红窗棂。我一眼又望见院里那一墙爬山虎，黄昏中绿得沉郁，如同一片浓浓的湖水，映在客厅的玻璃窗上，不停地摇曳着，显得虎虎有生气。那时候，我刚刚读过叶老先生写的一篇散文《爬山虎》，便问："那篇《爬山虎》是不是就写的它们呀？"他笑着点点头："是的，那是前几年写的呢！"说着，他眯起眼睛又望望窗外那爬山虎。我不知那一刻老先生想起的是什么。

我应该庆幸，有生以来第一次见到作家，竟是这样一位大作家，一位人品与作品都堪称楷模的大作家。他对一个孩子平等真诚又宽厚期待的谈话，让我15岁那个夏天富有生命的活力，仿佛那个夏天变长了。我好像知道了或者模模糊糊懂得了：作家就是这样做的，作家的作品就是这么写的。同时，在我的眼前，那片爬山虎总是那么绿着。

1991 年底于北京

春天去看肖邦

说来真巧,去肖邦故居那天,正好赶上是春分。

肖邦故居位于华沙市区五十公里外一个叫作沃拉的小村。车子驶出市区,便是一片开阔的原野,平坦的土地大部分裸露着,还没有返青,到处是一丛丛亭亭玉立的白桦树、一片片的苹果树和樱桃树,油画一样静静地站立在湛蓝的天空之下。再晚一个多星期,田野就绿了,果树都会开花,那样的话,肖邦会在缤纷的花丛中迎接我们了。

老远就看见了路牌:WOLA,虽然是波兰文,拼音也拼出来了,就是我梦想中的沃拉。

肖邦故居的门口很小,里面的院子大得出乎我的想象,虽还是一片萧瑟,但树木多得惊人,深邃的树林里铺满经冬未扫的厚厚树叶,疏朗的枝条筛下雾一样飘曳的阳光,右手的方向还有条弯弯的小河(肖邦九岁时在这条小河里学会游泳),宁静得如同旷世已久的童话,阔大得如同一个贵族的庄园。肖邦的父亲当时只是参加反对沙皇的武装起义失败后跑到这里教法语的一个法国人,破落而贫寒,怎么可能买得起这么大的庄园?我真是很怀疑,无论是波兰人还是我们,都很愿意剪裁历史而为名人锦上添花,心里便暗暗地揣测,会不会是在建肖邦故居时扩大了地盘?

我想起1891年的秋天,也就是在肖邦逝世四十二年之后,俄罗斯的音乐家巴拉基耶夫建议在沃拉建立一座肖邦纪念碑，曾经专门请假到这里来过，但是他已经寻找不到哪里是肖邦的故居了，问遍村里的人，他们甚至不知肖邦是谁。肖邦怎么可能有这么大的园子？真有这么轩豁显赫的园子，村里的人会不知道住在这里的人是谁吗？

如今，肖邦纪念碑就立在小河前不远的地方，和故居的房子遥遥相望。那是一座大理石做的方尖碑，非常简洁爽朗。上面有肖邦头像的金色浮雕，浮雕下面有竖琴做成的图案，两者间雕刻着肖邦的名字和生卒年月。

那幢在繁茂树木掩映下的白色房子，就是肖邦的故居了。房子不大，倒很和肖邦当时家境吻合。如果房前没有两尊肖邦的青铜和铁铸的雕像，它和村里其他普通的房子没有什么两样。它中间开门，左右各三扇窗子，各三间小屋，分别住着他的父母和他的两个妹妹。如今成了展室，展柜里有肖邦小时候画的画，他的画很有天分，还有他送给父亲的生日贺卡，是他自己亲手制作的。墙上的镜框里陈列着1821年肖邦十二岁时创作的第一首钢琴曲的手稿：《降A大调波罗乃兹》。五线谱上的每一个音符都写得那样清秀纤细，让我忍不住想起他的那些天籁一般澄清透明的夜曲和他那被做成纤长而柔弱无骨一般的手模。

最醒目的，莫过于刚进去在右面屋子里摆放着的一架三角钢琴，节假日，特别是在夏天里的节假日里，房间所有的窗户会打开，人们可以坐在它旁边弹奏，听众就坐在外面的草地或树丛中聆听。可惜，我们来得不是时候，只能想象那样美妙的情景，那一定是人们和肖邦最亲近的时候。

客厅的一侧，有一个拱形的门洞，但没有门框、门楣和房门，空空地敞开着，门洞的后面是一扇窗，明亮的阳光透过窗纱洒进来，将那里打成一片橘黄色的光晕。走过去一看才知道，那里就是肖邦出生的地方，竟然只是一块窄窄的长条，长有五六米，宽却大概连一米都不到，因为中间放着一个大花瓶就把宽的位置占满了。靠窗户的墙两边分别挂着肖邦的教父和教母的照片，墙外面一侧挂着的镜框里放着圣罗切教堂出具的肖邦的出生证和洗礼纪录，另一侧镶嵌着一块汉白玉的牌子，上面刻着三行手写体的字母：弗雷德里克·肖邦于1810年2月22日出生在这里（另一说肖邦出生于1809年3月10日，现在的错误源于当年巴拉基耶夫在这里建立的肖邦纪念碑上生卒日期刻错了，以致此后以讹传讹。关于肖邦的生日，一直争论不休）。

实在想象不到肖邦出生在这里，家里还有别的房间，为什么他的母亲非要把他生在这样一个憋屈的角落里？命定一般让肖邦短促的一生难逃命运多蹇的阴影。

肖邦只活了三十九岁，命够短的。在这三十九年里，只有前九年的时光，肖邦生活在沃拉这里，那应该是他最无忧无虑的时候，以后的岁月里，疾病和情感的折磨，以及在异国他乡的颠沛流离，一直影子一样苦苦地跟随着他，直至最后无情地夺去他的生命。肖邦传记的权威作家美国人詹姆斯·胡内克，曾经这样描述襁褓中的肖邦："听不到音乐就会哇哇大哭，就像莫扎特儿时对小号的旋律出奇地敏感。"

肖邦的母亲是纯粹的波兰人，富有教养，弹得一手好钢琴，给予他小时候最温暖的爱和最良好的音乐启蒙。据说，乔治·桑最为嫉妒肖邦的母亲，她曾经断言，母亲是肖邦"唯一的爱"，因此心里一直非常的不平衡。

肖邦就是在这里和瑞夫纳老师学习钢琴，那一年，他才六岁。八岁的时候，他登台华沙演奏钢琴，引起轰动，被称为"第二个莫扎特"。瑞夫纳说他已经没有什么可再教他的，建议他去华沙。他去了华沙，和华沙音乐学院的院长约瑟夫·埃尔斯纳系统地学习音乐，又是埃尔斯纳建议他去巴黎，他去了巴黎，开创了音乐新的道路。这样两个对于他至关重要的老师，为什么没有在他的故居里见到他们的照片、画像或其他一些印记呢？也许，是我看得不仔细。

在肖邦故居里迎风遥想肖邦的往事，别有一番滋味在心头。一个那么弱小而疾病缠身的人，竟然可以让整个欧洲为之倾倒，让所有的人对波兰，当时一个那么弱小一直被人欺侮的国家与民族刮目相看，该是多么了不起。音乐常常能够超越某些有形的东西而创造历史。

走出故居，沿着它的侧门走去，下一个矮矮的台阶，那里草木丛丛，更漂亮而幽静。前面不远就是那条小河，如一袭柔软的绸带，弯弯地缠绕着整个故居，淙淙地流淌着舒缓的音符。忽然，传来一阵钢琴声，听出来了，是肖邦的《第一钢琴叙事曲》，是从肖邦故居里传出来的。明明知道是从音响唱盘里播放出来的，却还觉得好像是肖邦突然出现在他的故居里，推开了置放钢琴的房间里的那扇窗子，特意为我们演奏。

阳光的三种用法

童年住在大院里，都是一些引车卖浆者之流，生活不大富裕，日子各有各的过法。

冬天，屋子里冷，特别是晚上睡觉的时候，被窝里冰凉如铁，家里那时连个暖水袋都没有。母亲有主意，中午的时候，她把被子抱到院子里，晾到太阳底下。其实，这样的法子很古老，几乎各家都会这样做。有意思的是，母亲把被子从绳子上取下来，抱回屋里，赶紧就把被子叠好，铺成被窝状，留着晚上睡觉时我好钻进去，被子里就是暖呼呼的了，连被套的棉花味道都烤了出来，很香的感觉。母亲对我说："我这是把老阳儿叠起来了。"母亲一直用老家话，把太阳叫老阳儿。"阳儿"读成"爷儿"音。

从母亲那里，我总能听到好多新词。把老阳儿叠起来，让我觉得新鲜。太阳也可以如卷尺或纸或布一样，能够折叠自如吗？在母亲那里，可以。阳光便能够从中午最热烈的时候，一直储存到晚上我钻进被窝里，温暖的气息和味道，让我感觉到阳光的另一种形态，如同母亲大手的抚摸，比暖水袋温馨许多。

街坊毕大妈，靠摆烟摊养活一家老小。她家门口有一口半人多高的大水缸。冬天用它来储存大白菜，夏天到来的时候，每天中午，她都要接满一缸自来水，骄阳似火，毒辣辣的照到下午，晒得缸里的水都有些烫手了。水能够溶解糖、溶解盐，水还能够溶解阳光，大概是童年时候我最大的发现了。溶解糖的水变甜，溶解盐的水变咸，溶解了阳光的水变暖，变得犹如母亲温暖的怀抱。

毕大妈的孩子多，黄昏，她家的孩子放学了，毕大妈把孩子们都叫过来，一个个排队洗澡，毕大妈用盆舀的就是缸里的水，正温乎，孩子们连玩带洗，大呼小叫，噼里啪啦的，溅起一盆的水花，个个演出一场哪吒闹海。那时候，各家都没有现在普及的热水器，洗澡一般都是用火烧热水，像毕大妈这法子洗澡，在我们大院是独一份儿。母亲对我说："看人家毕大妈，把老阳儿煮在水里面了！"

我很佩服母亲用词儿的准确和生动，一个"煮"字，让太阳成为我们居家过日子必备的一种物件，柴米油盐酱醋茶，这开门七件事之后，还得加上一件，即母亲说的老阳儿。

真的，谁家都离不开柴米油盐酱醋茶，但是，谁家又离得开老阳儿呢？虽说如同清风朗月不用一文钱一样，老阳儿也不用花一分钱，对所有人都大方而且一视同仁，而柴米油盐酱醋茶却样样都得花钱买才行。但是，如母亲和毕大妈这样将阳光派上如此用法的人家，也不多。它们需要一点智慧和温暖的心，更需要在艰苦日子里磨炼出的一点本事，这叫作少花钱能办事，不花钱也能办事，阳光才能够成为居家过日子的一把好手，陪伴着母亲和毕大妈一起，让那些庸常而艰辛的琐碎日子变得有滋有味。

对于阳光，大人有大人的用法，我们小孩子也有小孩子的用法。我家的邻居唐家是个工程师，他家有个孩子，比我大两岁，很聪明，就喜欢招猫逗狗，总爱别出心裁玩花活儿。有一次，他拿出他爸爸用的一个放大镜，招呼我过去看。放大镜我在学校里看见过，不知他拿它玩什么新花样。我走了过去，他在放大镜底下放一张白纸，用放大镜对着太阳，不一会儿，纸一点点变热、变焦，最后居然烧着了，腾地蹿起了火苗，旋风一般把整张白纸烧成灰烬。

又有一次，他拿着放大镜，撅着屁股，蹲在地上，对准一只蚂蚁，追着蚂蚁跑，一直等到太阳透过放大镜把那只蚂蚁照晕，爬不动，最后烧死为止。母亲看见了这一幕，回家对我说："老唐家这孩子心这么狠，小蚂蚁招他惹他了，这不是拿老阳儿当成火了吗？你以后少和他玩！"

有一部电影叫作《女人比男人更凶残》。有时候，小孩比大人更心狠，小孩子家并不都是天真可爱。

草是怎样一点点绿的

住在芝加哥的时候,楼后紧挨着一个叫尼考斯的街心公园,4月份了,却还是一片枯枯的,没有一点儿颜色。因为天天从公园穿过到芝加哥大学去,公园成了我新结识的朋友,它的草地、树丛、山坡、网球场,还有一个小小的植物园,都成为我每天的必经之地,它们一点一滴的变化,都逃不过我的眼睛,好奇心让我观察着它们的变化,像看着一个孩子从爬到走到满地跑一天天长大。

最先让我惊喜的是,有一天清早,我忽然看到公园的草地突然绿了,虽然只是毛茸茸的一层鹅黄色的浅绿,却像事先约好了一样,突然从公园的四面八方一起向我跑来。前一天的夜里刚刚下了一场春雨,如丝似缕的春雨是叫醒它们的信使。

我看着它们一天天变绿,渐渐铺成了茵茵的地毯。蒲公英夹杂在草叶间渐渐冒出了小黄花骨朵。但树都还没有任何动静,还是在风中摇动着枯涩的枝条,任草地上的草旺绿旺绿聚拢着浓郁的人气,真是够沉得住气的。一直快到五一国际劳动节,才见网球场后面的一片桃树探出了粉红色的小花,没几天,公园边上的一排排梨花也不甘示弱地开出了小白花。然后,看着它们的花蕾一天天绽放饱满,绯红色的云一样,月白色的雾一样,飘落在公园的半空中了。尼考斯公园一下子焕然一新,春意盎然起来。

然后，金色的连翘花也开了，紫色的丁香花也开了，每一朵，每一簇，我都能看得出来它们的变化。变化最快的是连翘，昨天才看见枝条上冒出几星小黄花，今天就看见花朵缀满枝条，悬泻下满地的黄金。变化最慢的是一种我叫不上名字的树，很高，开出的花米粒一般，很小，总也长不大。近处看，几乎看不到它们，远远地望，一片朦朦胧胧的玫瑰红，在风中摇曳，如同姑娘头上透明的纱巾。这种树，在芝加哥大学图书馆前的甬道旁铺铺展展有一大片，那玫瑰红便显得分外有阵势，仿佛咱们的安塞腰鼓一样腾起遮天蔽日的云雾，映得校园弥漫在玫瑰色的雾霭之中。

再有变化慢的是树的叶子，几乎所有的花都开了，树的叶子还没有长出来，无论是榉树、梧桐，还是朴树或加拿大杨。一直到芝加哥大学教学楼的墙上的爬山虎都绿了，尼考斯公园草地间的蒲公英的小黄花都落了，长出伞状的蓬松而毛茸茸的种子，它们才很不情愿地长出了树叶。我看见它们一点点冒出小芽，一天天长大，把满树染绿，在风中摇响飒飒的回声。

我知道，这时候才是芝加哥的春天真正地到来了。我才发现，这是我平生头一次从头到尾看到春天一步步地向我走来的全过程。像看一场大戏，开场锣鼓是草地上的草，定场诗是公园里的花，压轴戏是一树树参天而清新的绿叶。

我忽然想起在北大荒插队的时候，因为那时常常要打夜班脱谷或收大豆、收小麦，在甩手无边的田野上，坐在驮满麦子和豆荚的马车上回生产队的时候，能够看到夜色是怎样褪去，鱼肚白是怎样露出在遥远的地平线上，晨曦又是怎样一点点染红天空，最后，太阳是怎样跳上半空中。生平第一次从头到尾看到天是怎样亮的，就是在北大荒。回到北京之后，我再也没有看到这样天亮的全过程了。

同样，在北京，我也从来没有看过草是怎样一点点绿，花是怎样一点点开，树叶是怎样一点点长出来，春天是怎样一步步走来的全过程。也许，不该怪罪我们的城市，也不该怪罪人生的匆忙，是我们自己把自己的眼睛和心磨得粗糙和麻木，在当今社会里，我们顾及的东西太多，便错过了仔细感受春天到来的全过程。只因为清风朗月不用一文钱，便徒让我们感叹"良辰美景奈何天"了！

2006年5月于芝加哥

双瀑记

嘹亮得如同法国圆号,从悠悠的云层中跌落在你面前的,花开一般绽放出层层的涟漪,飘逸而落,湿润在你面前的,就是德天瀑布。它的后面便是越南的土地,它的右边还有一条板约瀑布,也属于越南了。

夏季,德天瀑布和板约瀑布会连在一起,是一道最为奇特的景观。它们浩浩荡荡地飞奔而下,会像是凭空而降的一支巨大的排箫,千孔万孔地喷涌出冲天的水柱,奏响轰天的交响,在四周千山万壑间响彻激越的回音,一派天籁,无限风情。它们你追我赶地、义无反顾地投奔在烈阳蓝天之下,迸碎出万千朵如雪的浪花,腾越起氤氲如梦的雾岚。

山和山是永远不可能走到一起的,但水哪怕隔开得再遥远,也是可能会走到一起的。眼前的德天瀑布和板约瀑布不就是这样吗?在冬天枯水季节,它们会分离,但是在夏天到来的时候,就迫不及待地又走到一起来了。所以,说它们是跨国瀑布(除了尼亚加拉大瀑布,它们是世界第二跨国瀑布)当然可以,说它们像是一对情人瀑布,不也分外恰当吗?

它们飞奔而下流淌进脚下的深潭里,然后顺着山势流成一条蜿蜒的归春河。阳光下,那一泓潭水碧绿如同一块凝结的祖母绿宝石,娴静得和头顶龙吟虎啸的瀑布呈鲜明的对比,仿佛是一对情人瀑布生出的一个和它们性格截然不同的孩子。

看了德天瀑布，一定要再看看沙屯叠瀑。两处相隔不远，一条归春河紧紧连接着它们。

层层叠叠，借山势将一道瀑布分割成七叠，便把一道水晶帘幕般的瀑布抖落成了新的模样，仿佛把一匹绸缎重新织成了一道七天云锦。呈阶梯状的瀑布，减缓了飞流直下的气壮山河，却多了节奏舒缓的绕指柔肠，犹如一位清秀的新娘拖着曳地的洁白长纱裙，响着带水声的湿润的琵琶音，顺着楼梯一阶阶款款走了下来，将身后的裙裾化作了沙屯叠瀑飞珠跳玉的奇观。两岸群峰竞秀，仿佛是无数艳羡而又无可奈何的失落者，只能够眼瞅着这位仙女一般神奇可爱的新娘花落旁家，远走他乡，一路叮咚叮咚响着快乐，迤逦而去。

雨过天晴时，沙屯叠瀑是另一幅奇观。山泉深处水涨情溢，两岸山峰含泪带啼，还有那山上的老树古藤，山间的云雾山岚，大自然搭起如此神奇的舞台，让一道七叠瀑布在这样的背景中蜿蜒次第而出。宛如一条轻歌曼舞的清纱白练，穿云破雾而来，仿佛从天而降的下凡仙女，飘荡在万绿丛中，一下子会让这里的风景显得儿女情长起来。

同为这一方山水里的瀑布，如果说德天瀑布充满阳刚之气，这里的七叠彩瀑则显得美人缥缈，一枝梨花春带雨。德天瀑布吹奏的是一支铜管乐，沙屯叠瀑演奏的是一首抒情诗。

它们在广西边陲，离南宁一百四十公里，远是远些，但值得一看。如果想到不多年前这里还曾经布满地雷，战争的影子笼罩在这里；如果再凑巧能买到一顶当年的绿色钢盔，不要那种仿制的，要带有伤痕或弹洞的——眼前这两道瀑布便洇染上了别样的色彩。

白桦林

我见过的白桦林不多,以前只在北大荒我们的农场和852农场见过。我们农场那片白桦林靠近七星河边,852农场那片白桦林就在场部的边上,当初大概就是因为有这样一片漂亮的白桦林,才会择地而栖将场部建在那里吧?

在所有的树木中,白桦和白杨长得有些相像,但只要看白桦的树干亭亭玉立,树皮雪白如玉,一下子就把白杨比了下去。尤其是浩浩荡荡的白桦连成了一片林子,尤其是这两处白桦林都有几百年的历史,那种天然野性的气势,更是白杨和其他树难比的。白桦林让人想起青春,想起少女,想起肃穆沉思的力量和寥廓霜天的境界。

在新疆,钻天的白杨到处可见,但白桦很少。所以,当到达阿勒泰,朋友说带我们看他们这里的桦林公园,我很有些吃惊。但真正见到之后,第二天又到哈纳斯湖旁看见白桦林,并没有一点惊奇。不是它们不美,是它们都无法和我在北大荒见过的白桦林相比。这里的白桦林大多长得有些矮,树干有些细,树冠又有些披头散发,没有北大荒的白桦林那样高耸入云,那种铺铺展展的野性,和那股苗条秀气的劲头,便都弱了几分。特别是树皮也没有北大荒的白,而且多了许多如白杨树一样的疤痕,皮肤一下子粗糙了许多。加之枝条散落,压低了树干,更少了白桦林应有的那种洁白如云的气势。

想起北大荒的白桦林，总会想起秋天白桦的叶子一片金黄灿灿，像是把阳光都融化进自己的每一片叶子里似的。雪白的树干在一片金黄的对比中便显得越发美丽。到了大雪封林的时分，雪没了树干老深，像是高挑而秀气的一条条美腿穿上了雪白的高筒靴，洁白的树干静静的，在雪花的映衬下显得相得益彰、仪态万千。开春，是我们最爱到白桦林去的季节，那时用小刀割开白桦树的树皮，会从里面滴下来白桦的汁液，露珠一样格外清凉、清新。什么时候到林子里去，都能见到斑驳脱落的白桦树皮，纸一样的薄，但韧性很强，而且雪一样的白，用它们来做过年的贺卡最别致。只是那时我们谁也没有想到。后来看普列什文的《林中水滴》，他描写雪中的白桦林时忍不住问："它们为什么不说话？是见到我害羞吗？""雪花落了下来，才仿佛听见簌簌声，似乎是它们奇异的身影在喁喁私语……"我便想起北大荒的白桦林。并不是因为青春时节在北大荒，便对那里的一切涂抹上人为诗化的色彩。确实是那里的白桦林与众不同。我们那时的生活是苦楚而苍白的，但自然界却有意和我们的现实生活做对比似的，让白桦林是那样的清新夺目，让我们感受到，在艰辛之中，诗意的生存，并没有完全离我们远去。有些树木是难以入画的，但白桦最宜于入画，尤其是油画。列维坦曾经画过一幅《白桦丛》的油画，画得很美，但不是北大荒的白桦林，是阿勒泰和哈纳斯的白桦林。因为画得枝干瘦小，枝叶低垂，没有北大荒那种高大、粗壮、枝叶钻天带给我们的野性，和那种树皮雪白的独特带给我们的清纯与回忆。

不知852农场那片白桦林现在怎么样了。几年前我们农场七星河畔那片白桦林已经没有了，彻底地没有了。说是为了种地多挣钱，便都砍伐干净。那么大一片漂亮的白桦林，说没有就没有了。

1998年冬日于北京

水的传奇

我一直以为,如果看水,有两个地方的水最值得看,一个是九寨沟的水,一个是尼亚加拉大瀑布。可以毫不夸张地说,看过这两个地方的水,其他地方的水可以不必再看了。

如果看水的柔韧劲、可塑性,看水是如何将绚烂归于平淡,将刚劲寓于柔顺,将流动化为宁静,将一时融于永恒,那一定要去看九寨沟的水。那里的水化繁为简,化整为零,将浩瀚的水天女散花成一个个珍珠般串联的湖泊。每一个湖泊都是那样清澄透明,纤尘不染,将水本来的无色透明,幻化成孔雀蓝的蓝色,蓝得让人心醉,让人如同看到教堂里洗礼用的圣洁露水,如同听到教堂里管风琴演奏的《圣母颂》,而不敢有丝毫的俗尘杂念,懂得并真真地看到人世间居然有纯洁美好和透彻的净,就在这里远避尘嚣而静静地存在。

如果看水的激扬、水的冲动、水的澎湃,看水是如何将平常琐碎的嘈杂的泡沫般的一切变为顶天立地的世界,将儿女情长的喃喃细语化为誓言一般的慷慨悲壮,将千年的积蓄爆发于瞬间的一时,将压抑的心情冲出胸膛,将万马齐喑的场面搅成冲天怒吼,将风花雪月的迷恋变为金戈铁马,那一定要去看尼亚加拉大瀑布。

九寨沟的水,是阴柔的,是女性的;尼亚加拉大瀑布则是阳刚的,男性的。上天在造水的时候,和上帝造人一样,故意要造成这样对称的两极，让这样性别和性格迥异的水，呈现在人类的面前，仿佛上苍抛向人间的两面镜子，让我们能够时时照亮自己的容颜和心地，看看我们和大自然的距离。

我终于看到了心仪已久的尼亚加拉大瀑布。

是晚上，夜色和灯光双重作用下的瀑布，以那样轩豁而宽阔的幅度和面积，从你的身旁直直地坠落下去，不惜粉身碎骨，也要举身赴清池一般决绝地直冲而下，真的是烈性得可以。而就在刚刚，就在一步之遥，它的水还是平静地流淌着，和我们平常见到的水没有什么两样。突然间，它就像我们川剧里的变脸一样，一跃而起，冲天一怒，将平静庸常的水迸发出另一种形态，崩落成一天飞溅四溢的雪浪花，宛若千树万树梨花开，宛若欢蹦乱跳着拥挤着互不相让赶赴约会的夜精灵，宛若义无反顾的高空蹦极的无畏勇士。

要我看来，看尼亚加拉大瀑布，白天比夜晚更要精彩、更要真实。夜色下的大瀑布，有些像是王尔德笔下穿戴着朦胧的七层纱跳舞的魔女莎乐美，带有拉美的魔幻色彩，却也多少让大瀑布变形，让大瀑布变得亦真亦幻，似是而非，变得加入了夜色迷离的色泽，还有灯光闪烁的科技元素。白天看大瀑布，大瀑布才是本色的、原装的、未经化妆和加色的，彻底地脱下了七层纱，就像雷诺阿笔下那些壮硕的裸女，将美丽而健康的胴体展示在光天化日之下，水花如雪，是那样地洁白；激流如歌，是那样地壮烈；排阵如兵，是那样的气势雄伟，如同看到了一场古罗马冷兵器时代的战争。

第二天上午，我又去看了大瀑布。大瀑布从山崖跌落下去，虽然只是瞬间的事情，却是经历了从平缓到崩落到激流到云雾到彩虹这样几个步骤，层次是那样的鲜明清晰，衔接又是那样的缝若天衣，贯穿又是那样的一气呵成。特别是彩虹，无论你站在哪个角度，都可以看到瀑布跌落时被天光映射出来的七色虹霓,如同从水中钻出来的彩色蜥蜴或珊瑚,柔若无骨,袅袅婷婷,在和气势不凡旁若无人的瀑布调情。

想起20世纪80年代宗璞先生笔下的尼亚加拉大瀑布,她说大瀑布是"整个的雪原从天上崩落了",是"崩落了还在奔跑的雪原"。我以为这是迄今描写尼亚加拉大瀑布最美也最真的意象。

来看尼亚加拉大瀑布的人,一般都要乘船近距离再看大瀑布的。因为,从美国一方看大瀑布,只能看到美国这一面的两道瀑布,即名曰美国瀑布和新娘面纱瀑布,而尼亚加拉大瀑布是由三道瀑布组成的,其中最大的马蹄瀑布在加拿大一方,必须乘船而游。这时候,三大瀑布方可一览无余,也才更能够体验三道瀑布的气势,因为这时候人是仰视的,瀑布显得越发的雄伟,人在这样的大自然壮观面前,真的是很渺小的。说尼亚加拉大瀑布是世界的第七大奇观,确实名不虚传,这时候的感受就犹如三道瀑布同时在心里激荡,那种感觉好像你在等待着一次充满期待的旅程,即将出发,心里跃跃欲试,鼓胀着八面来风。

船行一会儿的工夫,马蹄瀑布便越来越清晰,它确实呈马蹄形,敞开怀抱,伸出双臂,在招呼着人们。据说它宽有两千五百英尺(约七百六十二米——编者注),宽阔得如同巨人的胸膛。当船越来越靠近它的时候,水的轰鸣声音越来越响亮,水的雾气也越来越浓烈、越来越清冽。等船行至瀑布下面的时候,水的形态完全不见了,只感到包围在身边的是白茫茫的雾气,仿佛整个世界在这一刻都变成了霭霭雾气,载我们湿漉漉地飘飘欲仙。

那一刻,其实,我已经看不见什么马蹄形的瀑布了,只好像进入了一个水晶般的巨大的罩子里面。它让我第一次感觉到,水居然可以形成这样一个神奇的世界,虽然穿着雨衣,你的身子已经几乎全被水打湿了,但你看不见一滴水,看见的只是白茫茫一片,像雪、像雾、像千古的冰川。如果站在上面看，就像宗璞先生说的，瀑布像是"崩落了还在奔跑的雪原"，那么，在这里近距离地和瀑布亲近，瀑布就像是一个凝固的童话世界。如果站在上面看瀑布，还只是乐曲的第一章，那么，这里则是瀑布的华彩乐段了。

　　我又想起了九寨沟的水，和尼亚加拉大瀑布相比的话，那像是一部温馨浪漫的生活影片，荡漾着的是属于东方的审美情调；尼亚加拉大瀑布则是一部桀骜不驯的西部牛仔影片，每一滴水珠里都仿佛有一个神灵在横刀跃马，仰天长啸。

　　如果说九寨沟的水是上天留给人间的一个童话，那么，尼亚加拉大瀑布则是上天留给我们的一个神话。

　　如果九寨沟的水是一首诗，尼亚加拉大瀑布则是一段传奇。

2010年9月尼亚加拉大瀑布归来
2011年8月写于北京

落叶的生命

想找树叶做手工，已是入冬。几场冷风冷雨，树上的叶子凋零无几，大多落在地上。不过，由于雨水频繁，落在地上的叶子湿润，还散发着树枝的气息，呼应着残存在枝头上的叶子，做最后的告别，虽有几分凄婉，却也十分动人。

放学的时候，在路口等候校车，看见小孙子从车上跳下来，见到我的第一句话就是："咱们找树叶去吧！"便先不回家，沿着落叶缤纷的小路找树叶。这时候，才会发现，秋末时分枝头上的树叶，或金黄，或火红一片，在秋风的吹拂下，是那样的灿烂炫目；落在地上的叶子却有别样的形状、色彩和风情。

形状不一样了。由于距离的变化，拿在手中，近在眼前，才发现同样都是枫树，有三角枫、五角枫和七角枫的区别。而且，不同的枫叶，像伸出不同的触角，活了一般，让那红色的叶脉弯弯曲曲像是真的有血液在流动。不同流向的叶脉，让叶子的触角有了不同的弧度，那弧度像是舞蹈演员柔软而变幻无穷的手臂，富有韵律，让人们充满想象，便也成为我们做手工最佳的选择。我和小孙子用这样红色和黄色的枫叶，做成的金孔雀和红孔雀，让我们自己都惊讶，那一片片枫叶怎么那么像孔雀开屏时漂亮的羽毛呢？好像它们就是特意落在地上，等着我们弯腰拾起，去做孔雀那五彩洒金的尾巴呢。

还有那槭树和石楠的叶子，椭圆形，粗看起来，大同小异，细看大有玄机。石楠叶小，槭树叶大，小的小巧玲珑，像童话里的小姑娘，大的像大姐姐一样温柔敦厚。石楠叶薄，薄得几乎透明，红红的颜色像是过滤了一样，淡淡的胭脂似的，可以随风起舞。槭树叶厚，且有光亮的釉色，像穿着盔甲的武士，似乎能够听到风声、雨声；又像天鹅绒的幕布，拉开来，舞台上就可以上演有趣的戏剧。槭树叶和石楠叶最好找，几乎遍地都是，我们常常会如进山寻宝的人，总有些贪婪，弯腰拾起了这片，又抬头看见了那片，捧在手里一大捧，反复权衡，恋恋不舍，好像它们都是身边的至爱亲朋。我们用不同的槭树叶做成了不同形状的鱼，用不同的石楠叶做成了莲花，五片石楠叶错落在一起，就是一朵盛开的莲花；大小两片石楠叶合在一起，就是一朵含苞待放的娇羞的莲花；再找两片小小的黄栌叶，要找那种还能顽强保持着绿色的叶子，放在莲花下面，就是"莲叶田田"了。

当然，色彩也不一样了呢。别看落叶没有了在枝头连成一片的金黄和火红耀眼的阵势，但落叶不是落花顷刻辗转成泥，溃不成军。落叶区别于树上叶子的重要之处在于，树上的叶子连成一片的金黄和火红，让所有的叶子变成了一种颜色，淹没在相同的色彩之中，如同凡·高向日葵的金黄色。落叶散落在草丛中，灌木间，或泥土里，却是色彩不尽相同，彰显每一片叶子舒展的个性，甚至色彩渗进叶脉，"须眉毕现"，令我们触目惊心，也赏心悦目。

同样是杜梨树上落下的叶子，经霜和被雨水反复打湿后，每一片叶子上的红色已经相同，那种沁入红色深处的黑色光晕，浸淫红色四周的褐色斑点，像磨出的铁锈、溅上的离人泪，似乎让每一片落叶都有了专属于自己前世的故事似的，更让每一片落叶都成为一幅绝妙而无法复制的图画。由于杜梨叶比较厚实，叶子上面有一层釉色，显得很是油亮，每一片落叶都像是一幅精致的油画小品。那些随心所欲而富有才华的大色块渲染，毕加索未见得能够胜上一筹；那些飞溅而落的斑斑点点，西尔斯拿手的点彩，也未见得能够如此五彩缤纷。

杜梨叶，是我们最喜欢的，大家常常在地上仔细寻找，不放过任何一片闯入眼帘的叶子，常常会有美丽的邂逅，便常常会听见小孙子的大呼小叫："爷爷，快看，这里有一片好看的树叶！"

找到的最好看、最别致的一片杜梨叶，竟然是黑色的。那种黑，不是被污染的乌黑，也不是姑娘劣质眉笔的那种漆黑，而是油亮油亮的黑，叶子的边缘有一层浅浅的灰色，像黑色的火焰燃尽之后吐出一抹余韵；像淡出画面之外的空镜头里的远天远水，让叶子的黑色充满想象的韵味。

这片黑色的杜梨叶，一直没有舍得用。也不是真的舍不得，是不知道用在哪里恰到好处。我们用别的杜梨叶做的热带鱼或大公鸡，都让不同色彩的杜梨叶尽显各自的"英雄本色"，让那种不同的红色交织成一部红色的交响曲。只是这片黑杜梨叶，一直夹在书本里。曾经想用它做成一只海龟，它黑亮黑亮的釉色和粗粗的叶脉，还真有几分海龟的意思。也曾经想把它一剪两半，做成两条木船，在上面用银杏叶和红枫叶做成它们各自的风帆。但是，都觉得不是最佳选择。它暂时还沉睡在我们的书本里，它的生命跃动，在我们的想象中，也在它自己的梦中。

真的，别以为落叶就是死掉的树叶，落叶离开树枝，不过是生命另一种形式的转移。龚自珍曾在诗当中写道："落红不是无情物，化作春泥更护花。"不仅是落花，落叶更是如此，更具有化为泥土中腐殖质的营养作用，来年新一轮春花的盛开，是落叶生命的一种呈现。如今，落叶生命的另一种呈现，在我和小孙子的手工中，它们存活在我们的册页里和记忆中。

无花果

在我们大院里,景家爱侍弄一些花花草草。有一年春天,景家的孩子送来一盆植物,我不认识是什么,只见花盆挺大的,那植物长有半人多高,铺铺展展的大叶子,挺招人的。

景家屋前有一道宽敞的廊檐,他们家的花花草草,大盆小盆,都摆在廊檐下面,一年四季,除了冬天,花开花落不间断,他们家的廊檐下,简直就成了一道花廊,常常招惹蜜蜂蝴蝶在那里飞舞。

唯独这盆新来的植物不开花。我想,可能不像是桃花在春天开花。可是,都快过了夏天,它还是不开花,就像一个人咬紧嘴唇就是不说话一样。我想,它可能像菊花一样,得到秋天才开花吧?这个想法,遭到我们大院九子的嘲笑。九子比我大一岁半,高一个年级,那时候,暑假过后,他就要读四年级了,自以为比我懂得多,远远地指着景家这盆植物,对我说:"知道吗?这叫无花果!不开花,只结果!"

无花果,我听说过,却是第一次见到。果然,暑假过后,景家的这盆无花果,在叶子间像藏着好多小精灵一样,开始结出了小小的圆嘟嘟的青果子,一颗颗地蹦了出来。

景家原来是做小买卖的人家,有两个孩子,都各自成家了,一个在外地,一个在北京,偶尔过来看看。景家只住着老两口,这些花花草草就是老两口的伴儿，每天侍养它们，给老两口找来很多的乐儿。

景家的无花果的果子越长越大，颜色由青变得有些发紫的时候，九子找到我，远远地指着景家廊檐下的无花果，问我："你吃过无花果吗？"我摇摇头，然后问他："你吃过吗？"他也摇摇头。那时候，住在我们大院里的大多都是穷孩子，像我，以前见都没见过，无花果是稀罕物，谁能有福气吃过呢？

"你敢不敢跟着我一起去景家搞几个无花果吃？"九子这样问我。我睁大了眼睛说："这不成偷了吗？我妈该……"九子立刻打断我的话说："就知道你不敢！胆子小得像耗子！"然后他转身就跑走了。

第二天，在大院门口，我见到九子，他很得意地对我说："可好吃了！可惜，你没有尝到，那味道，怎么说呢？特甜，还特别软，里面还有籽儿，特别有嚼劲儿，有股说不出的香味！"说心里话，说得我的心里怪痒痒的，馋虫一下子被逗了出来。"后悔了吧？让你昨天跟我一起摘，你不去！"九子说着风凉话。

晚上，九子来我家，把我叫出屋，说："我还是真的又想无花果的味儿了，真的好吃，敢不敢跟我去景家？跟你说，天黑，他们根本看不见咱们！"

要说小时候真的是馋，神不知，鬼不觉，我跟着九子溜到景家屋前。窗子里的灯光幽暗，廊檐下更是黑乎乎一片。偷偷摘下几颗无花果，真的是谁也发觉不了。可是，我和九子猫着腰在廊檐下转了一圈，没有看见那盆无花果。我心里想，肯定是昨天九子没少偷摘，让景家老两口发现了，把无花果搬进屋里了。

果然，九子趴在门口，伸手招呼我。我走过去一看，无花果真的搬进屋了，正在景家外屋客厅的地上。九子轻轻对我说了句："门没锁，你给我看着点儿，我溜进去，给你摘两个无花果就出来。"说完，他把门推开一条缝儿,像狸猫一样钻了进去,不知道碰到什么东西了,就听"哗啦"一声,惊动了景家老两口。拉亮了电灯,我和九子,一个在门内,一个在门外,灰溜溜地杵在景家老两口惊讶的目光之下。那天晚上,我和九子的屁股都各自挨了家长的一顿鞋底子。

在以后好几年的时间里,我几乎都忘记了无花果。一直到有一年,秋天,我从南方回来,九子找到我,递给我几个乒乓球一样大小的圆嘟嘟的青中带紫的果子,对我说:"知道这是什么吗?"我认出来了,是无花果,问他:"哪儿弄来的?"他得意地说:"甭问哪儿弄来的,是特意给你留的,尝尝吧!"我一口气吃了两口,里面是有籽儿,但特别小,哪里像他说的那么香,还特别有嚼劲儿?那时,我才知道,其实,九子和我一样,小时候也没吃过无花果,一直到这时候才第一次吃这玩意儿。

我不知道的是,就在我去南方的时候,九子跟着一帮人抄了景家的家。真的有些匪夷所思,他去抄景家的家,就是为了吃人家的无花果。

那天半夜里,我闹肚子,上吐下泻,没有办法,我爸把我送到医院看急诊。大夫问我白天吃什么东西了?我说没吃什么呀!再一想,是吃了无花果。

不知道为什么,从那以后,我只要一吃无花果,一准闹肚子。有一年,已经是过去了三十多年的时间以后的事了,在新疆库车的集市上,看到卖无花果的,那无花果又大又甜,禁不住诱惑,吃了两个,夜里就开始上吐下泻,而且发起烧来。

后来,读美国植物学家迈克尔·波伦所著的《植物的欲望》一书。我惊讶地看到他说,植物与我们人类有一种亲密互惠关系,我们人自己也是植物物种的设计和欲望的对应物。这实在是大自然的神奇,也是命运对人类惩戒的象征。

从此以后，我再也不敢吃无花果了。

2015 年 7 月 2 日于北京

谁打翻了莫奈的调色盘

想念吉维尼已经很久。

吉维尼是一个小村子,那里有莫奈的故居,人们都叫它吉维尼花园。那是莫奈在43岁那年买的一块地,他在那里住了43年,住了人生的整整一半,86岁那年在花园里去世,他的墓地就在吉维尼村的教堂边上。

莫奈刚买下吉维尼这块地的时候,他的妻子刚去世不久,那时,他的画卖得并不好,他只是把这块地种成了花园。有意思的是,他的赞助商破产,赞助商的老婆却成了他的续弦。我没有研究过莫奈的生平传记,心里猜想大概她看中了莫奈的才华,对莫奈有底气。果然,莫奈住进吉维尼不久,画一下子卖得好了起来,声名鹊起,财源滚滚。莫奈便又买了花园边上的另一块地,把它改造成了池塘,种了好多的睡莲,建起了那座有名的日本式的太古桥。他还成功地把流经吉维尼村外的塞纳河水引进他的池塘。而这一切都需要钱来做支撑。莫奈的吉维尼花园渐渐地和他的画一样有名了。

再次到达巴黎,当天下午我就驱车去了吉维尼,弥补上次来巴黎没有去成的遗憾。那里距巴黎70多公里,不算远,但已经不属于巴黎的郊区,属于诺曼底。一路林深叶茂,浓郁的绿色,将天空都染得清新透明。过塞纳河右岸不远就应该到了,但我们却在乡间小道上迷了路。僻静的乡村,找不到一个人,玫瑰花开得格外艳,樱桃树上的小红果结得那样寂寞。来回跑了好多冤枉路，终于找到莫奈故居的时候，天已近黄昏，依然游人如织。窄小的入门处，如一个瓶口，进入里面，立刻轩豁开朗，如潘多拉魔瓶水银泻地一般，展现在眼前的是莫奈的花园，姹紫嫣红，铺铺展展，热闹得像一个花卉市场。据说所有的花都是莫奈亲自从外面买来，品种繁多，色彩缤纷，叫都叫不出名字。其中最引人注目的是花朵硕大的虞美人和鸢尾花，那曾经是莫奈最爱的花。不过说实在的，和我想象的不大一样，和莫奈画过的花园也不大一样，眼前的花园显得有些杂乱无章，就像并不懂园艺的一个农人将种子随便那么一撒，任其随风生长，花开得虽然烂漫，却没有什么章法，各种颜色交织在一起，像一匹染得串了色的花布。

也许，我对比的是法国凡尔赛、枫丹白露宫，或舍侬索城堡的皇家花园，那里的花园整体如同几何圆规和三角板的切割，像裁缝手中胸有成竹的剪裁。而莫奈要的是像风一样的自由。

不过，说实在的，莫奈故居的那座主体建筑的二层小楼外墙面上涂的是嫩粉颜色，窗户和外走廊栏杆、阶梯涂的都是翠绿的颜色，可真是让人觉得有些怯，心想这不该是最懂得并最讲究色彩的莫奈选择的颜色呀。这应该是还没有度过童年的小公主愿意涂抹的颜色，哪里是一个老头子的选择呀？没办法，再伟大的画家也有世俗的一面，面对自己的选择也会有马失前蹄的时候。

最漂亮的，要我说，是花园后面的池塘。通往池塘的小径，一边有小溪环绕，一边是树木葱茏，花开得灿烂，如同热情好客的向导，一路逶迤引你走去。有几座小桥和花拱门可以进得池塘，一碧如洗的水上，睡莲的叶子静静地躺着，和花园的喧闹有意做了对比似的，一下子安静了下来，让心滤就得澄静透明。还没到睡莲开花的季节，亭亭的叶子，大大小小，圆圆的如同漂亮的眼睛，紧贴在水面上，似乎枕在那里还在朦胧而湿漉漉的睡梦当中。那座被莫奈不知道画了多少遍的日本太古桥就矗立在对面的柳枝摇曳中，和莫奈故居窗户和栏杆的颜色一样，也是翠绿色，在这里却格外和谐，有绿树和绿水的相互映衬，桥的绿色像是彼此身上亲密无间蹭上去的一样，那样亲切和快乐，那样浑然一体，妙自天成。

我看到过20世纪20年代晚年莫奈在池塘边和太古桥上的照片，对照眼前的池塘和太古桥，没什么变化，特别是没有添加一点儿别的东西。这是非常重要的，既然是故居，一切如旧，就是最好，也是最难保持的。在故居的保护方面，做新容易，持旧却难，但唯有持旧，才能够让我们在故居这样特定的环境中，感觉时光倒流、昔日重现，还能有和莫奈在这里邂逅的冲动和错觉。

池塘是莫奈晚年最爱流连的地方，这里的睡莲大概是莫奈用比他前妻还要多的模特，被莫奈不厌其烦地一遍遍地画。莫奈爱选择在不同时间坐在池塘边画睡莲，他会比我们所有人都更能感受到细微的光线的变化，而这些光线就是莫奈的另一支画笔和另一种色彩，帮助他画成了那一幅幅睡莲图。没有谁能够比莫奈更懂得睡莲的了，没有谁能够比莫奈画睡莲画得更好的了。只有站在这里，才会明白莫奈对睡莲的感情。我们古代画家讲究梅妻鹤子，即把梅花和仙鹤人化和圣化，当成自己妻子和孩子一般。莫奈其实也是把睡莲内化成他的生命，而睡莲则是他自己身心的一种外化。

记得莫奈的老师欧仁·布丹曾经这样教导过莫奈说："当场直接画下来的任何东西，往往有一种你不可能在画室里找到的力量和用笔的生动性。"这个教导对莫奈很重要，一生受益。莫奈坚持室外写生，这里的池塘便是他的老师的化身。我们特别愿意把莫奈当成印象派的画家，以为他完全可以靠印象肆意去画，殊不知面对池塘和睡莲，他的写生是如此认真和持久。他并不完全凭仗印象，他同时相信室外写生时的力量和用笔的生动性。而这力量和生动性是池塘和睡莲给予他的，他才在大自然的万千变化中找到了艺术鬼斧神工的魅力，找到了属于他自己神性的睡莲。

环绕池塘走了一圈之后，我在想，人的一生真的是充满了偶然性，画家也不例外。如果没有这种满睡莲的池塘，莫奈可以到别处写生，也可以写生别的，但还会有那一幅幅让他声名大振的睡莲画吗？看莫奈的画，画得最多的，也是最好的，还得数睡莲。相同的睡莲，让他画出了千般仪态、万种风情，画出了心，画出了梦，画出了无数精灵，真的是哪一位画家都赶不上的。

站在池塘边，想到在巴黎橘园里看到莫奈画的那环绕四面墙的巨幅睡莲，想到在纽约大都会博物馆看到莫奈画的占据了整面墙的长幅睡莲，能够感受到那里的每一朵睡莲都来自这里，这里的池塘成就了莫奈。莫奈与他的睡莲、这里的池塘，彼此辉映，成就了一个时代的辉煌。

能够造就一个时代的辉煌，在于理想，在于才华，但想想莫奈在吉维尼43年，直至离开这个世界，一直坚持画面前的睡莲，谁能够坚持这样漫长的岁月，谁都可能创造属于自己的时代的辉煌。

2009年5月记于巴黎

笔下犹能有花开

秋末冬初，天坛里那排白色的藤萝架，上边的叶子已经落得差不多了。想起春末，一架紫藤花盛开，在风中像翩翩飞舞的紫蝴蝶——还是季节厉害，很快就将人和花雕塑成另外一种模样。

没事的时候，我爱到这里来画画。这里人来人往，坐在藤萝架下，以静观动，能看到不同的人，想象着他们不同的性情和人生。我画画不入流，属于自娱自乐，拿的是一本旧杂志和一支破毛笔，倒也可以随心所欲、笔随意驰。

那天，我看到我的斜对面坐着一位老太太，个子很高，体量很壮，头戴一顶棒球帽，还是歪戴着，很俏皮的样子。她穿着一件男士西装，不大合身，有点儿肥大。我猜想那帽子肯定是孩子淘汰下来的，西装不是孩子的，就是她家老头儿穿剩下的。老人一般都会这样节省、将就。她身前放着一辆婴儿车，车的样式，得是几十年前的了，或许还是她初当奶奶或姥姥时推过的婴儿车呢。如今的婴儿车已经"废物利用"，变成了她行走的拐杖。车上面放着一个水杯，还有一块厚厚的棉垫，大概是她在天坛里遛弯儿，如果累了，就拿它当坐垫吧。

老太太长得很精神，眉眼俊朗，我们相对藤萝架，只有几步距离，彼此看得很清楚。我注意观察她，她也时不时地瞄我两眼。我不懂那目光里包含什么意思，是好奇，是不屑，还是不以为然？正是中午时分，太阳很暖，透过藤萝残存的叶子，斑斑点点洒落在老太太身上，老太太垂下脑袋，不知在想什么，也没准儿是打瞌睡呢。

我画完了老太太的一幅速写像，站起来要走，路过她身边时，老太太抬起头问了我一句："刚才是不是在画我呢？"我像小孩爬上树偷摘枣吃，刚下得树来要走，看见树的主人站在树底下等着我那样，有些束手就擒的感觉。我很尴尬，赶紧坦白："是画您呢。"然后打开旧杂志递给她看，等待她的评判。她扫了一眼画，便把杂志还给我，没有说一句我画的她到底像还是不像，只说了句："我也会画画。"这话说得有点儿孩子气，有点儿不服气，特别像小时候体育课上跳高或跳远，我跳过去了或跳出来的那个高度或远度，另一个同学歪着脑袋说："我也能跳。"

我赶紧把那本旧杂志递给她，对她说："您给我画一个。"她接过杂志，又接过笔，说："我没文化，也没人教过我，我也不画你画的人，我就爱画花。"我指着杂志对她说："那您就给我画个花，就在这上面，随便画。"她拧开笔帽，对我说："我不会使这种毛笔，我都是拿铅笔画。"我说："没事的，您随便画就好！"

架不住我一再请求，老太太开始画了。她很快就画出一朵牡丹花，还有两片叶子。每个花瓣都画得很仔细，手一点儿不抖，我连连夸她："您画得真好！"她把杂志和笔还给我，说："好什么呀！不成样子了。以前，我和你一样，也爱到这里画画。我家就住在金鱼池，天天都到天坛来。"我说："您就够棒的了，都多大年纪了呀！"然后我问她有多大年纪了，她反问我："你猜。"我说："我看您没准八十岁。"她笑了，伸出手冲我比画："八十八啦！"

八十八岁了，还能画这么漂亮的花，真让人羡慕。我不知道我还能不能活到老太太这岁数，能活到这岁数的人，身体是一方面原因，心情是另一方面原因。这么一把年纪了，心中未与年俱老，笔下犹能有花开，这样的老人并不多。

  那天下午,阳光特别暖。回家路上,总想起老太太和她画的那朵牡丹花,忍不住好几次翻开那本旧杂志来看,心里想:如果我活到老太太这岁数,也能画出这么漂亮的花来吗?

第二章

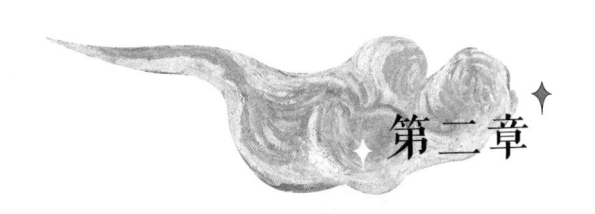

当岁月长出自己的纹理

那些个白天,那些个夜晚,总会一一浮现在我眼前,像是春天的地气一样,在遥远的地平线上袅袅地升起来,弥漫在我的身旁,让我想起了那些个夜晚、那些个白天,是那样真实,可触可摸,含温带热。

细雨台儿庄

去台儿庄那天,天下着雨,整个台儿庄笼罩在蒙蒙细雨之中。灰蒙蒙雾一样的雨飘洒着,摇曳得远近的景物都有些变形,台儿庄还像是弥漫在一片未散的硝烟里,似乎战争刚刚结束不久。由于雨的缘故,路面很滑,汽车行驶得很慢,眼前的景色如慢镜头徐徐展开,历史仿佛悄悄向我走近,一下子可触可摸起来。

台儿庄!隔着车窗玻璃,我在心里禁不住轻轻地叫了一声。我觉得我和台儿庄一起都隐隐在疼。

在中国的抗战史上,台儿庄是一面旗帜。它让日本强盗为自己的罪行付出了代价,为自己掘开埋葬自己的坟墓。1938年之春那场震惊世界的战役,日寇渡过黄河,让板垣师团和矶谷师团前后夹击台儿庄,妄图一举攻克济南,打通津浦铁路线,一口吞下中原。台儿庄,在这里矗立起一道血肉之躯建立起的屏障,阻挡住了侵略者骄横的步伐和无耻之梦。台儿庄,让日本强盗一万多人在这里丧生,也让中国将士付出了三万多人的性命。台儿庄,当我一想起这样的惊心动魄的数字,我就为你肃然起敬。我就能够感受得到你的怦怦心跳,你的碧血飞溅,你的呼啸呐喊。落日照血旗,马鸣风萧萧。

台儿庄!你被世人称为"中华民族扬威不屈之地"!

在当年尸骨成堆、断壁残垣的旧战场上，如今建起了高大漂亮的纪念馆。青灰色的花岗岩的石阶和两旁血红的鲜花，都沐浴在雨丝中，格外清新干净，灰得那样沉重，红得那样醒目。因为下雨，参观的人不多，四周安静得犹如深山古刹，远处田野里的玉米连接成无边的青纱帐，在如丝似缕的雨雾中摇曳着丰收的韵律，仿佛这里什么也没有发生过，就这样如同旅游胜地一样充满着和平与温馨。

圆屋顶覆盖下的展览大厅，四周是用实体和画笔结合勾勒出的战争图景。按动旋钮，声光影控制，音乐响起时，眼前的图景里突然炮火连天，刀光剑影，逼真成当年台儿庄战役的模样，甚至连当年拼死巷战，尸体横陈，堵死了巷口街头的情景都那样逼真。可除了当年在这里浴血奋战的人和当年壮烈牺牲的人的家属，谁还能够真正认识清楚眼前这环形立体电影一般的画面，是属于历史，还是属于今天？

其实，在我看来，再逼真，也只是仿造而已。不如留下当年战争中一段台儿庄坍塌的旧城墙，烧毁的老村庄，留下一段断壁残垣，留下一片废墟荒村，更为逼真，更为惊心动魄。我想起那年去日本，在广岛看见日本修建的和平公园，在鲜花盛开簇拥着的公园里，特意保留着当年原子弹爆炸后唯一留下的一座建筑物的残骸，如同恐龙骨架一样，斑驳凋零，突兀着，扭曲着，一派疮痍，让它与四周的花团锦簇做着醒目而残酷的对比，让世人永远忘不掉战争的恐怖。他们把自己修建成一个战争受害者的形象，却遮掩着他们自己曾经就是这场战争的发动者；他们把别人投下的原子弹摆在醒目的面前，却把自己的炸弹埋在地下，在地上栽上缤纷的鲜花。

我想起电影《辛德勒名单》里那些弹着巴赫钢琴曲疯狂残杀犹太人的法西斯，和在广岛看到的鲜花下掩盖着鲜血的对比一样，刺激在我的心头。无论德国法西斯也好，日本法西斯也好，都是一类货色，我们与他们不共戴天。站在台儿庄当年的战场上,心里总觉得我们这里修建得太像公园了。我们流的血比他们多,在日寇残酷"三光"政策和血淋淋的刺刀下,无数中华民族的子孙死在那场战争中啊,那么多的地方变成了惨不忍睹的废墟,我们却没有保留一处真实的类如奥斯威辛集中营的战争遗址,也没有保留一处如同广岛那样哪怕只是一点儿战争残骸也好。

但是,这里毕竟是台儿庄当年的战场,站在这里,虽然多少有些遗憾,看不到废墟,闻不见血腥,听不到枪声……依然让我禁不住想起那些惨无人道的法西斯,他们就曾经在这里——不是他们的国土而是在我们的家门口燃起罪恶的战火,屠杀我们多少无辜的同胞,枪声炮声就在我的耳边响起,血流成河就在我的脚下流淌,罪恶和腥风苦雨就在我的眼前弥漫。站在这里,历史一下子显得很近,仿佛就在昨天刚刚发生过一样。历史,于我们很近,是一件触目惊心的事,会让我们感到可怕;历史,离我们太遥远了,就没有那么可怕了,就会逐渐被有形无形的时间、有意无意的距离稀释、淡忘乃至扭曲。

台儿庄,让我们记住这一点,记住鲜花掩不住志士们的鲜血,也掩盖不住侵略者的罪行。

就是在这片土地上,面对日本侵略者,五十九军军长张自忠将军战死疆场,第二集团司令孙连仲指着战壕对守城的师长池峰城说:"士兵打完了你自己上前填进去,你填过了,我就来填进去!"我们的中国敢死队员们站成了一排,掷地有声地扔下了发给他们每人手中的一块银圆,他们说:"我们上去,我们不怕,我们只要在我们死后的地上建一块纪念我们的碑!"他们这样说罢,慷慨冲向侵略者的炮火,义无反顾,全部阵亡。这悲壮的情景吓得侵略者胆战心惊,魂飞魄散,定格在1938年那血染的春天。如今,在他们牺牲的土地上,建起了这座宏伟的纪念馆。细雨还在飘飘洒洒,仿佛是苍天祭祀他们而抛洒下的泪水。我们会忘记他们吗？我们会忘记侵略者吗？我们会忘记战争吗？我们会忘记那一段历史吗？我们会忘记与这样一段悲壮历史交融共存的台儿庄吗？

台儿庄！

1996年国庆节写于呼和浩特

天池浪漫曲

车出乌鲁木齐,戈壁的苍凉让人心发紧,悲壮让人心动,美却让人感到辛酸得想落泪。我知道这是西北独具的色彩和美,这是一种只有经历沧桑才能感到的悲剧式的崇高而庄严的美。美丽而神奇的天池那一缕浪漫,正诞生在这样具有浑黄苍凉美的土地上。

我并非独寻天池而来,而是为一个人。如果没有这个人,也许我不会到新疆后立刻直奔天池去。新疆最初给我的印象,不是哈密瓜,不是葡萄干,不是雪山,不是沙漠……而是他写的歌:"在那遥远的地方,有位好姑娘,人们走过她的帐房,都要回头留恋地张望……""达坂城的石头硬又平啊,西瓜大又甜;达坂城的姑娘辫子长啊,两只眼睛真漂亮……"是他的歌把新疆与我拉近。只是那时一直到后来许久,我并不知道不止这两首而是众多新疆的歌都是他创作的。这不能怪我,尽管《在那遥远的地方》被编入法国巴黎音乐学院的教材,美国黑人男低音歌唱家保罗·罗伯逊曾将它作为保留节目唱遍世界,但是歌曲并没有署名作者,而荒唐地冠以"青海民歌"。

车到阜康县城(今阜康市)折东跑三十一公里便是天池。一路清澈而清洌的天池水,先导一样引我入山。

王洛宾,我的心里轻轻地呼喊着他的名字。如果他活着,今年整整一百岁!

今年，我国好多名人诞辰的周年纪念，仅仅艺术家就有程砚秋诞辰一百一十周年；明年则有梅兰芳诞辰一百二十周年，周信芳诞辰一百二十周年……都有纪念他们的演出和活动，乃至展览，却似乎没见到纪念王洛宾的动静。想起当年台湾女作家三毛跑到新疆去找王洛宾的时候，媒体那种蜂追花枝刨根问底和连篇累牍的热情劲儿，真的是今非昔比。即时的效应，花边新闻可以登上头条。时过境迁，人们的淡忘，往往比风还要快得无影无踪。

我却常常想起他。只要一唱一听到新疆的歌曲，就会想到他。好像新疆歌曲都是他的创作。不过，确实很多至今依然传唱的新疆歌曲，是他的专利。他的心情，他的感情，他的青春，他的生命，融进他创作的无数首新疆歌曲里：《玛依拉》《半个月亮爬上来》《都塔尔和玛丽亚》《高高的白杨树》……可以列出一长串歌单。他的歌就是他的心的翅膀，让新疆飞向世界。

传说中也许带有演绎的色彩。说他二十六岁那一年，在兰州街头，偶然听到一个维吾尔族司机哼唱小曲，立刻被磁石般吸引住了。为此，痴情如醉，他竟义无反顾，如此冲动地只身一人西出阳关，直奔新疆，成了一个地地道道的西北土著。或许，这才是真正的艺术家。他的这番经历，让我想起了我国老一辈的画家刘方平，他也是在一次路过王屋山的时候，听到当地的农民唱京戏，一下子听入了迷，便也和王洛宾一样，冲动地从城市搬到王屋山，进山当了土著，终老一生。他们对艺术尤其对民间艺术的痴迷，和如今一些号称艺术家却只会在宾馆的红地毯上和大会堂的觥筹交错中作画唱歌的人，绝不相同。真正的艺术，从来处于江湖之远，和民间乡土贴心贴肺。

谁想到呢，王洛宾却为他年轻时的艺术冲动，付出太为昂贵的代价，不仅仅是青春，不仅仅是中年丧妻，还有长达十五年的牢狱生涯……

他却在艰辛痛苦的生涯中创作出那么多美妙足以惊动世界的新疆歌曲！或许，这就像罗曼·罗兰所说，对于一个艺术家而言，"痛苦的犁刀一方面割破了你的心，一方面掘出了生命的新的水源"。

我终于见到了天池！它比我见到过的许多湖泊都要美。平原的湖泊太湖、西湖、鄱阳湖，自不必说了，它们难有这样居高临下的气势，难有这样倚天揽山的格局，难有这样古木拔地、雪峰参天的森森万千气象！如果说美，它是冷艳的美，是经历寒冷之后的温馨；它是悲壮的美，是历经痛苦、磨砺沧桑之后的深沉。

站在这里，想起王洛宾，觉得只有他和他的歌，配得上天池这样的气象，他和他的歌与天池互为镜像，映彻在这片天地之间。

我想起很多年以前，那时，王洛宾还活着，我曾经在电视里听到王洛宾自己弹奏钢琴自己吟唱的一首歌。那是一首哀婉的情歌。与他同牢房的一位维吾尔族小伙子的情人，在外面苦苦等待小伙子，最后抑郁地悲情而死。小伙子出狱后，在姑娘的坟前铺满姑娘生前最爱的丁香花。他为他们忠贞不渝的爱情感动，在狱中写下了这首歌。他那苍老却深情的嗓音，我很难忘记，其中有这样一句歌词："姑娘的坟前铺满丁香，我的银须爬满胸膛……"当时听得让我立刻泪水潸然！这是一位长者的炽热情感，沉甸甸让人感到深沉的分量。这样富有赤子之心的汉子，岁月不会把青春一笔勾销，而会让他的歌声里永远弥散这丁香的芬芳。

王洛宾一百岁了。他的银须爬满胸膛，谁在他的坟前铺满丁香？

天池默默无语，荡起一圈圈涟漪，圆圆的密纹唱盘一样，把这一切录进它深沉的湖心里。

2014年11月9日改毕于北京

今朝有酒

我家以往并没有嗜酒如命的人。细想一下,也就是父亲在世的时候爱喝两口酒,不过是两瓶二锅头要喝上一个月,八钱的小盅,每次倒上大半盅,用开水温着,慢慢地啜饮,绝不多喝。

如今,弟弟却迷上了酒。几乎不可一日无酒,而且常醉,醉得将胆汁都吐出来,他依然喝。命中注定,他这一辈子难以离开酒。辛弃疾词云:"我饮不须劝,正怕酒樽空。"说他丝毫不差。家中并无此遗传因素,真不知他这酒是从何染上瘾的。

想想,该怨父亲。弟弟在家里属老小,小时候,一家人围在桌前吃饭,父亲常娇惯他,用筷子尖蘸一点儿酒,伸进他的嘴里,辣得弟弟直流泪。每次饭桌前这项保留节目,增添全家的欢乐,却渐渐让弟弟染上酒瘾。那时候,他才三四岁,还太小呀!

不满十七岁,弟弟只身一人报名到青海高原,说是支援三线建设,说是志在天涯战恶风,一派慷慨激昂。那一天,他到学校找我,我知道一切是板上钉钉,无可挽回了。我们两人没有坐公共汽车,沿着夕阳铺满的马路默默地走回家,一路谁也没有讲话。那天晚上,母亲蒸的豆包,是我们兄弟俩最爱吃的。父亲烫了酒,一家人默默地喝。我记不得那晚究竟喝了多少酒,不过,我敢肯定,父亲喝得多,而弟弟喝得并不多。他还是个孩子,白酒辛辣的刺激,对于他过早些,滋味并不那么好受。

三年后,我们分别从青海和北大荒第一次回家探亲,他长高了我半头,酒量增加得让我吃惊。我们来到王府井,那时北口往西拐一点儿,有家小酒馆,店铺不大,却琳琅满目,各种名酒,应有尽有。弟弟要我坐下,自己跑到柜台前,汾酒、董酒、西凤、洋河、五粮液、竹叶青……一样要了一两,足足十几杯子,满满一大盘端将上来,吓了我一跳。我的脸立刻拉了下来:"酒有么喝的吗?喝这么多?喝得了吗?"弟弟笑着说:"难得我们聚一次,多喝点儿!以前,咱们不挣钱,现在我工资不少,尝尝这些咱们没喝过的名酒,也是享受!"

我看着他慢慢地喝。秋日的阳光暖洋洋、懒洋洋地洒进窗来,注满酒杯,闪着柔和的光泽。他将这一杯杯热辣辣的阳光一口一口地抿进嘴里,咽进肚里,脸上泛起红光和一层细细的汗珠,惬意的劲儿,难以言传。我知道,确如他说的那样,喝酒对于他已经是一种享受。三年的时光,水滴也能石穿,酒不知多少次穿肠而过,已经和他成为难舍难分的朋友。

想起他孤独一人,远离家乡,在茫茫戈壁滩上的艰苦情景,再硬的心也就软了下来。还是个没长大的孩子,就爬上高高的井架,井喷时喷得浑身是油,连内裤都油浸浸的。扛着百斤多重的油管,踩在滚烫的戈壁石子上,滋味并不好受。除了井架和土坯的工房,四周便是戈壁滩。除了芨芨草、无遮无挡的狂风,四周只是一片荒凉。没有一点儿业余生活,甚至连青菜和猪肉都没有。只有酒。下班之后,便是以酒为友,流淌不尽地诉说着绵绵无尽的衷肠。第一次和老工人喝酒,师傅把满满一茶缸白酒递给了他。他知道青海人的豪爽,却不知道青海人的酒量。他不能推托,一饮而尽,便醉倒,整整睡了一夜。从那时候起,他换了一个人。他的酒量出奇地大起来。他常醉常饮。他把一切苦楚与不如意,吞进肚里,迷迷糊糊进入昏天黑地的梦乡。他在麻醉着自己。其实,这是对自己命运无奈的消极。但想想他那样小而且远在天涯，那样孤独无助，又如何要他不喝两口酒解解忧愁呢？"人间路窄酒杯宽"，一想到这儿，便不再阻拦他喝酒。世道不好或在世道突然变化的时候，酒都是格外畅销的。酒和人的性格相连，也与世道胶黏，怎么可单怪罪弟弟呢？

这几年，世道大变。"四人帮"粉碎之后，弟弟先是调到报社，然后升入大学、考上研究生。可是，"文章为命酒为魂"，他的酒依然有增无减。我的酒与世道的理论在他面前一无所用。

他照样喝，时有小醉或大醉，甚至住过医院。家里最怕来客人，因为他往往会热情得过分，借此大喝一通，不管人家爱喝不爱喝，他非要把一瓶瓶排成一列的啤酒喝光，再把白酒喝得底朝天，直至不知东方之既白。我最担心过春节，因为那是他喝酒的节日，从初一喝到十五，天天酡颜四起、酒气弥漫，让家人不知所从，似乎跟着他一起天天泡在酒缸里一般。有几次，从朋友家喝完酒归家，醉意朦胧，骑车带着儿子，儿子迷迷糊糊睡着了，他竟将儿子摔下去，自己却全然不知，独自一人一摇三晃风摆杨柳一样骑回家。有一次，和头头脑脑聚餐，喝得兴起胆壮，酒后吐真言，将人家狗血淋头一通痛骂，最后又如电影里赴宴的正人君子义愤填膺将酒桌掀翻……

这样的事虽只是偶尔发生，却让人提心吊胆。他妻子便给我写信求救。虽远水解不了近火，我依然消防队员般扑救。只是我一次次做着无用功，他一次次依然喝。我唯一能够做的，是他回北京住我这里，控制他的酒量。但是，晚上酒未喝足，见他躺在床上辗转反侧、半宿半宿亮着灯光看书那痛苦的样子，心里常动恻隐之情。他无法离开酒，就让他喝吧！喝痛快之后，他倒头就睡，宠辱皆失、物我两忘的样子，让人心里还好受些。不过，我常将这涌起的恻隐之情斩断在摇篮中。我实在不愿意他成为不可救药的酒鬼。我希望帮他克制这个液体魔鬼！

我发现我这一切都落空了。弟弟不和我争执，任我老太婆一样絮絮叨叨数落，任我狠着心就不把他的酒杯斟满。他的心磁针一样依然顽强指向酒，万难更易。实在馋得要命，他便带上我的孩子，到外面餐馆里痛痛快快喝一顿，喝完之后嘱咐孩子："千万别告诉你爸爸！"和我一起外出，他说他渴了，我说那就喝汽水吧，他说汽水不解渴。我知道他在馋酒，只好让他喝。一大杯啤酒饮马一样咕咚咚下肚，他回去退杯时趁我未注意，偷偷回头瞧我一眼，匆忙再要半升一饮而尽，方才心满意足退出酒铺。

去年，我和他一起到新疆采访，开着会却找不见他。不一会儿，他手拎着个酒瓶，站在会议室的门前，实在像是立在一幅画框里，让人哭笑不得。我们到野外钻井队采访，那里不许喝酒，三天下来可把他憋坏了，刚出井队便跑进商店，不管什么酒先买上一瓶再说。钻进越野车，酒却找不见了。看他麻了爪一样在座椅上下前后翻找的样子，真有些好笑，仿佛守财奴找他的钱包、贵妇人找她的钻戒、当官的找他丢失的大印……他那样子引起大家一阵笑。说心里话，我心里很不是滋味。

我的孩子曾颇为好奇地问他："叔叔，喝醉了以后是什么感觉呀？"他说："有人醉后打架骂人，有人醉后睡大觉，而我醉后是进入仙境！"

他这样对我说："我喜欢林则徐这样一句话：'诗无定律须是将，醉到真乡始是侯。'"

我不知"醉到真乡"究竟是什么样子，便也难以进入他的"仙境"之中。或许，人和人的心真是难以沟通，即便是亲兄弟也如此。我知道他生性狷介，与世无争，心折寸断或柔肠百结时愿意喝喝酒，萍水相逢或阔别重逢时也愿意喝喝酒，独坐四壁或置身喧嚣时还愿意喝喝酒……我并不反对他喝酒，只是希望他少喝，尤其不要喝醉。这要求多低、这希望多薄，他却只是对我笑，竖起一对早磨出茧子的耳朵，雷打不透，滴水不进。

  从小离开父母,那么小独自一人漂泊天涯,怎不让人牵挂?记着弟弟喝酒成了我的一块心病。虽明知说也无用,偏还要唠叨不已。外出见到那些醉酒的人,总不由得想起弟弟。前年路过莫斯科,见到那么多酗酒的人被抬上警车狼狈的样子;今年在巴塞罗那,遇到醉酒的摩洛哥人拉着我的胳膊云山雾罩要和我攀谈的样子——都让我想起弟弟,莫非这便是醉到真乡?醉入仙境?我相信弟弟绝不至如此,他的真乡与仙境或许更妙,或许是一种解脱和升华,但我宁愿他不要这一切,而只像平常人一样将酒喝得适可而止,将酒视为一种普普通通的饮料。

  今年秋天,弟弟千里迢迢来北京出差,虽长途跋涉,又几处换乘颇为不便。没带别的,竟带回一瓶瓷瓶的互助大曲。他掏出几经颠簸却保存完好的酒对我说:"这是青稞酒,青海最好的酒!"我哭笑不得。

  我们已经不再年轻。十七岁的少年痛饮只是往昔的一场梦。这次回家,我发现弟弟明显苍老许多,酒量已不如以前,往往几杯酒下肚,话稠语多,眼睛泛红而混浊,肩膀倾斜,手臂也不时隐隐发抖。我真担心这样喝下去待他年老时会突然支撑不住的。他却一如既往,高声呼道:"来,干杯!"

  我无法干杯。虽然我知道弟弟无限情感寄托于此。"功名万里外,心事一杯中"是他曾经抄给我的一句唐诗。但是我依然不能干。弟弟,我劝你也不要干,而放下你手中的酒杯。尽管这番话也许打不起一点儿分量,尽管这番话已经讲了一万遍,我仍然要对你再讲第一万零一遍!

  你听到了吗?

1992年10月4日于北京

美丽的脆弱

我有一个朋友,假期没有像有的人那样往风景热闹的地方跑,偏偏跑到了当年他插队的地方。那是一个叫作西尔根的地方,很动听也很陌生的名字。走之前,全家没有一个人同意他去。是啊,都离开那里二十六年了,没有任何一点儿的联系,干吗心血来潮非要去那里?他偏偏就是一意孤行,只好偷偷地离开家,上了奔向内蒙古草原的火车。就像二十六年前他离开北京去西尔根那天一样,也是独自一人,傍晚的夕阳火红,显得有些凄清。

其实,上了火车,他自己也没明白为什么一根筋似的非要大老远地跑一趟那里。也许就像罗大佑的歌里唱的那样:"眼看着高楼越盖越高,我们的人情味却越来越薄,朋友之间越来越有礼貌,只因为大家见面越来越少;苹果价钱卖得没以前高,或许现在味道变得不好,就像彩色电视机越来越花哨,能辨别黑白的人越来越少……"久居城市,天天见到的都是这些钢筋水泥和上了油彩化妆的脸,心都磨出了厚厚的老茧,硬得油盐不进,真是容易让人心烦意乱,他要躲个清静,突然想起了离开了二十六年的那个遥远的草原?

他说不清,他是个强悍的人,想好的事就要去做,不会在关键的时候弱下来。坐了一天一夜的火车,又坐了大半天的汽车,他就是要奔向那个叫作西尔根的地方。这地名对家人陌生得犹如在天外另一个星球之上,对他却是比世界上任何一个旅游胜地或其他辉煌的地名都要刻骨铭心。望着窗外奔驰而过的北方原野,他愣是一天一夜在火车上没合眼。

他终于见到了西尔根和在西尔根他想见的人。他曾经在那里度过了整个青春期,那个地方怎么能够像吃鱼吐刺似的轻易地剔除得掉呢?许多和青春连在一起的东西和地方,不管好坏,都是难以忘掉的。西尔根,西尔根,有时会在心中叫着它,就像叫着自己的名字一样。

因为最后几年他当了民办老师,他教过的学生先是呼喊着"巴克西依乐咧"(蒙古语老师来了)都跑了过来,却不是他想象的样子,个个已经面目皆非。都是有了孩子、四十岁上下的人了,有的还居然有了孙子,能不让他感慨流年暗换?

又听见了熟悉的蒙古语,又吃到了熟悉的扒羊肉,又喝到了熟悉的奶皮子,又闻到了熟悉的"乌日莫"拌炒米的香味和属于西尔根草原风中的清香……酒酣耳热之际,这些学生们对他说:"老师,我们给你唱首歌吧!"他以为是常见的蒙古族人喝酒时的唱歌助兴,那就唱吧,没想到他们忽然齐刷刷地站了起来,齐声声唱的竟是二十六年前自己教他们的那首歌。如果不是他们唱,他几乎都要忘光了,他一辈子就自编了这么一首歌,二十六年了,他们居然还记得?记得这么清清楚楚!不知怎么搞的,当着那么多的学生,一下子竟泪流满面。

他才发现自己原来并不那么坚强,竟然这样脆弱。一首陈年老歌就让自己的眼泪没出息地流出来。

其实,有时候,人心需要一点儿脆弱。我们太崇尚所谓的强人和牛仔硬汉,其实,时时都是那样坚强,像时时穿着盔甲、举着盾牌似的,会让人受不了。就像城市要是处处都变成坚强的钢筋水泥,露不出一点儿见泥见土的地方,就不能让雨水渗进去,滋润出一片青草或一匝绿荫。

如果我们还能够在行色匆匆之中偶然被一首陈年老歌或被一点儿微小的事打动，说明我们还有药可救。

有时候，脆弱就是这样测量我们是否还有可救药的一张 pH 试纸。

2005年5月写毕于北京

北大荒的教育诗

我在我们大兴农场的场部中学只教了一年多的书。算起来,我在北大荒的教龄不长,才两年的时间。但是,这两年是我最开心的日子,也是发挥自己的力量最得天独厚的日子。谁也不愿意总想自己走麦城,我常常会怀念这两年的时光。

场部中学在场部工程队的后面,是一个四方形的校园,没有围墙,四面都是新盖起来的红砖房子,天然围成了一个开放型的校区。在当时,除了场部办公室,这是最好的房子了。在我们二队还都是拉禾辫的草房,没有一间砖房呢。

我就在靠西的那一排房子中的一间教室里,教高二一个班的语文。在这所学校里,我做得最得意的事情,是在班上成立了一个文学小组。可以毫不夸张地说,这不仅是全场部中学第一个也是唯一一个文学小组,而且是我们整个大兴岛的第一个也是唯一一个文学小组。

说来有意思,我组织这个文学小组的主要目的,是针对班上的两个学生。

一个是男学生。他非常调皮,屁股底下像安上了弹簧,总也坐不住,上课的时候经常乱窜、捣乱。我批评他,他坐在靠窗的座位上,不高兴了,翻身一跃,从窗户跳到外面,等你追到教室外的时候,他早跑没影儿了。他这样一闹,全班哈哈大笑,一堂课甭想上安稳了。

一个是女学生。她个子矮小，坐在第一排，特别爱和同桌说话。她就坐在我眼皮子底下，非常扎眼。我恶狠狠地盯着她，或者用课本使劲儿敲她的书桌，甚至点着她的名字，叫她不要再讲话了。她老实那么一小会儿，就憋不住了，又开始麻雀一样叽叽喳喳地讲起话来。也不知道她怎么会有这样多的话，同桌在我的目光下都不再理她，她依然歪着脑袋，撅着朝天椒一样的小辫，还和人家讲话。

下课后，我把她留下来，叫到办公室，问她怎么这样爱讲话，有什么话非要在上课的时候讲个没完没了。她不讲话了，任凭我怎么苦口婆心，或怎么软硬兼施，她都是紧闭着薄嘴唇，一言不发。这非常激我的火，上课的时候，你叽叽喳喳地说个没完，现在你变成扎嘴的葫芦了？那时，我的性子也很倔，心想，今天我还非要撬开你的嘴不成了！可是，她就是双唇紧锁，一言不发，好像是个哑巴。我到现在都清晰地记得，那时是春天，天上下着小雨，雨水顺着房檐滴落，又顺着窗户玻璃滴滴答答滑落，她望着窗外，就是一言不发，好像在专心致志地欣赏那潇潇春雨呢。

天近黄昏了，我非常无奈，觉得自己很失败，只好把她放走了。她连瞅我一眼都没有，一甩朝天椒一样的小辫，转身就跑走了。

可以说，全班同学，我唯独对她的印象不好。说来也怪，第一次收上作文本，我看到她写的作文，却写得很不错。我已经忘记她具体写的什么了，但印象深刻的是，她的爸爸和妈妈一直在外面干活儿，在大兴岛她只是跟着她的爷爷和奶奶生活。回到家，没有人和她说话，她就一个人看书。她很爱看课外书，这一点让我对改造她增添了点儿信心。

我得想办法，驯服这头摆腿就蹦的"小毛驴"和这个上课爱讲话、下课不讲话的"朝天椒"。我让这头"小毛驴"当我语文课的课代表，看他挺高兴，收作业、发作业的积极性很高，对语文学习的兴趣也渐渐浓了起来。紧接着，我成立了这个文学小组，让他当文学小组的组长，每次活动的时候负责招呼同学。我希望通过这样的活动趁热打铁，进一步巩固加强他对语文刚刚产生的兴趣，然后树立起他学习的信心。同时，我交给他另一个任务，每次文学小组开展活动的时候，一定拽上那个"朝天椒"参加。

我发现当上了这个课代表和小组长之后，他比班上别的干部还要负责，大事小事都是他张罗，拿着鸡毛当令箭，挺像那么回事似的。每次活动，他都准时把"朝天椒"拉来。开始参加小组活动的人有十几个，后来到二十多个，全班一半以上的同学都参加了，这不能不说是当时学校的一大新闻。

那时没有电视，晚上的文化活动很少，他们并不清楚文学小组究竟是干什么的，只是当成了一种娱乐，无形中让寂寞的夜晚多了一些调剂的内容。

文学小组的活动，不外乎读语文课本之外的一些文学作品，然后我讲解一下它们的可读之处在哪里。因为那时是特殊的历史时期，我只找到一本李瑛当时新出版的诗集《红花满山》。我从中挑选了一些诗，油印出来给大家看。另外，那时我们的《兵团战士报》有个"北国风光"的文学副刊，常刊登一些知青写的诗歌、散文、小说什么的，我也会拿来给大家读。有时候，《兵团战士报》上也会刊登我写的一些东西，他们读起来会更来劲儿。他们东一榔头，西一棒槌，好奇地问我很多问题，即使是风马牛不相及，十分好笑，却也让他们开始对文学感兴趣，觉得又神秘又好玩。

那时，他们年纪小，而我还算得上年轻。几十年的时间过去了，班上这些同学，我再次见到的很少，只有我的课代表到北京来，见过好几次。如今，他在法院工作，他的儿子都已经结婚了。说起往事，他总是比我还要兴致盎然,满眼放光。他记得最多也最清楚的,是有一天晚上天忽然下起暴雨来,我还是先到教室里来了,但望着窗外的暴雨如注、雷电闪动,心里对这晚上文学小组的活动不抱什么希望了。这么大的雨,通往学校的路都是泥路,早都陷得坑坑洼洼、泥泞一片,而且没有一盏路灯,黑漆漆的,很吓人。即使孩子想来,家长也不让来了呀!可是,同学们竟然还是一个个都来了,最早来的是我的课代表。

他对我说,我当时坐在讲台桌上——我想起来了,我是坐在讲台桌上。当我看到我的课代表披着一件厚厚的军用大雨衣,打着手电筒,出现在教室门口的时候,我高兴得一下子从讲台桌上蹦到了地上。我看见他穿着一双大号的高筒雨鞋,显然穿的是他爸爸的,那双雨鞋上面的筒口宽大,灌进了雨水。他脱下雨鞋,往外倒水,水很快洇湿了教室里的泥地面,洇成一片,我笑它像小孩尿炕的地图,他听了咯咯地笑。

没过多大一会儿,同学们都打着伞的打着伞,穿着雨衣的穿着雨衣,陆陆续续地来齐了。手电筒在暴雨中忽闪忽闪的,让那个夏天暴雨的夜晚充满暖意。

"当时,你对我们说,这暴雨中的手电光就是诗。"我的课代表现在还清晰地记得我当时说的话。他说得没错,或者说我当时说得没错,那就是诗,那是属于他们的诗,也是属于我的教育诗。

他这么一说,往事一下子迅速复活起来。那天,文学小组的人都来了,唯独"朝天椒"没有来。他有些着急,对我说:"肖老师,快开讲吧,别等她了!"

我说:"还是再等一下吧,她应该会来的。"

他着急地说:"她要来的话早就来了,别等了!"其他同学也这样附和着,催我快讲,别因为她一个人影响大家。

我说再等一会儿……正说着,看见她出现在教室的门口,身后跟着她的爷爷。她爷爷很抱歉地对我说:"肖老师,真是对不起。孩子刚才来学校的半路上,雨下得太大,她跌了一跤,浑身都是泥。回家换衣服,来得晚了,耽误大家了。"我的课代表愣愣地冲着她说:"肖老师一直等着你来才讲课呢,你看你多大的面子呀!"我看着她垂着脑袋,羞怯地走进教室,坐在座位上。

我的课代表还对我说了这样一件事:"还有一天晚上,场部里演露天电影,就在工程队的院子里,离学校很近,能够从我们教室的窗户里看到那里银幕上的闪动,听见电影里的声音。那天晚上我们文学小组活动,没有一个同学去看电影,相反,后来我们的活动倒把好多看电影的人吸引了过来,跑到教室里听你讲诗。"

这件事情我倒是真忘得一干二净了。真的吗?我有些不相信。

但他肯定地说:"保证没有错。我记得特别清楚,那天晚上演的是罗马尼亚的电影《多瑙河之波》。"

许多往事我自己早已经忘记,沉睡在过去的阴影里,往往是别人的回忆把它们唤醒。别人的回忆像光一样照亮它们,也照亮自己的回忆,它们才会这样像鱼一样游来游去,游到我的面前,带来过去年月里水花的湿润、水草的腥味,还有那时的星光月色映照在水面上的粼粼波光。

我真的非常怀念我在学校的那段日子,怀念那个暴雨如注的夜晚,怀念那个演罗马尼亚电影《多瑙河之波》的夜晚,怀念所有那些个不论有星星还是没有星星、有风雪还是没有风雪的夜晚。

如今,当年我教书的那些教室早已经被拆除,新的大兴农场的中学已经是一座漂亮的大楼。在世事沧桑变化之中,大兴岛早已经不是当年的模样,我们二队连同那所小学早已经没有了,被一片麦田和豆地所覆盖。曾经燃烧过我青春岁月的日子,随着地理的变化而变得摇曳多姿,显得那样遥远而不真实。

不知为什么，我还是常常想起我曾经教过书的那两所学校。我常常会想起，开春道路翻浆时学校前面的路口，我守候在那里等待着学生们的到来；我也会想起，夏夜里闪烁在学校门前的那盏北大荒独有的马灯昏黄的灯光和夏天土豆地里那个草帽上插着淡蓝色的土豆花、向我跑过来的小姑娘；我也常常想起那个暴雨如注的夜晚，一盏盏亮在雨雾中的手电筒和放映电影《多瑙河之波》的夜晚我给学生们讲李瑛的《红花满山》的情景……那些个白天，那些个夜晚，总会一一浮现在我眼前，像是春天的地气一样，在遥远的地平线上袅袅地升起来，弥漫在我的身旁，让我想起了那些个夜晚、那些个白天，是那样真实，可触可摸，含温带热。我甚至能够感受到它们涌动的气息，像春天水泡子里冒出的气泡似的，汩汩地涌到身边，温馨而动人。

年轻时去远方漂泊

寒假的时候，儿子从美国发来一封 E-mail，告诉我他要利用这个假期开车从他所在的北方出发到南方去，并画出了一共要穿越 11 个州的路线图。刚刚出发的第三天，他在得克萨斯州的首府奥斯汀打来电话，兴奋地对我说，那里有写过《最后一片叶子》的作家欧·亨利的博物馆，而在昨天经过孟菲斯城时，他参谒了摇滚歌星猫王的故居。

我羡慕他，也支持他。年轻时就应该去远方、去漂泊。漂泊会让他见识到他没有见到过的东西，让他的人生半径像水一样蔓延得更宽，更远。

我想起有一年初春的深夜，我独自一人在西柏林火车站等候换乘的火车，寂静的站台上只有寥落的几个候车的人，其中一个像是中国人，我走过去一问，果然是，他是来接人的。我们闲谈起来，知道了他是从天津大学毕业到这里学电子的留学生。他说了这样的一句话，虽然已经过去了十多年，我依然记忆犹新："我刚到柏林的时候，兜里只剩下了 10 美元。"就是怀揣着仅仅 10 美元，他也敢于出来闯荡，我猜想得到他为此所付出的代价，异国他乡，举目无亲，风餐露宿。漂泊是他的命运，也改变了他的性格。

我也想起我自己，在比儿子还要小的年纪驱车北上，跑到了北大荒。我自然吃了不少的苦，北大荒的"大烟泡儿"一刮，就先给了我一个下马威,天寒地冻,路远心迷,我仿佛已经到了天外,漂泊的心如同断线的风筝,不知会飘落在哪里。但是,它让我见识到了那么多的痛苦与残酷的同时,也让我触摸到了那么多美好的乡情与故人。而这一切不仅谱就了我当初青春的乐章,也成了我今天难忘的回忆。

没错,年轻时心不安分,不知天高地厚,想入非非,把远方想象得那样好,才敢于外出漂泊。而漂泊不是旅游,肯定是要付出代价的,多品尝一些人生的滋味,绝不是如同冬天坐在暖烘烘的星巴克里啜饮咖啡的那种味道。但是,也只有年轻时才有可能去漂泊,漂泊需要勇气,也需要年轻的身体和想象力,漂泊后便收获了只有在年轻时才能够拥有的收获和以后你年老时的回忆。人的一生,如果真的有什么事情叫作无愧无悔的话,在我看来,就是你的童年有游戏的欢乐,你的青春有漂泊的经历,你的老年有难忘的回忆。

一辈子总是待在舒适的温室里,再是宝鼎香浮、锦衣玉食,也会弱不禁风,消化不良的;一辈子总是离不开家的一步之遥,再是严父慈母、娇妻美妾,也会目光短浅,膝软面薄的。青春时节,更不应该将自己的心锚一样过早地沉入窄小而琐碎的泥沼里,沉船一样跌倒在温柔之乡,在网络的虚拟中,在甜蜜蜜的小巢中,酿造自己龙须面一样细腻而细长的日子,消耗着自己的生命,这会让自己未老先衰变成了一只蜗牛,只能够在雨后的瞬间从沉重的躯壳里探出头来,望一眼灰蒙蒙的天空,便以为天空只是那样大,那样脏兮兮。

青春,就应该像是春天里的蒲公英,即使力气单薄、个头又小,还没有能力长出飞天的翅膀,借着风力吹向远方;哪怕是飘落在你所不知道的地方,也要去闯一闯未开垦的处女地。这样,你才会知道世界不再只是一幢好看的玻璃房,你才会看见眼前不再只是一堵堵心墙。你也才能够品味出,日子不再只是白日里没完没了的堵车和夜晚时没完没了的电视剧和家里不断升级的鸡吵鹅叫。

意大利人尽皆知的探险家马可·波罗,17岁就随其父亲和叔叔远行到小亚细亚,21岁独自一人漂泊整个中国;英国著名的航海家库克船长,21岁在北海的航程中第一次实现了他野心勃勃的漂泊梦;奥地利的音乐家舒伯特,20岁那年离开家乡,开始了他在维也纳的贫寒的艺术漂泊。我国的徐霞客,22岁开始了他历尽艰险的漂泊;行万里路,读万卷书……当然,我还可以举出如今被称为"北漂一族"——那些从外地来北京拼搏奋斗的人们,也都是在年轻的时候开始了他们最初的漂泊。年轻就是漂泊的资本,是漂泊的通行证,是漂泊的护身符。而漂泊则是年轻的梦的张扬,是年轻的心的开放,是年轻的处女作的书写。那么,哪怕那漂泊如同舒伯特的《冬之旅》一样,茫茫一片,天地悠悠,前无来路,后无归途,铺就着未曾料到的艰辛与磨难,也是值得去尝试一下的。

我想起泰戈尔在《新月集》里写过的诗句:"只要他肯把他的船借给我,我就给它安装一百只桨,扬起五个或六个或七个布帆来。我决不把它驾驶到愚蠢的市场上去……我将带我的朋友阿细和我做伴。我们要快快乐乐地航行于仙人世界里的七个大海和十三条河道。我将在绝早的晨光里张帆航行。中午,你正在池塘洗澡的时候,我们将在一个陌生的国王的国土上了。"那么,就把自己放逐一次吧,就借来别人的船张帆出发吧,就别到愚蠢的市场去,而先去漂泊远航吧!只有年轻时去远方漂泊,才会拥有这样充满泰戈尔童话般的经历和收益,那不仅是他书写在心灵中的诗句,也是镌刻在你生命里的年轮。

生命平衡的力量

不知道你相信不相信，无论什么样的生命，在短促或漫长的人生中都需要平衡，并且都会在最终得到平衡。漂亮的白雪公主自然有其漂亮面庞的如意，却也有后母的嫉妒、派人追杀，以及毒梳子和毒苹果危险等的不如意；不漂亮的灰姑娘自然有其悲惨的种种命运，却也有其终成正果的美好回报。眼睛失明，意大利的安德烈·波切利却成为著名的盲人歌唱家；腿残疾了，爱尔兰的克里斯蒂·布朗却用唯一能够活动的左脚敲打键盘，成为著名的作家。个子高的，如姚明，自然成就了他的事业，他可以到美国的NBA去打篮球，风光无限；个子矮的，就一定不如个子高的吗？如拿破仑，按现在的标准大概得是二级残废了，但却不妨碍他成为盖世的英雄。

这就像《红楼梦》里所说的：大有大的难处，小有小的好处。这也就像《伊索寓言》里所讲的：高高的长颈鹿可以吃得着高高树枝头上的叶子，却没办法走进院子中矮小的门；矮矮的山羊吃不着高高树枝头上的叶子，却轻而易举地走进了矮小的门。

懂得了生命中的这一点意义，不仅是让我们不必为我们自身的长处而骄傲，不必为我们自身的短处而悲观；也不仅是让我们知道拥有再多，总会有失去的时候，失去得再多，总会得到补偿的机会；更重要的是，让我们充分体味到生命其实是一条流淌的河，乱石穿空，惊涛拍岸，卷起千堆雪,是生命中的一种情景;潮平两岸阔,风正一帆悬,也是生命中的一种情景;一条河在流淌的过程中,不可能总是前一种风景,也不可能总是后一种风景,它要在总体流量的平衡中才会向前流淌,一直流入大江大海。因此,我们不必去顾此失彼,我们不必去刻意追求某一点,从而在这样生命的平衡中,让我们的心态更加从容,让我们的生活更加平和,让我们的人生更加是一幅舒展的画卷。

今年我去土耳其,遇见被称为土耳其首富的萨班哲先生。说萨班哲先生是土耳其的首富,并不虚传,并不夸张,在大街上所有跑的丰田汽车,都是他家生产,凡是有蓝底白字 SA 字母牌子的地方,都是他家的产业,凡是有蓝底白字 SA 字母商标的东西,都是他家的产品。在土耳其,SA 的标志,触目皆是;萨班哲的名字,家喻户晓。

如此富有的人,却也有命运不济的地方,他的两个孩子,一个儿子,一个女儿,都是智力残疾。命运,就是和他这样开着残酷的玩笑。他却以为这其实就是生命给予他的一种平衡,而不去怨天尤人。他的想法,和我们古人的想法很有些相似之处:月有阴晴圆缺,人有悲欢离合,好事古难全。想到生命这样的一点平衡的意义,他的心也就自然平衡了。命运一方面给予他别人无法企及的财富,另一方面给予他对比如此触目惊心的惩罚。他想开了,惩罚也可以变成回报,两者之间沟通的桥需要的就是生命的平衡力量。他便将他那么富裕的钱,不是仅仅为了留给他的两个孩子,而是在伊斯坦布尔修建了一座残疾人的公园,公园里所有的器械都是为残疾人专门设计的,就连游乐场上的摇椅,都有供残疾人不用离开轮椅而自动坐上坐下的装置。他希望以自己能够做到的事情来平衡更多残疾人不如意的生活,从而使自己不如意的生活达到新的平衡。

萨班哲先生已经七十有余,如此富有,其实一生却非常抠门,传说他一直到现在,依然是一天只抽一支雪茄,上午和下午各半支;依然是一天只喝一小杯威士忌，是在一天工作完太阳下山之后坐下来喝。但到了该花钱的时候，他却一掷千金，如伊斯坦布尔的这座残疾人公园。他在富有和贫穷、健全与残疾、得到与失去中寻找到了自己的平衡。

那天，我们去参观以他的名字命名的萨班哲博物馆。博物馆就建在博斯普鲁斯海峡的岸边，进去可以观各种名画，外面可以看海水蔚蓝、海鸥翩翩和博斯普鲁斯大桥的巍峨壮观，真是非常漂亮。这里原来是他的私人住宅，他捐献出来改建成了博物馆。在这座博物馆里，最有趣的是在一间陈列室里，挂的全部是萨班哲先生的漫画。是萨班哲先生请来土耳其的漫画家们，让他们怎么丑怎么画，越丑越好，画成了这样满满一屋子的漫画。有时候，他到这里来看一屋子包围着他的、画着他的那一幅幅丑态百出的漫画，他很开心，他在这里找到了在外面被人或鲜花或镜头所簇拥着、恭维着的所没有的平衡，他在这里找到了在两个智力残疾孩子给予他痛苦中所没有的欢乐。萨班哲先生真是洞悉了世事沧桑，彻悟到了人生三昧。他实在是一个智慧的老头儿，懂得平衡的艺术真谛。

我们能够拥有他这样洒脱而潇洒的心态吗？我们能够拥有他这样宠辱不惊的自我平衡的力量吗？如果我们也一样拥有，我们的人生就会和萨班哲先生一样过得充实而愉快，而不会因为一时的得意而忘乎所以，因一时的失意而绝望到底，我们便和萨班哲先生一样在世事的跌宕中历练自己，在生命的平衡中体味到人生的意义。

人的一生，从来不可能不是天堂就是地狱、非此即彼的选择，而总是在这两者之间有一种平衡力量的显示。这样，我们的生命处于一种能量守恒状态中，而对生活中所呈现出的极端才不会或得意忘形或惊慌失措，比如：有时候我们会处于睡眠状态，有时候我们会处于亢奋状态；有时候我们会如孔雀开屏四面叫好，有时候我们会如老鼠钻木箱两头挨堵；有时候我们需要抹龙胆紫，有时候我们需要搽变色口红；有时候我们需要开塞露，有时候我们又需要润肤霜……生命就是在这样的阴阳契合、内外互补、得失兼备和相辅相成中达到平衡。寻找这样的平衡，便能寻找到生活的艺术，寻找到生命和人生的意义。生命平衡的力量，其实就是我们平常生活的定力，是我们琐碎人生的定海神针。

好味止园葵

偶尔曾经这样一想，人生最须臾离不开的就是吃了，国内国外大小餐馆，吃的委实不少了，但是，最难忘的，却不在那里，而全在毫不知名的乡村野店。即使过去的日子那么久了，吃的味道，还有那里陈设的一切，都还是那样的清晰如昨。真的是怪了。

三十六年前的秋天，之所以记得如此清楚，因为那是我插队北大荒第一次离开那个小村子，来到了富锦县城（今富锦市）。那时，村里没有什么吃的，尤其到了冬天，除了老三样，即冻白菜、冻土豆、冻胡萝卜之外，只有煮上一锅冻豆腐汤，用淀粉拢芡浇上点酱油、香油，我们称之为"塑料汤"。吃了整整两冬这些东西，胃都吃倒了。来到县城，第一顿晚饭，在一家小馆里吃的，吃的是肉片炒芹菜。不知人家地窖里是怎么保存的，芹菜虽然很细，却很新鲜，炒出来一盘，湛清汪绿，好像刚刚从地头摘下来一样。我再也没吃过那么好吃的芹菜，一直到现在，只要一想起来，一种脆生生、香喷喷略微苦丝丝的芹菜味道还在嘴里缭绕，令我口舌生津。

大约十年前，从延安下来，车子开了一个来钟点，停在一个村头，进了一家小馆。这是朋友特意带我来的地方，肚子早咕咕叫了，朋友说好饭别怕晚，让我坚持。因为早过了午饭的点，小馆里空荡荡的，不仅没有一个客人，连店主人都不在了。忙招呼人把店家请了来，来了个陕北汉子,既是老板,又是厨子,说菜是现成的,不过只有一道:手抓羊肉。不一会儿工夫,一小锅热腾腾的手抓羊肉就上来了。手抓羊肉,吃的次数多了,没有吃过这样鲜这样香的。我问老板汤里都搁什么作料了,这么香!他告诉我,除了葱、姜和盐,什么都没放(连油都没放),只是这羊是今天早晨天没亮时宰的,小火炖了整整一个上午。一天就卖这么一只羊,都是从延安下来的游人来吃,宁可饿着肚子跑老远,也到这里吃。就这么简单,就这么好吃,不管是西安,还是北京,再大的餐馆,没脾气。

前两年,又去延安,想那手抓羊肉,如法炮制,下了延安,车子开了大约一个钟点,到了一个村口,却怎么也找不到那家小馆了。也许,这次没有朋友带领,忘记了村名,我认错了地方。但我总觉得,它只是逗了一下我的馋虫,就像童话里小屋灵光一闪消失了。

前不久,去峨眉,一路蒙蒙细雨下山,车子也是开了一个来钟点,停在山坡旁一家小馆前。这回吃的全部都是山野菜,其中一道竹笋炒猪肉,真的叫绝,满座称好。已是初秋时节,居然还有如此新鲜的竹笋,淡淡鹅黄的颜色,娇柔可爱,而且细嫩犹如春芽,入口即化的感受,颇似水墨画中的水彩一点点地洇进宣纸,慢慢地让你回味。里面的猪肉,也全然不是在超市里买到的那种滋味,虽然肉片切得薄厚不一,但味道鲜美,无法形容其如何鲜美好吃,在座的一位说了这样一句:这才是真正猪肉的味道。这话虽然有些词不达意,却是最好的褒奖了。于是,风卷残云之后,在一片叫好声中,叫店家又上了一盘。

如今,许多东西原本真正的味道,都已经离我们远去,机械化批量饲养的猪或鸡,在屠宰场和超市里整齐划一,包装鲜艳,在餐桌上却嘲笑着我们的味蕾和胃口。

想想前者在北大荒那难忘的芹菜,是物质极度贫匮的年月里一种向往而已，而后两者则是物质发达之后我们远离大自然、崇尚现代化而必然的一种失落。陶渊明曾有句诗：好味止园葵。如今，我们却远于园葵，好味便自然也就远离我们了。人类虽为万物之灵长，却也如狗熊掰棒子，不可能把棒子都抱在自己的怀里，总会得到一些什么，也要失去一些什么，这是能量守恒。

这一次，我记住了那个地方，叫零公里。这是一个奇怪的却也好记的地名，下次去峨眉，好再尝尝竹笋炒猪肉片。

2006年11月6日于北京

苍蝇馆子和洗脚泡菜

过去说起成都,都说是茶馆多,有"江南十步杨柳,成都步步茶馆"和"一街两个茶馆"之说。但是,我查阅的资料告诉我,成都的茶馆虽多,但比起餐馆来说,是小巫见大巫。仅以1935年的资料为例,成都茶馆共有五百九十九家,而餐馆却有两千三百九十八家,其比例是1:4。也就是说,如果一条街上有一家茶馆的话,那么,这条街上就会有四家餐馆。根据傅崇矩的《成都通览》所载,清末成都有大小街巷五百一十六条,恰是这样子的格局。即使如今城市格局发生了巨大的变化,但是餐馆还是遍布街巷,这样一种景观没有变化。在成都街头,无论什么时候想吃饭,都比北京要方便很多,而且无论大小餐馆,味道要好很多,价钱也要便宜很多。可以想象,大街小巷,处处都会有餐馆在时刻等着你,会是一种什么样的情景?如此多的餐馆,自然会烘云托月般托出好的餐馆、好的吃食来的。

如今的成都,由于大餐馆将川菜改良,做得越发注重形象,花团锦簇般地精致,连本是热烈的火锅都变得皇城老妈江南丝绣一般针脚细密温文尔雅起来,多少将成都本土的味道用精致的刀剪给剪裁下了许多。不少成都本土人更热衷的是到那些巷子深处闻香寻美味,一般这些地方,因为地方狭窄,卫生条件差,尤其是到了夏天,人没有围上桌,苍蝇已经嗡嗡地团团地围将上来,先睹为快。成都人称这样的小餐馆叫苍蝇馆子，常常是成都人的至爱，别看藏在巷子里的陋蓬茅舍，却人满为患。据说，成都人曾经专门网上投票选出成都十大苍蝇馆子，居榜首的是在猛追湾的"三无餐馆"。之所以叫"三无餐馆"，是因为它根本没有名字，全靠着饭菜吸引回头客。听说它的凉拌白肉和肥汤牛排骨名气最大。前十名中，还有一家在北顺城街的苍蝇馆子，也是没有名字，因为紧靠着一个公共厕所，人们便叫它"厕所串串"，无疑卖的各种串串最为食客得意。

那天中午，正赶上饭点儿，朋友说请我吃饭，我说别到饭店，就找一家苍蝇馆子吧。他立刻打电话，说找一位苍蝇馆子的专家，这位专家可以说是成都苍蝇馆子的"活地图"，曾经在报纸上开过专栏。不一会儿，电话打通了，"活地图"问朋友："你们现在在哪儿呢？"朋友告诉他我们的地址，他立刻脱口而出："就去吃倒桑树街的黄姐兔丁。"然后告诉怎么走，这家苍蝇馆子对面的标志性建筑，老远一眼即可望见。

倒桑树街，很好找，靠近锦江，离武侯祠不远。这是一条老街，街上的居民多以种桑养蚕为生。清末时，街中一株老桑树长疯了，恣肆倾斜弯曲，犹如倒长，人们便给这条街取名为倒桑树街。有活地图导航，黄姐兔丁的馆子一下子就找到了。这是一家二层小楼的苍蝇馆子，楼下楼上各能摆几张桌子，显得很拥挤。楼下已经客满，踩着木板楼梯上楼，感觉摇摇欲坠似的。拣了个临窗的座位坐下，朋友点了店家的招牌菜兔丁，又要了一盘拌折耳根，一盘清炒豌豆苗和一份水煮鱼。很快，一位大姐就把菜端上楼来，我问她可是店主黄姐，她摇头说："我是给黄姐打工的。"然后对我说："这个店马上就要拆了，要吃赶紧来。"

都说苍蝇馆子卫生差，这里倒是干干净净，桌椅黑乎乎的，菜却做得绿是汪汪的绿，白是雪雪的白，折耳根的红头红得娇艳，特别是那一锅水煮鱼，味道确实不错，并非北京一些川菜馆里只剩下了死辣死辣的辣味，而没有了香气撩人，就像唱歌的只会用嗓子吼，却没有了一点儿韵味和余音袅袅。一顿饭才花了几十元，可谓物美价廉，是我此次来成都吃得最可口的一顿饭。

成都人讲究吃，和南方人不同，不是那种精雕细刻或繁文缛节，将味道蕴藏在大家闺秀的云淡风轻或排场之中，而是更注重家长里短，注重平民气息，注重大之外的小。我住锦江饭店，吃饭时，不管你点什么菜，在端上饭的同时，必要免费给你端上一小碟泡菜。不是那种腌制多日发酸且咸的泡菜，与韩国泡菜那种重口味也不同，而是像刚泡过不久，非常鲜嫩滑脆。虽是几粒青笋丁、萝卜丁和胡萝卜丁，却搭配得姹紫嫣红。

那天，朋友来访，我问这种泡菜的做法，很想学学回家如法炮制。我知道，有人曾总结成都有十八怪，其中一怪便是"一日三餐吃泡菜"，想必成都人一定都会做这种泡菜的。果然，朋友立刻说：我们管这种泡菜叫作洗脚泡菜，意思说头天晚上睡觉前用洗脚的工夫就把它腌好了，第二天一清早就可以吃了，是最简单的一种泡菜，什么也不要，只放一点盐，点几滴香油就可以了。

我对朋友说："我对这种泡菜感兴趣，还在于它的名字。成都人给菜、给菜馆起名字很有意思，往往愿意拣最俗的名字起，你看，管小饭馆叫苍蝇馆子，管泡菜叫洗脚泡菜，在北京，没有这么起名的。"朋友笑着说："北京不是皇城吗？起名字当然得气派些了。"我说："北京如今起名愿意起洋名字了，你看那楼盘不是叫枫丹白露了，餐馆都得往什么塞纳河上招呼了。"我们都笑了起来。起名字，其实是民俗，更是一种文化情不自禁地流露。对自己的文化有自信，才会雅俗一体，大雅即大俗，不怕叫苍蝇馆子就来不了食客，叫洗脚泡菜就没有人吃。

想起前辈作家李劼人解读川菜时将其分为馆派、厨派和家常派三种，馆派即公馆菜，类似我们今天的私房菜或官府菜，食不厌精，脍不厌细，一般认为顶级；厨派即饭馆做出的菜，为第二等级。但李劼人说："馆派是基层，厨派是中层，家常派则其峭拔之巅也。"李劼人是最懂成都的人了，他道出了川菜的奥妙，也替我解开洗脚泡菜和苍蝇馆子至今依然为成都人所爱之谜。那最最俗的，恰恰是在最最雅的巅峰之上一览众山小呢。

2012年5月24日于新泽西

荒原记忆

在我国传统文化中,只有"大地""乡土"或"原野",没有"荒原"这个词。"荒原"这个词最早出现,应该是在五四时期。那时候,有艾米莉·勃朗特的小说《呼啸山庄》和奥尼尔的剧本《荒原》翻译出版,荒原才不仅作为一种文学中的情境与意象,也作为新时代的一种新词汇、新象征出现。特别是"五四"之后,在冲破了旧文化的藩篱而渴求新生活的时代动荡中,荒原成为人们向未知世界挑战或征服的欲望和精神的一种存在。

曹禺就是在那个年代受到奥尼尔的影响,写作了《原野》。在曹禺的剧作中,在我看来,这是他最好的一部剧,他将荒原这个富有象征意义的意象,引入他的这部剧中。去年,他的《雷雨》重新演出遭到年轻人的哄笑,但在《原野》中,不会出现这样由渐行渐远时代造成的精神隔膜,由过于人为巧合造成的审美错位,而引发跨时空的笑声。因为《原野》中的背景,不仅仅是时代更是人类共同生存的窘境,完全可以和现代人共鸣。而这恰恰是"原野"不受时空限制的永恒的象征意义。其实,在奥尼尔剧中的"原野"一词,应该翻译为"荒原";曹禺的原野,更准确地说,是中国那时的一种荒原。

荒原不是作为文本意义和象征意义,而是作为实实在在的存在,真正出现在我的面前,是1968年7月的夏天。那一年,我二十一岁。我从北京来到北大荒生产建设兵团一个叫作大兴岛的地方。一个北大荒的"荒"字，就命定了它荒原的归属。大兴岛，被蜿蜒的挠力河和七星河包围。那时候，我们必须乘坐一艘柴油机动船，才能到达那座岛上。乘船渡过七星河的时候，放眼望去，宽阔的河水两岸都是长满芦苇的沼泽地，再远处，则是一片荒草萋萋的荒地，风吹草动，一直平铺到天边，连接到看不清的地平线。那块看不清的地方，就是大兴岛，其实，就是一片荒原。我才见识到了什么是荒原。在这样一片荒原包围下，机动船轰轰作响的柴油马达声，被风声吞没，船和船上的我们，显得那么渺小。

后来，我们扎起了帐篷，开荒种地；再后来，我被调到生产建设兵团六师的师部，一个叫建三江的地方——这个名字是当时我们的师长取的，就是为了开发这一片三江荒原。所谓三江，指的是黑龙江、松花江和乌苏里江三条江包围的地盘。"向荒原进军"，是当时喊出的响亮口号。我奉命调到那里去编写文艺节目。记得我和伙伴们编写的第一个节目，是叫作《绿帐篷》的歌舞，里面的第一段歌词是这样唱的："绿色的帐篷，双手把你建成；像是那花朵，开遍在荒原中……"

现在才知道，当年我们开发的荒原，其实是湿地，现被称作"大地的肾"。这些年，知青重返北大荒成为一种热潮。前些年，我也曾经回过北大荒，看到如今的人们在把当年我们开发出来的地，重新恢复为湿地，保护湿地，成为和当年开发荒原一样响亮的口号。看着已经瘦得清浅的七星河，还有那变化了色彩的原野，觉得历史和我们开了个玩笑。

后来看学者赵园的著作，她在论述荒原和乡土之间的差别时说：乡土是价值世界，还乡是一种价值态度；而荒原更联系于认识论，它是被创造出来的，主要用于表达人关于自身历史、文化、生命形态和生存境遇的认识。她还说，乡土属于某种稳定的价值情感，属于回忆；而荒原则由认识的图景浮出，要求对它进行解说与认指。

赵园的话，让我重新审视北大荒。对于我们知青，它属于荒原，还是乡土？属于乡土，可当时那里确实是一片兔子都不拉屎的荒原，当年我们青春季节开发的荒原大多是对湿地的破坏，严格意义上讲，并没有什么价值；属于荒原，为什么知青如今把它当作自己的故乡一样，一次次频频含泪带啼地还乡？过去曾经经过的一切，都融有那样多的情感价值的因素？

我有些迷惘。仔细想当年荒原变良田，"北大荒"变"北大仓"的情景，以及如今又恢复湿地的翻云覆雨的颠簸，该如何爬梳厘清这一切错综复杂的关系？或许对于我们知青而言，北大荒这片中国土地上最大的荒原和乡土的关系，并不像赵园分割得那样清爽。这片荒原，既有我们的认识价值，又有我们的情感价值；既属于被我们开垦创造出来的荒原，又属于创造开垦我们回忆的乡土。

我想起四十四年前，1971年的春节，我在师部，由于有事耽搁，等年三十要走了，突如其来的一场暴风雪，让我无法过七星河回原来的生产队和朋友老乡聚会一起过年。师部的食堂都关了张，大师傅们都早早回家过年了，连商店和小卖部都已经关门，命中注定，别说年夜饭没有了，就是想买个罐头都不行。

暴风雪从年三十刮到了年初一，我只好畏缩在孤零零的帐篷里。就在这时候，忽然听到有人大声呼叫我的名字。由于暴风雪刮得很凶，那声音被撕成了碎片，显得有些断断续续，像是在梦中，不那么真实。但那确实是叫我名字的声音。我非常奇怪，会是谁呢？在师部，我仅仅认识的宣传队里的人一个个都早走了，回各团去过年了，其他的，我没有一个认识的人呀！谁会在大年初一的上午来给我拜年呢？

满腹狐疑，我披上棉大衣，下了热乎乎的暖炕，跑到门口，掀开厚厚的棉门帘，打开了门。吓了我一跳，站在大门口的人，浑身是厚厚的雪,简直是个雪人。我根本没有认出他来。等他走进屋来,摘下大狗皮帽子,抖落下一身的雪,我才看清是我们二连的木匠老赵。他从怀里掏出一个大饭盒,打开一看,是饺子,个个冻成了邦邦硬的砣砣。他笑着说道:"可惜过七星河的时候,雪滑跌了一跤,饭盒撒了,捡了半天,饺子还是少了好多。凑合吃吧!"

我立刻愣在那儿,半天没说出话来。他是见我年三十没有回大兴岛,专门来给我送饺子来的。如果是平时,这也许算不上什么,可这是什么天气呀!他得多早就要起身,没有车,三十来里的路,他得一步步地跋涉在没膝深的雪窝里,他得一步步走过冰滑雪滑的七星河呀。

那一刻,风雪中的荒原和帐篷,因老赵和这盒饺子而变得温暖。真的,哪怕只剩下了这盒饺子,北大荒对于我既属于荒原,也属于乡土。

2015年1月4日于北京

礼花三章

一

小时候，总觉得过国庆节一定要看礼花，礼花就像大年三十的饺子一样，是国庆节的象征。那时候，我家住在北京前门外，站在我家的房顶上，一眼就可以看见天安门广场，大约晚上8点以后，就听见大炮轰轰一响，第一拨礼花腾空而起，感觉礼花就绽放在头顶。

上中学的时候，国庆节多了一个节目，就是要到天安门广场上跳集体舞。我们是男校，要和女校的同学配对一起练习。男同学站外圈，女同学站里圈，一曲之后，里圈的女同学上前一步，后面的另一个女同学上来，一场练习下来，走马灯一样换好多个女舞伴。高一那一年的国庆节，是新中国成立十五周年，晚上，在天安门广场上跳集体舞，换上来一位女同学，相互一看，都禁不住叫了起来，原来是小学同学，分别将近四年，竟然在这里见面，忍不住边跳边聊，礼花映衬着她那青春的脸庞，那一曲舞曲显得格外地短。那一晚的集体舞，总盼着她能够再换上来，却再也没有见到她换上来。

但是，我们却联系上了。高中三年里，我们成为好朋友。每逢星期天，她都会到我家来，一聊聊到黄昏时分，我送她回家，一直送到前门22路公共汽车站。说来那时候我们真的很可笑，一直到上高三，就是在这个22路公共汽车站，她伸出手来和我握手，祝福我们都能考上一个好大学。那竟然是我们认识以来唯一的一次握手。

高三毕业那一年,赶上了"文革",我们都去了北大荒,却人分两地,音讯杳无。我们再一次见面的时候,是十四年后的1980年,她考上了哈军工,要到上海实习,从哈尔滨到北京回家看看,竟然给我打通了电话,相约一定见个面。正是国庆节前夕,她说就国庆节晚上在前门的22路公共汽车站吧,那里好找,晚上还可以一起看看礼花。意外的相逢,让我们都分外惊喜,那一晚在我们头顶绽放的礼花格外灿烂,让我总能想起,仿佛昨天。

二

1968年的夏天,我去北大荒。国庆节歇工,那天清早,天飘起了细碎的雪花,让我很是惊奇。那时候,我刚离开家两个多月,想家,这一天的晚上,该是上房顶看礼花绽放。而在这里,天远地远,哪里有一点儿过节热闹的影子,更别说会礼花开满夜空了。

这时候,生产队开铁牛的老董,正在发动他的宝贝,我们问他国庆节不休息,这是要到哪儿去?他说到富锦给大家采购东西,晚上队上会餐好吃!我和伙伴们想去富锦买礼花,就爬上了他的铁牛的后车斗。

老董是复员军人,和我们知青关系很好,拉着我们往富锦跑,雪花沾衣即化,铺在路上,却已经霜一样白皑皑一片了。这样雪白的国庆节,在以后的日子里,我再也没有遇到过。富锦是离我们最近的县城,铁牛跑了小半天才跑到。谁知好多家商店过节都休息,好不容易找到一家开门的,没有礼花卖,我和伙伴们着急买礼花,到处转悠,终于看到卖烟花爆竹的地方,不管三七二十一,买了一大堆,跟着老董轰隆隆地跑回队里。

那一晚,队上杀了一头猪,满锅的杀猪菜饱餐一顿,酒酣耳热过后,全队的人都围到了场院上，等着我们放花。那一大堆礼花，一路下雪受潮，怎么也点不着，急得我们一头汗。老董大声喊着小心，跑过来替我们点燃。当那礼花终于腾空而起绽放开来，大家都欢叫了起来。尽管那些礼花都很简单，只是在天上翻了一个跟头就下来了，但在细碎的雪花映衬下，和北京的不一样呢。不一样，就在于它们像是沾上了雪花一样，湿润而晶莹。

三十六年之后，2004年，我重返北大荒，又回到队上，那曾经伴着雪花燃放礼花的场院，盖起了一排砖房，成为宽敞的队部。今年夏天，我的伙伴有回北大荒的，发来短信告诉我，不光队部不在了，队上所有的房子都不在了，人们都搬到了场部的楼房里了。心想，国庆节再放礼花，得到场部了。不过，买礼花不用再跑那么远到富锦了，现在场部就跟一个小县城一样，买什么东西都应有尽有。

三

去年的国庆节，我是在美国过的。世界上所有国家的国庆节都要放礼花的，美国的国庆节也不例外，只是在美国过我们的国庆节，像是倒上一杯酒自饮自乐，美国人顾不上我们，所谓一畦萝卜一畦菜，自家的节日自家爱。

毕竟是我们的节日，得自己操心。国庆节，怎么也得要放礼花。好在这里买礼花很方便，而且比在中国买便宜，尽管都是中国生产的。国庆节的晚上，自家人饮一杯酒庆祝之后，抱着一抱礼花，带着孩子走出房门，准备放。四周静悄悄，星光不多，上弦月一弯，墨染一样的夜空，成为礼花登场的最好舞台。尽管买的礼花远没有天安门广场上的礼花那样大气磅礴，瞬间占据整个夜空，却也让夜空多了几分别样的风姿。

我们的几个礼花刚刚绽放完，就看见邻居家的房门开了，夜色中穿过草坪，匆匆地走过来一个高大的身影，一直走到我们的身边，手里拿着一个圆筒般的东西，笑吟吟地递给我们。原来是一枚硕大的礼花，他说是过美国国庆节时没有放完，看见我们正在放花，就赶紧找了出来，让我们一起放。他是个英国人，太太是美国人，结婚之后来到了这里。他知道今天是我们中国的国庆节。

  我们谢过他，他站在我们的旁边，看我们点燃他拿来的那枚硕大的礼花，那枚礼花蹿天猴一样飞上天空中，先是一声礼炮一样的巨响，然后伞一样地打开，垂下金丝菊一样的花瓣，纷纷如雨而下。大家都叫了起来。他的这枚礼花，给这个异乡的国庆节增添了别样的色彩。

  今年的国庆节又要到了，我仍然在美国这座小城。我们买了好多礼花，准备在国庆节的晚上放。不知道这位好心而热心的英国人，还能不能再为我们增添一枚别样的礼花？不是我贪心，是我喜欢那种感觉。

2014年9月22日写毕于布鲁明极

与石共舞

旅途中总会有意外的惊喜。那天，台中市的周正浩、孙志宁夫妇开车带我去看日月潭，车子一拐弯，还有几公里就近在眼前了，这时候，路边一块大牌子醒目地闯入我的眼帘——牛耳艺术公园。周、孙两口子在台中居住多年，连连对我说来过日月潭多少次了，没听说过这里还有这样一个叫作牛耳的艺术公园。从日月潭回来的时候，他们把车子再一打弯，拐到路旁的山上，蜿蜒盘桓，树木葱茏，三角梅开得正旺处，公园门口的牌子在闪烁，门旁的墙上几排色块浓郁的抽象图案圆圆而古怪地突兀着，细一看，那圆圆的家伙竟是一个个的脸盆。未进大门，先声夺人，倒也十分别致。

进得大门，才知道别致的还在园内。公园依偎在山脚下一片开阔的草坪上，阡陌纵横，尽情随意弯曲着自己的大写意线条。令我格外惊奇的是，在所有的小路边，在几乎每一株秀丽的椰子树或大叶榄仁树下，在每一簇盛开的夹竹桃或秋海棠的花木丛中，都可以看到一个紧挨着一个的石雕，以至觉得多得熙熙攘攘有些拥挤。这些石雕，用的都是这里山上的石头，小巧玲珑的也好，粗笨莽撞的也好，冥顽不化的也好……就地取材，取之不尽。逸笔草草，只是寥寥几下刀工，那些石头便被点化成仙，一个个依石造型，随风而动一般，变成了野猪或山羊、猴子或蟒蛇，抑或是什么也不像只是凭空想象出来的动物或怪物，在搔首弄姿，在仰天长啸，在顾盼流离，在眉目传情，在和你逗着玩。你会觉得这些石雕和这里的山、这里的林是这样地协调，你甚至会觉得那么多的石雕，仿佛就是从山上跑下来的小动物、从林中飞下来的鸟儿一样，在这里参加狂欢，突然被这里什么人、什么情景，或什么东西吸引住了，一个个屏气凝神，化成了远古神话里或者孩子梦中的图形，定格在这里，等候着你的到来。

看这里的石雕，让我立刻想起西安茂陵前的石雕，那里的石马、石牛、石蛙、石鱼、蟾蜍、怪兽吞羊……那些汉代的石雕，竟然和这里的石雕有着惊人的相似，一样的质朴，一样的简洁，一样地依托山石，化神为形，石中有物，物融为石，灵动的想象删繁就简为古拙的抽象，让沉重的石头一下子婆娑摇曳血脉畅通。看公园正中花坛里的一尊雕像前的介绍，知道这座公园的主人叫林渊，这里是他的老家，在他六十五岁那一年退休的时候，他没有选择留在城市，而是远避尘嚣选择了这里，落叶归根回到了家乡。他忽然对这里的山石感上了兴趣，竟拿起了斧凿，无师自通地雕刻下这样一件件石雕，石头和他彼此都被赋予了新的生命。我不知道林渊老先生到没到过西安，看没看过茂陵前那汉代的石雕，但我看得出来他们之间那种艺术追求的民间性与民族精魂的相似和相通。也许，只有如林渊先生这样来自民间的艺术家才能够得远古先人的真传。在台湾，人们把如林渊先生这样没有经过专门学习和训练的自学成才者称为"素人艺术家"。许多真正的艺术往往不在庙堂、不在学堂，而在这样的人之中。虽然林渊先生在六十五岁的时候才退隐山林与石共舞，却落日心犹壮，让通往日月潭之路的这座以往不知名的小山凌空飞舞起来。

花坛里的那尊雕像雕的就是林渊先生——光着头，赤着脚，穿着圆领衫，坐在一块石头上悠闲自得在雕一只猴子的脸。那种返璞归真的质朴，那种童心未泯的天真，那种和石头融为一体的感觉，让你会觉得其实艺术就应该是这样和自然、和人生连在一起的。林渊先生的这尊雕像是台湾雕塑大师谢栋梁先生的作品。在林渊先生去世之后，台湾许多雕塑大师都愿意把自己的作品放进这里，其中包括最著名的杨英风和朱铭两位先生的作品。他们是为了表示自己对这位素人艺术家的敬重，也是表示对艺术回归自然与民间的一种向往吧。有这样一群雕塑大师和这样一批石雕响亮地聚会在一起，牛耳艺术公园渐渐会成为台湾一座小小的雕塑博物馆，是日月潭旁的另外一景。

2001年11月记于台中市

动物园的约会

想想日子过得真快,整整40年过去了。那一年的春天,我在北大荒大兴农场场部中学里教书。杨老师是和我先后调到学校的,在这之前,我们分别在不同的生产队里干农活,彼此没有见过面。来学校后,他教数学,我教语文,也没有任何的来往,只是见面客气地打个招呼而已。那时候,他不到四十岁的样子,但显得比实际年龄要大些,特别是早早地谢了顶,更显得沧桑。

他参加过抗美援朝,当过志愿军的翻译。1958年,他是和十万转业官兵一起从部队复员来到北大荒的,资格很老。但我始终不知道,他是由于什么原因被当成右派才下放到北大荒的,我和他关系熟了之后,从来没有问过他,他也从来不提自己"走麦城"的窝心事。

我记得很清楚,我们两人第一次的谈话,谈的时间并不很长,却谈得很投脾气。和我想象中有些郁闷封闭的性格不一样,他很开朗,还比较的健谈。一天下班之后,办公室里其他的老师陆陆续续都走了,只留下了我们两个人,好像特意安排的一样,让我们有一次碰撞交流。杨老师的问话,像是一服药引子似的,引出了许多的话题。其中一个话题,就是问我:"听说你挺喜欢文学的是吗?"我说:"是。"在谈论了一通俄罗斯文学之后,他又问起我关于北京的事情。我发现他比问我那些俄罗斯文学还要感兴趣。而且,我感到他有一些隐隐的激动,像是唤起了以往什么沉睡的记忆，要不就是触动了以往什么难忘的伤疤。他竭力掩藏着这种情绪，但是越想掩藏，越掩藏不住，更让我感到他情绪的波动。

我已经记不清他具体都问了一些关于北京的什么，大概都是一些这样的问题，比如："前门大街的一条龙饭馆还在吗？""煤市街里的致美斋还在吗？""什刹海边上的烤肉季还在吗？""鼓楼前的马凯餐厅还在吗？"都是关于饭馆的，这一点我记忆很深。心里想，他是南方人，对北京的吃还挺在行，说得比我这个从小在北京长大的人都头头是道。或者是因为在北大荒吃得太艰苦了，特别是到了冬天，除了土豆、白菜、胡萝卜老三样，而且都是一些冻了的东西，没有别的可吃，他想去北京解解馋吧？

那时，我只是感到他隐隐的激动，不能够理解他内心深处这种激动的真实原因。那毕竟是他被打成右派后从生产队里走出来第一次关于这样话题的交谈，压抑了多少年的心情，随着回忆唤醒了许多青春的感觉。那绝对不仅仅是美好的回忆，还包括他青春境遇的苦涩伤感和青春梦想一去不返的无奈。更何况，自从来到北大荒之后，14年了，他再也没有回到过北京一次。

那天，他还对我说过一句话，当时被我忽略了，他似乎不经意地告诉我："我原来在黄寺住过几年。"在以后很久，我才知道我忽略了他在那里住过的几年，是他人生重要的几年，正是他青春年少的几年。黄寺那个地方，自从新中国成立以后，都是部队的大院。他住在那里的时候，正是他刚刚参军的时候，是他从朝鲜战场上刚刚回来的时候。他所说的那几年，正是分成这样前后两个阶段的，中间隔着一个朝鲜战争。战争结束了，他本来可以前途很美好、通达的，他可以从黄寺这里出发走得更远、更好的。谁想到了呢，他被打成了右派，一下子发配到了北大荒。北大荒可以说是他痛苦命运的集散地，像是潘多拉的魔盒，专门收进他的苦难，但黄寺不是，黄寺是他青春美好的盛宴，每一道菜肴都能够让他品味和回味。

我和杨老师熟了以后，才渐渐地了解了他，也就明白了那天他为什么问起我那样两个话题。那是他无意识的，也是他多年积淀下来的，那是他的一个疤，也是他的一个痛。以前我只笼统地知道他当过翻译，后来我知道了他曾经是俄文的翻译，也就明白了那天他对我谈起俄罗斯文学为什么那样熟悉，那样一往情深。而所有关于北京的吃食，都是他青春的无可名状又无法言说的一种象征呀。

那一年寒假，我回家探亲，临走前，我见到杨老师，问他需要我帮他从北京带回点儿什么东西。他说："不用了，我也准备到北京看看。"我非常高兴，我知道，自从那年从北京的黄寺走后，他再也没有回北京过。现在，政策落实了，心情和经济都好转了，才想起来回去看看。然后，他告诉我，他和老伴一起回南方老家过年，过完年回来在北京住几天。我说："那太好了，你可以看看黄寺，吃吃你想吃的东西了。"他说："咱们在北京见吧。"我说："好呀！"他随口说道："那咱们大年初二在动物园门口见吧。"我便也随口答道："好呀。"

我以为他只是开玩笑，谁大过年的跑到动物园去约会呢？大年初二，年还没有过完，这么多年，好容易才回一趟老家，他怎么可能就来北京呢？

谁想到，那年寒假结束，我回到学校，见到了他，他第一句话就问我："你怎么没有去动物园呀？"

开始，我还以为他是在和我开玩笑呢。真是没有想到，大年初二，他自己一个人真的到动物园的门口等我，等了好久。看他说的那样认真，我知道他确实在大年初二那天去了动物园。我非常抱歉，却是无法弥补了。我只好很惭愧地对他说："以后你再到北京，我一定得补上这个过错。"

但是，这么多年过去了，他再也没有来过北京。

由于这件事情，我很难忘记杨老师。1982 年、2004 年，我两次回北大荒，见到杨老师时，都曾经对他讲起了这件事情，一再向他解释："我当时真的以为你是开玩笑呢。"他笑着说："我真的是去了动物园呀！"他越是这样说，就越让我感到惭愧，对不住他。

前些日子，忽然听到了杨老师去世的消息，虽说生老病死是必须面对的，但心里还是非常难过。忍不住又想起了 40 年前动物园的约会。记得见面时或电话里，我一直想问问他："那年的大年初二，你为什么非要选择到动物园约会呢？如果你选择到别的地方，比如王府井、鼓楼、北海什么的，我都不会以为那是玩笑的。"可是，话到唇边，又咽了下去。我想，也许并不是一时的心血来潮，确实有着什么他自己一点青春的秘密和记忆吧。心里暗想，如果那次我去了动物园，见到了他，他一定会对我讲起的。但是，我没有去，他以后也再没有讲，便也就错过了这样的机会。如果真的有什么秘密的话，就让秘密保留在他的心里吧，就让惭愧伴随着思念像蛇一样永远咬噬在自己的心底吧。

2012 年夏于北京

等那一束光

老顾是我的中学同学，又一起插队到北大荒，一起回北京当老师，生活和命运轨迹基本相同。不同的是，他喜欢浪迹天涯，喜欢摄影，在北大荒时，他就想有一台照相机，背着它，就像猎人背着猎枪，没有缰绳和笼头的野马一样到处游逛。攒钱买照相机，成了那时的梦。

如今，照相机早不在话下，专业成套的摄影器材，以及各种户外设备包括衣服、鞋子和帐篷，应有尽有。退休之前，又早早买下一辆四轮驱动的越野车，连越野轮胎都已经备好。万事俱备，只欠东风，只要退休令一下，立刻动身去西藏。这是这些年早就盘算好的计划，成了他一个新的梦。

他就是这样一个人，我说他总是活在梦中，而不是现实中，便总事与愿违。现实是，他在单位当第一把手，因为后任总难以到位，过了退休年龄两年了，还不让他退。他不是恋栈的人，这让他非常地难受，这三年他任劳任怨。终于，今年春节过后，让他退休了。这时候，我们北大荒老知青要编一本回忆录，请他写写自己的青春回忆，他婉言拒绝，说他不愿意回头看，只想往前走，他现在要做的事不是怀旧，而是摩拳擦掌准备夏天去西藏。等到夏天，他开着他的越野车，一猛子去了西藏，扬蹄似风，如愿以偿。

终于来到了他梦想中的阿里，看见了古格王朝遗址。这个七百年前就消失的王朝，如今只剩下了依山而建的土黄色古堡的断壁残垣，立在那里，无语诉沧桑般和他对视，仿佛辨认着彼此的前生今世的因缘。

正是黄昏，高原的风有些料峭，古堡背后的雪山模糊不清，主要是天上的云太厚，遮挡住了落日的光芒。凭着他摄影的经验和眼光，如果能有一束光透过云层，打在古堡最上层的那一座倾圮残败的宫殿顶端，在四周一片暗色古堡的映衬下，将会是一幅绝妙的摄影作品。他禁不住抬起头又望了望，发现那不是宫殿，而是一座寺庙，在白色、青色和铅灰色的云彩下，显得几分幽深莫测，分外神秘。这增加了他的渴望。

他等候云层破开，有一束落日的光照射在寺庙的顶上。可惜，那一束光总是不愿意出现。像等待戈多一样，他站在那里空等了许久。天色渐渐暗下来，他只好开着车离开了，但是，开出了二十多分钟，总觉得那一束光在身后追着他，刺着他，恋人一般不舍他。鬼使神差，他忍不住掉头把车又开了回来。他觉得那一束光应该出现，他不该错过。

果然，那一束光好像故意在和他捉迷藏一样，就在他离开不久时出现了，灿烂地挥洒在整座古堡的上面。他赶回来的时候，云层正在收敛，那一束光像是正在收进潘多拉的瓶口。他大喜过望，赶紧跳下车，端起相机，对准那束光，连拍了两张，等他要拍第三张的时候，那束光肃穆而迅速地消失了，如同舞台上大幕闭合，风停雨住，音乐声戛然而止。

往返整整一万公里，他回到北京，让我看他拍摄的那一束光照射古格城堡寺庙顶上的照片，第二张，那束光不多不少，正好集中打在了寺庙的尖顶上，由于四周已经沉淀一片幽暗，那束光分外灿烂，不是常见的火红色、橘黄色或琥珀色，而是如同藏传佛教经幡里常见的那种金色，像是一束天光在那里明亮地燃烧，又像是一颗心脏在那里温暖地跳跃。

不知怎么，我想起了音乐家海顿，晚年时他听自己创作的歌剧《创世纪》，听到"天上要有星光"那一段时，他蓦地从座位上站起来，指着上天情不自禁地叫道："光就是从那里来的！"在一个越发物化的世界，各种资讯焦虑和欲望膨胀、搅拌得心绪焦灼的现实面前，保持青春时分拥有的一份梦想，和一份相对的神清思澈，如海顿和我的同学老顾一样，还能够看到那一束光，并愿意等候那一束光，是幸福的，令人羡慕的。

2011年11月2日于北京

第三章

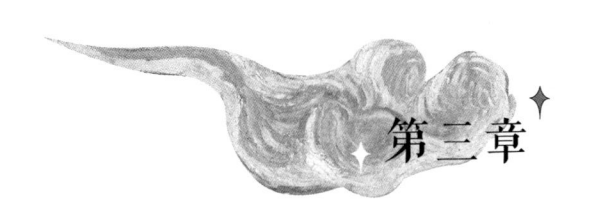

在世界之外的某个地方

他们继续向林子深处走去,本来就很淡的星光月色,更显得若有若无,林子里面幽暗一片,仿佛来到一个神秘的童话世界。

女人花

这次来美国住的时间久，萍水相逢，认识了好多人，主要是在小区的花园里认识的。花园里种着樱桃和玉兰，春天开满了花，夏天遮满阴凉，在变化的两个季节之中，认识的人越来越熟悉了起来。

早晨在小区的花园里散步，这里空旷寂静得很，年轻的孩子们都去上班了，老人们便如鸟出笼了，花园成为最好的去处。有意思的是，我很难碰见美国老人，碰到的总会是那几个中国人。本来住在这个小区里的中国人就不多，这时候就跟到点儿开会似的，在这里聚齐。渐渐熟悉了，大家都有一种他乡遇故知的感觉，脸上拘着的面子松开了，家长里短的话便稠了起来，用这样咸的淡的话，相互打发着来美国寂寞的时光。

几乎每天早晨8点钟，准时能碰到那位浙江老太太，推着一辆婴儿车来了。说是老太太，是她自己的称谓，其实，她才五十多岁，一副精力充沛的样子，说话跟蹦豆儿一样地快。每次见到我，她几乎都是同一套嗑儿，头一句话准会说："烦都烦死了，我一天都不要住了！"烦的原因，不是孩子，不是女儿，而是女婿。女婿是福建人，但来美国时间长，已经是美国公民。生活习惯完全美国化，特别是饮食，牛肉鸡鸭只吃烤的，蔬菜只吃生的，而且必须是有机的，吃完之后，喝咖啡和工夫茶，一顿饭下来要吃三个多小时。她好心好意给他炒两个杭州菜换换口味吧，女婿对女儿说："你妈炒的肉在哪里呢？"这话不爱听还在其次，关键是后一句话刺激了她，气得她要命："中国吃的东西都是垃圾。"难道我们一辈子吃的都是垃圾？

她是来给女儿看孩子的，孩子没有出生前，她就来了，好在现在孩子四个多月了，签证的日子快到了，快回家了。有一次，她对我说："你说我来这里算什么？算主人，主人是人家女儿女婿；算客人，客人还得整天地干活；算仆人，又不拿工钱！这样的日子可算快熬到头了！"

小孩子睡着了，她要推着车回家了。一般这时候，山东女人会领着一个快两周岁的孩子出现在公园，和她交接上下半场。她也是为女儿看孩子的，她的女儿嫁给了一个美国人。美国人和我们的观念不一样，老人不会如我们的老人一样亲自躬身帮助子女带孩子，于是，孩子只好她一人忙活，她已经来回奔波美国好几次了，把孩子带到快两岁了，心想可以把孩子送到幼儿园了，自己的任务就完成了。前些日子刚回国，没出两个月，屁股还没有坐热，女儿来电话了，让她再回来，幼儿园要排队，一时半会儿进不去，孩子在家里满地跑，按下葫芦起了瓢，实在是没办法。心疼女儿，也想念外孙子，便又杀了个回马枪。山东女人不爱讲话，没有那么多牢骚，外孙子长得像个小洋人，活泼可爱，她是心甘情愿。

最后来的是那位云南老太太，是名副其实的老太太了，已经年过七十了。和前两位女人一样，也是来给女儿带孩子的，稍微不大一样的是，她带的孩子已经十岁了。这十年来都是她和亲家轮流来，把孩子一手带大。现在孩子上学了，她也轻松多了，每天帮助做做饭，打扫打扫房间，放学后陪孩子玩玩，说说中国话，认认汉字，孩子和她很亲。我们都说她是苦尽甜来，功德圆满，可以尽享天伦之乐了。她呵呵乐着，看得出挺满足。

前几天，碰见了浙江女人，她的脸拉得很长。我问她怎么啦？她说："烦都烦死了。女儿替我办理了签证延长半年，把返程的机票废了，又多花了八百多美金买了新机票。"我说那是女儿舍不得你走。她说:"她有那样的孝心?是为了让我帮她带孩子。女婿在南方工作,每两周回来一趟,女儿一个人照顾孩子,实在玩不转。"

那天,孩子睡着了,她要走的时候,山东女人来了,她忍不住把这番牢骚对山东女人又唠叨了一遍。山东女人叹口气对她说:"父母为儿女一辈子当马牛。我一直没对你讲呢,我的女儿又怀孕了,我还得接着伺候下一个,比你日子还难熬!"浙江女人不说话了,两人惺惺相惜了一番。

一连好些天,没见到云南老太太了,担心她不会是病了吧?昨天傍晚在小区的路上遇见了她。忙问她怎么啦?她一脸愁云惨淡,对我说:"这个星期天,女儿对我说,妈,现在小孩子已经十岁了,也大了,这次您回国就不用再来了。"说完之后,她还张着嘴,像被撂到旱地上的鱼,愣愣地望着我。

女儿这话说得可是够绝的。我不知道该如何安慰老太太,想起了浙江女人对我说过的关于"主人、客人、仆人"的话,当时觉得不过是玩笑或气话,此刻却心头暗惊,云南老太太算什么呢?连仆人都算不上了,像块用过的抹布,用过十年,随手可以抛掉了。

想起梅艳芳的那首《女人花》。里面有这样一句歌词:"女人花,随风轻轻飘动,只盼望一双温柔的手,能抚慰内心的寂寞。"虽然是情歌,不是唱给老太太的,但老太太,特别是千里迢迢来国外替女儿照看孩子的老太太,在异国他乡忍受了多少寂寞,吃过了多少苦楚,不需要报答,只盼望儿女温柔的手抚慰她们一下,就都可以化解了。

女人花,女人花,做女儿的以为自己才是女人花,母亲老了,已经不是了。

2010年8月10日记于费城

客厅里的鲜花

朋友丹晨夫妇在美国新买了一套单体别墅，靠近普林斯顿老镇，临达拉维尔河，我笑着打趣说是亲水豪宅呢。她也笑了，说是二手房，上下两层，小巧玲珑，特别是花园，不是面积奢华的那种，但收拾得花是花，草是草的，错落有致，四周一圈柏树，中间几棵雪松，靠餐厅落地窗的一面，特意种了一棵修剪得矮小的五叶枫，两侧栽的是书带草和玉簪。朋友一看就喜欢上了，本来已经订下了另外一套别墅，且交付了订金，却喜新厌旧地当场决定退掉那套，选择了这一套。

这一套的房主是一对退休的白人老夫妇。在美国，老年人大多不跟子女一起居住，他们的房子，一般是越住越小，因为退休收入减少，也因为体力减弱，收拾房间和花园已经力不可支，便卖掉大房子，搬进老年公寓，拿到卖掉房子的那一笔钱，舒舒服服，手头宽裕地安度晚年了。

拿到钥匙的那一天，朋友约我和其他几位朋友一起看房子。花径缘客扫，先看见花园收拾得干干净净，草坪上新剪的草，剪草机留下的整齐痕迹很明显。走进房间，已经四壁一空，家具都搬走了，但墙壁、地毯、楼梯、壁灯、落地窗和白纱窗帘，都还显得簇新，真想象不出这是住了十多年的老房子。

我对丹晨说："这对老夫妇还真不错，临搬走之前，把这里收拾得干干净净。"丹晨说："这对老夫妇和这套房子很有感情，他们对我们说你们搬进来一定要好好爱护,特别是这个小花园,从一开始的设计到后来的维护,有这对老夫妇这十多年的心思。"

更让我没有想到的是,丹晨指给我看,客厅吧台上摆着一个瓷花瓶,花瓶里插着几枝天蓝色的绣球花和几枝金黄色的太阳菊,四围还点缀着几簇各种颜色的我叫不出名字的小花。丹晨告诉我,这花瓶和鲜花都是主人留下的,显然是在搬走的这一天特意买来的。丹晨说上午他们来交接房子拿钥匙的时候,一对老人还在忙着把最后几个大箱子搬上卡车。但他们没有忘记买一瓶鲜花,留给新主人。

那一刻,这瓶鲜花在空荡荡的客厅里显得格外醒目,漂亮鲜艳得如同雷诺阿笔下的鲜花。

花瓶旁边,立着一张精美的对折贺卡。我拿起来一看,上面密密麻麻写满了钢笔字,这张贺卡,竟然也是原来的主人留下来的。丹晨大声地对我说:"念一念,上面都写着什么?"我说:"是在考我吗?"我英语拙劣,但贺卡上的这些字大致还认得,大意是:房间的新主人,今天你们就搬进了这个新家,希望你们能够喜欢它。也希望你们在这里度过你们一生中美好的时光,让这里伴随你们一直到老,到生命的尽头。我大声地念了起来,回声轻轻地在挑高客厅里回荡着。看得出,一起来看新房的人,都有些感动了。

那一刻,我的心头也忽然一热,同样为这对老夫妇感动。因为我实在不知道,在我们这里买二手房的时候,会有多少人能够如这对老夫妇一样,在临搬走之前,不仅为你整理好花园、打扫干净房间,还为你留下一瓶鲜花和这样一帧写满感人肺腑词语的贺卡?

丹晨的老公这时候从厨房的壁橱里拿来一瓶香槟和几只玻璃杯,跑进客厅高兴地叫了起来:"快来开香槟,咱们来庆祝庆祝乔迁之喜。"香槟的泡沫如雪花一样从瓶口喷涌出来的时候,我才知道,这香槟和玻璃杯也是这对老夫妇特意留下来的。

手扶拖拉机斯基

张蔷这个歌手的名字,如今的年轻人,已经不大熟悉了。尽管1986年她曾经上过美国大名鼎鼎的《时代》周刊,唱片总销售量叹为观止地高达3000万张,恐怕在中国流行乐坛上是绝无仅有的奇迹。

在20世纪80年代,我爱听她的歌。那时候,她出了好多盘磁带。那个年月,还没有流行CD,更谈不上抖音或手机下载音乐。那时候,她17岁,刚刚出道,磁带盒的封面上,一个圆圆脸膛儿的小姑娘,很可爱、很清纯的样子。那时候,我的儿子还没有上小学,刚到懂得听歌的年龄。我们一起在音像店琳琅满目的磁带面前,记得很清楚,是在和平里。看得我们眼花缭乱,不知挑哪一个好,儿子指着她,问我怎么样?我问儿子:"就买这盘了吗?"儿子果断回答:"就买这盘。"于是,盲人摸象一般买下了它。拿回家放在录音机里一听,不错,我和儿子都很喜欢。

她唱的是那种迪斯科节奏和风味的摇滚,明快,清爽,听着挺新鲜,感觉挺年轻的。不过,她更多是翻唱别人的歌。《野百合也有春天》《潇洒地走》《月亮迪斯科》《拍手迪斯科》《你那会心的一笑》《轰隆隆的雷雨声》……她那略带沙哑嗓音却青春明澈的歌声,一直到现在都还感到很亲切,不少歌,到现在竟然我还会唱。这是以后听流行歌曲从来没有过的奇迹。

那时候,我正在写作关于中学生的长篇小说《青春梦幻曲》,忍不住让小说里的主人公也喜欢上张蔷的歌，不止一个地方，在小说里让她唱起了张蔷的歌。有意思的是，有读者读完我的小说，特意去找张蔷的磁带听。

我觉得张蔷的歌特别适合孩子听，适合孩子唱。她的歌，很清纯，很青春，很开朗向上，清澈透明如同露珠儿，沁人心脾，又有那么一点亮色，即使还有那么一点淡淡的忧愁和烦恼，不过也是快乐的和幸福的。和后来的小虎队相比，她多了一点忧郁和厚度；和再后来一些的花儿乐团相比，她多了一点自然和亲切。和那时与她年龄相仿的程琳相比，她多了一点亲近和天真，像是一个容易说出心里话的孩子。如果和电影影星相比，她比那时的山口百惠还要年轻，比现在的周冬雨多一点儿俏皮和可爱，少了一点儿沧桑和曲折。

后来，有很长一段时间，听不到她的歌，她销声匿迹了。有人说她出国了。一直到2008年，她终于又露面了，在北京举办了"80.08超'蔷'绽放"的个唱音乐会。不过，重新听张蔷的歌，已经看山不是山，看水不是水，融入了主观的情感和印象。重新听张蔷的歌，其实是在倾听自己的记忆，只不过她歌中的青春和自己的青春叠印在了一起，她的歌声中顽固流淌着过去的那些日子的光和影，落霞与孤鹜齐飞，秋水共长天一色。而在2008年听她的歌，找不到以前的感觉了，一切时过境迁，歌声显得那么缥缈，似是而非。花无百日红吧，谁也不可能风光无限，独占歌坛永久。

自2008年至今，已经又过去了13年。前两天，偶然间听到张蔷唱的一曲新歌，名字叫作《手扶拖拉机斯基》。没有想到这么多年过去了，她还在唱，她还能唱，而且唱的不是老掉牙的老歌，而是让人耳目一新的新歌。对比年轻的摇滚歌手，她真的算是前辈了，宝刀不老，重整旗鼓，实属不易。

关键是这首歌，她唱得实在不错。曲风还是迪斯科的老旋律，歌词颇具谐谑乱搭混搭的风格，杂糅着年轻人的调侃和她这样年龄的人的感慨，而非一般常听到的小情小调。记得零星的几句词：在这莫斯科郊外的夜晚，听不到那崇高的誓言……加加林的火箭还在太空，托尔斯泰的安娜卡特琳娜，卡宾斯基柴可夫斯基，卡车司机出租司机拖拉机司机……曾经英俊的少年，他的年华已不再……由一个偶然冒出来的拖拉机司机，带出这样糖葫芦一串串的各种斯基，让她唱得动感十足，异常年轻，根本想象不出她已经是一个五十开外的人了。

不知怎么搞的，她唱的这首歌，让我突然想起莫斯科的一位老朋友。1986年的夏天，我去莫斯科结识的尼克莱。他年龄和我一般大，黑海人，列宁格勒大学（现在的圣彼得堡大学）毕业，学的就是汉语专业，毕业后先在电台工作，后调到杂志社。他说一口流利的汉语，让我们之间的交流非常顺畅，从而一见如故。他非常好客，在我离开莫斯科的前一天晚上，邀请我到他家做客。那个夏天的夜晚回来的时候，尼克莱怕我不认识路，又陪我走出他家，走在莫斯科郊外寂静的街上，走到地铁站去坐地铁，一直把我送回到我住的俄罗斯饭店。

岁月如流，人生如梦，一晃，30多年过去了，尼克莱和我一样已经年过七旬。加加林的火箭还在太空，曾经英俊的少年，他的年华已不再……张蔷这歌唱的！从托尔斯泰、柴可夫斯基一直唱到尼克莱，我自己，还有她自己！

2021年6月16日端午后两日北京细雨中

冬夜里的野玫瑰

维也纳的冬天,从阿尔卑斯山上袭来的寒风锋利如刀。

那是圣诞节前几天的一个夜晚,舒伯特从小学校里练完钢琴回家,夜色已经很深,街上看不见一个行人。也是,这么晚了,又这么寒气逼人,谁不猫在屋子里靠着壁炉取暖,还会出来到街头散步呢?

虽然,那时舒伯特写了不少脍炙人口的歌曲,在维也纳有点名气了,但那时舒伯特的歌曲并不值钱。他的不朽名曲《流浪者》,只卖了两个古尔盾;他的《摇篮曲》,不过只换来可怜巴巴的一份土豆。靠着这样微薄的报酬,他无法生活。德国的一个出版商答应出版他的歌曲集,他把希望都寄托在德国这个出版商那里了,那样的话,他会有一笔起码多一点的收入。可是,德国出版商又说还要再等一段时间,因为现在他正在忙于出版贝多芬的遗作。显然,舒伯特的名气远远赶不上贝多芬,只好给名人让路。他急需的钱,便还只像是空中飘着的鸟,遥遥无期,迟迟不肯落在他的肩头。

他依然很穷,他所谓的家,还只能是一个叫凡硕拜的朋友借给他的房子,他和流浪汉没有太大的差别。当然,他从没有奢望家里能够有一架钢琴,每天晚上便只好到离家挺远的一所小学校去练琴,那时候,小学校的学生们都下课回家了,好心的老师允许这个穷音乐家来这里练琴。

走在寂静的路上,只听到"嗖嗖"的风响,只看见路灯被风吹得晃晃悠悠，醉汉一般在闪烁，夜色笼罩的街上显得有几分迷离和凄清。

路过一家旧货店的时候，舒伯特忽然看见一个小男孩，站在店门口前的一盏路灯底下。路灯洒在脚下呈一个椭圆形的光圈，小男孩像是站在舞台的追光灯柱下面一样醒目。不过，风太大了，快要把这个小男孩冻僵了，他像是一具雕像一样，站在那里一动不动。

舒伯特认识这个小男孩，他叫汉斯，刚刚10岁，前些日子还向自己学过钢琴。和自己一样，也是个穷孩子，甚至比自己还要穷。他的父母早已经去世了，他从小跟着当洗衣工的姐姐长大。姐姐对他还不错，姐姐结婚之后，姐夫对他却像对待仇人一样，总会找一个借口不给他饭吃。

舒伯特对这样的穷孩子情有独钟，因为自己曾经就是这样的一个穷孩子，家里一共供养11个小孩，他就是那多余来到这个世界上的第11个。8岁那年，如果不是家乡的乡村教堂的乐长霍尔策先生免费教他学钢琴，他只能是一个讨饭的乞儿。11岁那年，如果不是教区寄宿制学校的萨列埃里先生免费教授他声乐，还免费让他入学，住进学校，不用花一个古尔盾，他不可能来到维也纳。

舒伯特像他的老师霍尔策先生和萨列埃里先生一样，特别愿意教汉斯这样的穷学生，而且，舒伯特和霍尔策先生、萨列埃里先生当年教他一样，对汉斯也是免费的，虽然他常常喂不饱自己饥肠辘辘的肚子。汉斯是一个聪明的孩子，舒伯特夸奖他手指头上就带着和声呢。

可是，前几天，汉斯再也不到舒伯特这里来学音乐了。

现在，夜这么深了，风又这么大，汉斯却在这里，他没有回家，还一直站在寒冷的街头干什么？舒伯特禁不住向汉斯走了过去。

汉斯也看见了舒伯特，脸上立刻现出羞涩的红晕，他知道舒伯特对他很好，希望他能够把心爱的音乐一直学下去。但是，他却不辞而别，再也不到他那里学钢琴了，他得去到处找活儿干，他得每天往姐夫的手里交上几个古尔盾，才能够被允许在家里住，端起饭碗。他感到有些对不起舒伯特，很想拔腿跑掉，别让舒伯特看到自己现在这狼狈的样子。

可是，他已经跑不掉了。舒伯特已经快步走到他的面前。

舒伯特一眼看见了汉斯手里拿着的东西，那是一本书和一件旧衣服。

舒伯特立刻明白了，小男孩是要卖这两样东西，肯定是站在这里已经一个晚上了，可是，站到现在还没有卖出去。谁会在圣诞节之前买一件太破旧的衣服和一本没什么用的旧书呢？虽然，那是伴随汉斯一直读过的书，是一直穿在汉斯身上的衣服啊。童年的舒伯特也有这样穷得走投无路的经历和心境。他太知道那是一种什么滋味了。

舒伯特望望汉斯。汉斯正抬起头，将那充满忧郁而无奈的目光和他的目光相撞，他看见孩子的眼睛里储满泪水。枯寂的街头，浓重的夜色和凄凉的寒风，把他们两人吞没。头顶上那盏路灯的灯罩晃动着发出凄清的响声，被寒风带到很远处才消失。

舒伯特弯腰将自己的衣兜掏个遍，把所有的钱都掏了出来。只可惜并没有多少古尔盾。在维也纳，珠光宝气富得流油的富人有很多，舒伯特只是个贫穷的音乐家，靠教授音乐谋生糊口。他并不比汉斯好多少，自己甚至连一件外衣都没有，只好和同伴合穿一件，谁外出办事谁穿。有时候，他连买纸的钱都没有，他不止一次地说："如果我有钱买纸，我就可以天天作曲了！"在维也纳的音乐家中，他确实穷得出名。

如果德国的那个出版商能够把自己的歌曲集早一点出版就好了，现在，他就能够从自己的衣袋里，掏出多一点的钱给汉斯了。

舒伯特无可奈何地摇摇头，将那些古尔盾一把都塞在汉斯的手里，对他说："那本书卖给老师吧！"说罢，他用已经冻僵的手拍拍孩子的肩膀。

汉斯望望手中的钱，他知道那本旧书值不了那么多的古尔盾。他又望望舒伯特，一时说不出话来。

舒伯特安慰汉斯:"快回家吧,夜已经很深了!"

孩子转身跑走了,寒风撩起他的衣襟,像鸟儿扑闪着快乐的翅膀。他很快又回过头冲舒伯特喊道:"谢谢你,舒伯特先生!"

舒伯特看着孩子边跑边不住地回头冲自己挥着手,一直到孩子的身影消失在夜雾弥漫的小街深处。

舒伯特也要回家了,他边走边随手翻看着那本旧书。忽然,他看到书中的一首诗,立刻被吸引住了,禁不住站在路灯下仔细读起来,居然情不自禁地朗诵出了声儿——

少年看到一朵蔷薇,
荒野上的小蔷薇,
那样娇嫩而鲜艳,
急急忙忙走向前,
看得非常欣慰。
蔷薇,蔷薇,红蔷薇,
荒野上的小蔷薇。
少年说:"我要采你,
荒野上的小蔷薇!"
蔷薇说:"我要刺你,
让你永远不会忘记,
我不愿被你采折。"
蔷薇,蔷薇,红蔷薇,
荒野上的小蔷薇。
野蛮少年去采她,

荒野上的小蔷薇；
蔷薇自卫去刺他，
她徒然含悲忍泪，
还是遭到采折。
蔷薇，蔷薇，红蔷薇，
荒野上的小蔷薇。

这是歌德的诗《野蔷薇》。不知怎么搞的，蓦然之间，寒冷的风和漆黑的夜，都不存在了，连周围的世界都不存在了，舒伯特的眼前只有那盛开的野玫瑰，鲜红如火。他似乎闻到了野玫瑰扑鼻的芳香，看到了顽皮孩子们的身影，他甚至觉得那个在原野上摘野玫瑰的孩子，正向他跑来，那个孩子正是汉斯……

一股清新而亲切的旋律，就这样从浓重的夜色中，从苍茫的夜空中，从寒冷的夜风中飘来，在舒伯特的心里泛起如花开一般荡漾的涟漪。他的心中扑满芬芳和一天的星光灿烂。

舒伯特加快了步伐，向家中走去，走着走着，被这旋律激动裹挟着，涌动着，禁不住跑了起来，飞也似的跑回家，进了屋门，连外衣都没顾上脱，立刻拿起笔和五线谱。屋子里没有一点炉火，冰冷如同冰窖一般，呵气如霜，白雾一样在舒伯特面前的五线谱上飘荡着。他不停地跺着脚，不住地搓着手，他索性把窗帘一把拉开，把窗户一把推开，让那呼啸的寒风和满天的星斗一起涌进屋来，冷就索性冷到底吧。一气呵成，他把这支美妙的旋律飞快地写了下来。他立刻感到满屋荡漾的都是那玫瑰浓郁的芳香。

这就是舒伯特一直被传唱至今的歌曲《野玫瑰》。

一万种夜莺

春天又到了。

20世纪50年代,巴黎的郊外,还没有现在这么多热衷于踏青的游人,即使是有名的枫丹白露的巴比松、瓦兹河畔的森林,都不会有现在这样多的游人。

这些地方,曾经是梅西安常常去的。他想要找到的新的夜莺鸣叫了,只要站在林子里仔细一听,他就能够听得出来的,哪些是老朋友了,哪些是初次闯进他耳膜的啼叫。

第二次世界大战刚刚开始的时候,梅西安三十岁出头,却还像是毛头小伙子一样,曾经约上三位年轻的音乐家一起徒步旅行,先到的就是这些地方,然后去凡尔登和南希。他天生愿意和大自然在一起,虽然那时战火已经弥漫在他的国家法兰西了,一路走去,他还旁若无人地钟情于收集他的鸟鸣呢。

就是在那样的路上,他被德国兵俘虏,关进了波兰的集中营里。他太天真了,乃至忘记了,那时候的炮声已经取代了他一直喜爱的夜莺。

但是,战火并没有让他的这种爱好消失。从集中营里放出来,他回到巴黎音乐学院教书,课余时间里,他还是一如既往地热衷于收集各种各样的鸟鸣。他已经渐渐成为一个行家了,他能够听得出来法国五十多种不同的鸟的叫声,欧洲和世界其他地方五百五十多种鸟的叫声呢。

现在，他迷上了夜莺。几乎每天晚上，他都要叫上妻子克莱尔："亲爱的，准备好了吗？咱们可以出发了吧？"

克莱尔早已经站在客厅里，穿好了风衣，拿好了一台录音机，等着他呢。她知道，拿录音机是她负责的活儿。

"今天，我们准备到哪儿去？"她问。

其实，梅西安也没有想好到哪里去。附近的地方差不多都去过了。假期里，他和妻子一起去了欧洲其他地方，还远到日本、澳大利亚、以色列，甚至太平洋那些偏僻的小岛上，专门收集从来没有听过的鸟叫，特别是夜莺。

克莱尔是一位小提琴演奏家，嫁给梅西安之后，就知道这是他最大的爱好。鸟鸣已经融入梅西安的音乐创作之中，而且成为其中最重要的组成部分，是这部分使得他的音乐与众不同而格外迷人。

开始的时候，她很不理解，曾经问过他怎么会对这些鸟叫声这样的痴迷。梅西安告诉她："可能是我小时候弱视的缘故吧，眼睛不好，耳朵就越发地敏感。我六岁的那年，第一次世界大战爆发了，我的父亲当兵打仗去了，母亲带着我和弟弟到外祖母家去避难，外祖母家在阿尔卑斯山脚下，家旁边就是茂密的山林，那里有各种各样的鸟，成天可以听它们欢快地叫着。也许就是从那时候对这些鸟感兴趣的吧。"

其实，他这样说也不完全准确，11岁，他以优异的成绩破格考入巴黎音乐学院，他的老师，著名的音乐家保罗·杜卡曾经对他说："倾听鸟儿们吧，它们才是我们的大师。"准确地说，应该是大自然和杜卡教授，合在一起，是引导他开先河把鸟鸣谱进乐谱的最初的老师。

夜幕沉沉地压了下来，城市里辉煌的灯火，已经远远地消失在地平线之外，星星不多，稀疏零落地镶嵌在夜空中。行驶在巴黎郊外的土路上了，梅西安还没有想好到哪里去。

好长一段时间了，他迷上了夜莺。他忽然觉得，春天朦胧的夜色中，林间密密叶子的掩映下，夜莺的叫声是那样的神奇。它们的叫声能够传得很远，先在夜色里清脆地回荡着，连树上的叶子都有了韵律，跟随着一起在微微地抖动，然后一点点消融在夜色里，就像水一滴滴地被泥土吸收，消失得没有了一点影子。

"我们不会又要去一夜吧？"克莱尔有些担心，因为这已经不是第一次了，而今天她没有准备夜宵，她希望能够早点回家，明天她想回自己的父母家看看，这是梅西安答应好的事情。不过，梅西安可能早就忘了，最近，夜莺迷得他有些忘情，夜莺像是他痴恋的情人，让他魂牵梦绕，一天不见都不行，要命的是，还必须每天见的不能够重样，每天都要花样翻新。

车子已经把村落远远地抛在后面，前方黑黝黝一片，看不见一点灯火闪烁的亮光。由于天空只有一轮浅浅的眉毛似的上弦月，乡间小路的路面上飘浮着一层霜似的东西，除此之外，模模糊糊的，什么也看不清。

凭着经验，克莱尔知道，这又是他们从没有来过的地方，梅西安愿意到这样从没有到过的地方去。

凭着经验，梅西安知道，前面有一片挺大的树林。"听到了吗？有夜莺在叫。"他转过头对克莱尔说。

克莱尔没有听见，但她相信肯定是有夜莺在啼叫，梅西安的耳朵出奇地灵敏，对鸟的叫声有着常人所没有的敏感，他常常骄傲地说，就是鸟类学专家，也没有他的耳朵灵敏。近乎藏在林中的巫师一样，仅仅从一叶花瓣或一芽嫩叶所散发出的一缕清香就能够辨别出是什么品种的花朵或什么样的树种来一样，他能够从遥远地方传来的一声鸟叫，分辨出是什么样的鸟来。

果然，车子没开多远，前面是一片林子，黑黝黝的，神秘地矗立在微微凸起的山坡上面,暗淡的星光下,隐隐约约能够看到树林的树梢在夜空中勾勒出的浓重的剪影。这时候,克莱尔也听见了夜莺的叫声,一声间或一声,清脆悦耳,好像只是两只夜莺,略微有些羞怯,正在试声,一起一伏的,练习着它们的二重唱。夜风把它们的声音吹得有些颤颤巍巍的,树叶轻微的飒飒声,呼应着,起伏着,仿佛是它们合唱部分的伴奏。

下车之后,克莱尔熟练地把录音机准备好。为夜莺录音是她的活儿;用笔记录夜莺的唱谱,是梅西安的活儿。不过,梅西安的笔再迅速,也赶不上鸟叫的速度,常常是梅西安的笔还没有记完鸟的这段歌唱,鸟已经不耐烦了,早蹦到下一支曲子了;或者是,他还在记录着这只鸟的歌唱,而另一只鸟觉得自己唱得更出色,嫉妒地挤了进来,一展歌喉。他只好请妻子用录音机帮忙,回家后根据录音机的磁带和自己的笔记,对照着,进行第二次记谱。战后十多年,一直都是这样,分工很明确,克莱尔早已经是一个熟练的录音师了。

不过,这一次,梅西安对克莱尔轻轻地说了句:"先不用录音。你没听出来吗?这两只夜莺的叫声和我们昨天听见的一样。"

即使和梅西安在野外那么多次合作,克莱尔还是有些惊异,他怎么这么自信地肯定,这就是昨天听过的那两只夜莺呢。

梅西安开玩笑地说:"会不会是它们两位舍不得我们,跟着我们一起从那片树林跑到这片树林来的呀?"

克莱尔也轻轻地笑了。怎么会呢?这两片树林离得挺远的呢。

那两只夜莺还在唱着,起码和昨晚遇到的夜莺品种相同。梅西安是那样的肯定。它们的声音比刚才听到的要嘹亮了一些,连贯了一些,也湿润了一些,好像刚刚清了一下嗓子,显得底气也足了一些,仿佛知道他们的到来一样,要开始正式演出了。

梅西安站在一棵老松树下，抬着头，身子直直的，一动不动，静静地倾听着。这样美妙的夜莺的叫声，让他如醉如痴，每一声啼叫，都像是从浓浓的夜色中滴落下来的露珠一般，那样晶莹而清澈。克莱尔望着他，觉得那一瞬间他也变成了一棵树，就等着有一只夜莺欢快地啼叫着，飞落在他的肩头。

两只夜莺演出完毕，最后叫了两声，仿佛说了声"谢谢"，扑棱着翅膀飞走了，树叶轻轻地抖动了几下，一切又恢复了寂静。天阶夜色，清凉如水，夜莺的啼叫，犹如天香一样沁人心脾。梅西安和克莱尔向林子深处走去，这是最让他感到迷人的时候了。最近一段时期，他越来越发现，春天的林子和夜色的双重作用下，夜莺最为适得其所，成为所有鸟中的最富于神秘感和性感的精灵。有时，他会觉得它们像天使；有时，他会觉得它们像少女；有时，他会觉得它们像花瓣，是从月亮里飞落下来的；有时，他又会觉得它们像鱼儿，是从水里面飞溅出来的。林子和夜色，是它们啼叫的背景，是它们的和声和配器部分，缺了哪一点，它们的啼叫都不会那样迷人。

他们继续向林子深处走去，本来就很淡的星光月色，更显得若有若无，林子里面幽暗一片，仿佛来到一个神秘的童话世界。梅西安又听见了夜莺在歌唱，他忙对克莱尔轻轻地说："快！快录音，是新的夜莺！"自己忙打开手电筒，一边听一边飞快地记着谱子，同时在脑子里飞快闪动着：用什么样的乐器才适合它们的声音，是长笛，还是木琴，或者是钢琴？

梅西安从心里感谢森林，埋藏着这么丰富的宝藏，任何时候都不会让他空手而归，一只一只的夜莺是那样的不同，一只一只的夜莺啼叫声是那样的不同，就像是森林里每一棵树是那样的不同，每一片叶子是那样的不同一样，给了他多少意外的发现和快乐呀，让他的音乐创作有了那样丰富的可能性。他的老师杜卡说得对："倾听鸟儿们吧，它们才是我们的大师。"

这是一只夜莺，它反复唱着一种旋律，一唱三叹的样子，好像是在等待着伙伴，等了很长的时间。它不知疲倦地唱着，就在前面不远的一株老朴树密密的叶子里面。

"你听出来了吗？它的声音有些忧郁。"梅西安对克莱尔说，间或，他能够听得出来，它在重复的时候，有些微微的变调，变奏一般，将风的方向引到别处，然后又回到原处等候。

梅西安和妻子就这样在这片林子走着，记着，录音着。除了夜莺，这片林子还有许多别的鸟，但今天梅西安更钟情的是夜莺。这只新的夜莺，让他兴奋，他从来没有听过夜莺这样的歌唱，这样的旁若无人，这样的倾情抒怀。稍微沙哑的声音里面，带着淡淡的忧伤，像是抽出来的一丝丝泛着月色的溪水，浅浅地、缓缓地、蜿蜒地流淌出来，好像是碰见了石头或杂草的撞击，声音显得有些呜咽的样子，一次次受到了阻击，一遍遍地在重复着的声音里变换着强弱和长短，夹杂着不同的颤音、琶音和装饰音。连克莱尔都听得入了迷，跟着梅西安去过各种各样的树林里，她从来没有听过这样迷人的夜莺的歌唱。

梅西安觉得今晚只要有这样一只夜莺，自己就没白来，这只夜莺是今晚整个树林中的诗人。

梅西安一直有这样一个梦想，希望记录下一万种不同夜莺的歌唱，然后为夜莺谱写一支曲子，他说那是为夜莺留下的肖像。他已经创作了《百鸟苏醒》《异国鸟》《鸟儿的小素描》《花园里的夜莺》和钢琴曲《鸟鸣集》，灵感都来源于鸟鸣。《鸟鸣集》13集中就包括黄鹂、卡兰德来云雀、欧洲莺、林鹟等77种欧洲鸟的鸣叫声。

一万种！开始克莱尔惊讶不已，觉得那是不可能的，她建议梅西安现实一些，哪怕改成一百种也好呀。但对于梅西安来说，这并不是什么奇迹，只要去做，是可以做到的。只要一只一只夜莺去倾听，就能够从一到一万的。

不知什么时候，天已经渐渐地亮了，东方吐出了鱼肚白，朝霞也已经烧红了半边天空。只是因为林深树密，霞光和晨曦被挡在外面，从树梢筛下来的光线，让梅西安觉得天才蒙蒙亮。夜莺是属于夜色中的精灵，在这一瞬间，它们好像听到了号令一样，齐刷刷地喑哑了嗓子，没有了一点声音，取而代之的是一群叽叽喳喳的麻雀和黄雀的叫声，在林间此起彼伏，把阳光很快就带了进来，让每一株树的树梢都染上一片金红。

梅西安后来终于创作出了《花园里的夜莺》，就是他从一万种夜莺里采集来的啼叫声中提炼出来的音乐，是夜莺之大全，是夜莺之肖像，是夜莺最美声音的精华与升华。

如今，还有这样创作音乐的音乐家吗？

凤冠霞帔

小王太太搬进我们大院的时候，孤身一人，带着的箱子却有十几个，雇了两辆三轮平板车，才把箱子拉来。老街坊中有明眼懂行的，看着箱子，连声啧啧赞叹：好家伙，都是樟木的！

那时候，小王太太也就四十多岁，人长得小巧玲珑，面容白净秀气，而且，总爱穿一袭旗袍，袅袅婷婷的，属于典型的徐娘半老，风韵犹存。只是她不能开口说话，一说话，嗓子沙哑得厉害，像周信芳唱的老生，和她的娇小身材与清秀面容不相称。我们大院的街坊便常常感叹，唉，真的是甘蔗难得两头甜！甚至以为小王太太孤身一人的原因，便在她这倒霉的嗓子。

小王太太深居简出，我们大院里的人很少能看见她。别人也很少到她家串门。在我们大院里，小王太太是位神秘的人物。她住在前院的一间南房里。"整天憋在那里面，还不得把自己憋成夜蒙虎！"有些好事的老街坊常在背后这么议论小王太太。夜蒙虎，是老北京话，就是蝙蝠，蝙蝠只在夜里才会飞出来。

大约过了不到两年，前院东房的徐家搬走，新搬来一位姓丁的，是前门大街一家饭馆的白案大师傅，我们都管他叫丁师傅。丁师傅不到五十，也是属于一个人吃饱全家不饿的主儿，下了班，没事干，就爱唱戏。一到晚上，尤其是夏天，天凉快，黑得又晚，他常常搬出个小马扎儿，拿着把京胡，搽满松香，就开始坐在门口前自拉自唱。有意思的是，丁师傅长得胖乎乎的，像个阿福，唱的却是女角儿，咿咿呀呀的，婉转悠扬，一句词儿带好多个弯儿，倒是挺好听，就是一句也听不懂。

我们大院里的人谁也没有想到，丁师傅开口的第一声唱就找到了知音，这位知音竟然是南房里的小王太太。一连听了好几个晚上丁师傅的唱之后，破天荒，小王太太莲步轻摇，走出自家南房的房门，走到丁师傅的面前，用那破锣似的沙哑嗓子说了一句："是学程先生程派的吧？您《锁麟囊》春秋亭这一段唱得不错！"那一天，月明星稀，小风习习，吹得院子里夜来春分外香，我们一帮小孩子正围着丁师傅听热闹，看到丁师傅停下唱和手里的胡琴，站起身来，恭恭敬敬对小王太太说，对着戏匣子里学的，学得不好，您指教！

我们大院里的人更没有想到，打从这以后，丁师傅不再在自家门口唱，改到小王太太家里唱了。而且，大家最没有想到的是，除了丁师傅唱，小王太太居然也在唱，虽然嗓子沙哑像磨砂玻璃，但在丁师傅胡琴的伴奏下，抑扬顿挫，起起伏伏，即使我们都听不懂里面的戏词，但都感觉得到像是一股清水缓缓地流淌而来，韵味十足。

大院里好多好心又好事的街坊，在丁师傅和小王太太这一拉一唱中，居然听出了弦外之音，都觉得他们是挺好的一对，虽说一个胖点儿，一个嗓子坏点儿，老天却在成全他们呢。

这样的议论多了，小王太太整天待在家里不怎么出门，听不到，丁师傅却听在耳朵里，脸有些挂不住。小王太太再请他到她屋里唱戏，丁师傅会拉上我，因为那时候，丁师傅的胡琴，让我着迷，磨着父亲要了两块多钱，从前门大街的乐器行里买了把京胡，天天晚上跟着丁师傅学拉琴。我成了丁师傅的小跟班，只要小王太太请丁师傅到她家里唱戏,我一准儿跟屁虫似的跟在丁师傅的屁股后面,进了小王太太的家门。

那时候,我上小学四年级,正是对什么事情都好奇的年龄。小王太太的家显得挺宽敞,因为除了一张单人床,就是她那一排樟木箱子,没有其他瓶瓶罐罐过日子的杂乱东西,好像她不食人间烟火。床和箱子中间用一道布帘隔开,露出一点儿缝,风从窗户吹进来,吹得布帘飘飘悠悠,很有点儿神秘感。

令我绝对没有想到的是,小王太太唱到兴头的时候,会对丁师傅说句:咱们来一段彩唱怎么样?然后,看她伸出兰花指,轻轻撩开布帘,一个水袖的动作,转身走进去,再走出来的时候,就像魔术里的大变活人一样,变成了戏台上的人物,浑身上下换了戏装,头上还戴着凤冠霞帔,漂亮得耀人眼睛,每次随丁师傅到小王太太家,我总盼着这一出,觉得就像坐在台下看戏一样,小王太太的扮相一颦一动,举手投足,都那么好看。然后,我会在心里暗暗叹口气,老天爷真是瞎了眼,小王太太要是嗓子也好,该多好啊!

我曾经把这话对丁师傅讲过。丁师傅叹口气说,小王太太是剧团里正经程派的好演员,可惜坏了嗓子,吃错了药,嗓子越来越坏,没办法再唱了,才离开了舞台。

丁师傅去世得早,他是在饭馆里的白案前一个跟头跌倒,就再也没有起来。亏了他死得早,第二年夏天,"文革"就来了,小王太太和她的那些樟木箱子也跟着一起遭殃,箱子里的东西被翻得乱七八糟,倒了一地。人们才知道,箱子里面全是她以前演出穿过的戏装。

后来,小王太太身心大受刺激,疯了。

不过,小王太太长寿,一直活到"文革"结束。我从北大荒回北京之后,还去看望过她,她还住在大院的南房里,见到我,非要穿戏装给我看,说是落实政策新还给她的,不全了,只剩下几身,最可惜的是凤冠霞帔一个都没有了。她说这番话时,我不知道她的病是好了还是没好。

2014年2—4月写毕于北京

白桑葚，紫桑葚

我们大院后院的夹道，有两棵桑树，一棵结白桑葚，一棵结紫桑葚。

有这样宽敞夹道的四合院，在老北京，都是讲究的人家。一般的四合院的正房都是坐北朝南，多出这样一个夹道，然后才是后院墙，为的是遮挡北京冬天寒冷的北风。在夹道里，种了这两棵桑树，为的是主人家能够从后窗看风景。夹道拐角处，盖了一间小房。那间小房没有窗户，最初只是主人存放杂物的仓房，也是进入夹道的门房。

平常的日子里，别说一般人，就是主人家，也是不到夹道去的。夹道背阴，一年四季见不到一点儿阳光。老人说，那里阴气过重。但是，夹道是我们大院最幽静的地方。秋天，桑葚树的叶子落了一地，厚厚的，也没人去清扫；春末夏初，桑葚熟了的时候，除了我们小孩子偷偷地爬上仓房的房顶，然后跳进夹道，再爬上树去摘桑葚吃，没有人会想到要吃桑葚，就那么任那些桑葚白的紫的落了一地，然后烂掉，或被鸟吃。

我读小学四年级那年，新搬进来一户史姓人家，那时大院已经没有房子可租，便在这间小仓房前后各开了一扇窗，让史家住了进来。

史家的男人是个工人，女人没有工作，日子过得紧巴。史家最惹人瞩目的，是他们的女儿小秋，人长得漂亮，小巧玲珑，当时正在幼儿师范学校上二年级。街坊们说，我们大院的房东老两口，没有孩子，心眼儿不错，就是看见小秋一条长辫子，长得楚楚可怜的样子，才动了恻隐之心，把小仓房改造之后很便宜地租给了史家。第二年，小秋从幼儿师范毕业，分配到区幼儿园当老师，史家的日子才好过了一些。

那一年桑葚熟了的时候，我和九子嘴馋，到后院摘桑葚吃。史家的房子一侧紧靠着大院的公共厕所，另一侧紧连着夹道，史家没来住的时候，我们扒着厕所的门就能直接上到仓房的房顶，然后跳进夹道。史家住进来了，靠着厕所的门就是仓房新开的窗户，再想上房，就会让史家人一眼从窗户口看见。我们只好先爬上我们家的房顶，再到厕所的房顶，迂回到史家的房顶，再跳进夹道了。总之，是得兜一个圈子，麻烦多了。但是，再麻烦，也抵挡不住桑葚的诱惑。

我和九子这样迂回跳到夹道里，脚刚落地，忽然听见史家后窗传来说话声，除了小秋，还有一个陌生男人的声音。这声音引起我和九子的好奇，趴到她家的后窗户想看看是谁。那时候，我们大院好多人家的窗户糊的是窗户纸，我和九子用手指蘸蘸吐沫就洇湿了窗户纸，轻而易举捅出一个小窟窿。往里面望去，看到小秋和一个男的正搂抱在一起，在她家唯一的床上打滚，那男的双手抱着小秋的脸，像啃猪蹄子似的不住地往她脸上啃。男女这样亲热的情景，以往只是在电影里见过，真人真景的，这是我第一次见到，看得我有些不知所措。九子更是兴奋，脚下乱蹦，踢翻了花盆，惊动了小秋和那个男的。我们赶紧爬上房逃跑，桑葚也没有吃成。

这以后，我见到小秋，总觉得她怪怪的。她见到我，总会斜着眼睛看我，好像不认识我，又好像挺鄙视我的样子，有点儿居高临下。那斜斜的眼光，我特别不喜欢。我猜想，她肯定是知道我和九子偷看了她和那个男的亲嘴了，那眼光里是记仇呢，还是得意呢，或是示威呢，我就闹不清了。和人家亲嘴还亲出威风来了，我对她颇有些恨劲儿。

夏天到来的时候，晚饭过后，大院的人们常常搬个马扎，坐在院子里乘凉。史家的房前，虽然一头靠着厕所的大门，但是，后院那一面东院墙外面有棵老槐树，他们一家便坐在树下乘凉。小秋也坐在那里，她已经把她那条长辫子剪掉了，齐肩短发，清水素面，穿着一条白色蓝边的运动短裤，像个假运动员。

这样的运动短裤，在我们大院里很是扎眼。倒不是因为像小秋那样大的女孩子，比较矜持，一般不会穿短裤，大多会穿裙子，或穿那种肥肥大大的摸鱼裤，而是因为即使穿短裤，在那个年月里，短裤都是各家母亲自己动手缝制的，这样的运动短裤，只有运动员才有，我们大院里，只有教体育的孙大姐，后来搬来的刀螂腿阿玉，在练跑步的时候，才会穿。我弟弟那时爱踢球，磨我爸给他买一条这样的运动短裤，觉得穿上这样的运动短裤才像运动员。我爸带他到利生体育用品商店去了。看看价钱，太贵，没给他买。小秋又不是运动员，也不教体育，以前从没见她穿过这样的运动短裤。看她穿着运动短裤。露出一双大白腿，觉得挺新奇的。而且，那条运动短裤，显得有点儿肥，我猜，肯定不是她自己买的，是那个和她亲嘴的男的给她的。不送别的东西，单送这运动短裤，真是的，我闹不明白是为什么。

有一天下午放学，九子让我跟着他，爬上我家房顶，然后跳上厕所的房顶，再到史家的房顶，轻轻地跳进夹道里，贴着史家的后窗户往里面看，看见了小秋和那个男的正在床上滚呢！九子小声地问我：看见了没有？我说看见了。九子又问我：看见小秋的那条运动短裤了没有？我说看见了，那男的把手伸进小秋的短裤里面了！那就对了！九子坏坏地笑着说：快下来，让我也看看吧！

事后，九子对我说：这个男的也太坏了，送小秋这么一条运动短裤！我不懂他说这话的意思，但也觉得送小秋运动短裤是有些怪。这一个夏天，小秋回到家里，总是穿着这条运动短裤，舍不得换一条别的短裤。

等我长大以后，再想起这条运动短裤，觉得与其说是成了小秋爱情的象征，不如说是成了小秋性早熟的象征。坦率地说，小秋那些大胆的行为，在我们大院属于那时候的前卫，在某种程度上，也成了我和九子这样年龄孩子的性启蒙。

第二年，小秋就和那男的结了婚。那男的姓洪，在区体委工作。尽管史家两口子都不乐意，小秋还是义无反顾地跟了那男的。小秋目的很明确，结婚之后，她就可以搬到小洪家住，再不用和她的父母在一张床上睡了。史家老两口不乐意的理由很充分，小洪是个离婚的，还带着一个三岁多的孩子。他就是每天到幼儿园接送孩子时认识了漂亮的小秋。

但是，生米煮成了熟饭。况且，那时候，小秋已经有了四个多月的身孕，肚子开始显山显水。木已成舟，史家只好顺水推舟。

谁也没有想到的是，小秋肚里的孩子生下来，还没长到两岁，小秋就和小洪离了婚。离婚的原因，说下大天来，史家老两口也不信。说是小秋又看中了也是来幼儿园接送孩子的另一位有家的男人。就因为那男人比我有钱，家里住着楼房。这是小洪说的话，谁也无法证实真伪。

最后，小秋带着两岁的孩子，跟着人家住进了楼房。史家老两口不得不信了，觉得脸面上有点儿过不去，在大院里见到街坊们，总是耷拉下脑袋，好像自己做了什么见不得人的事情。倒是小秋带着孩子回来看她爹妈，进出我们大院的时候，撅着屁股，挺着胸脯子，依然是青春勃发的样子。只是这个新丈夫，从来没来过我们大院，我们谁也没有见过这个人，以致我后来都怀疑有没有这么一个人真实的存在。

夏天，如果赶上小秋回来吃晚饭，饭后坐在老槐树下乘凉的时候，她还会穿上那条运动短裤，毫无羞耻地露出那双大白腿。不过，她明显胖了许多，腿也粗了许多，原来宽松的运动短裤，都显得有些紧绷绷地包着大腿根儿了。

小秋再次离婚，在我们大院里，曾经是一个新闻。那个年月里，离婚是件大事，一个女人离过两次婚，更是大事。谁也弄不清小秋这一次离婚是为了什么。据说，离婚是男的提出的，具体原因，版本不一，有说是因为小秋再也没有怀孕，无法给人家生孩子；也有说小秋再一次移情别恋，又看上一个比丈夫更有钱也有更宽敞住房的男人。前者，属于小秋的身体原因；后者，属于小秋的思想原因了。当然，这只是传闻而已。经过大院那些爱嚼舌头根子的老娘儿们的嘴巴，常常会走样，甚至完全变形。特别是大院好多人看不大起小秋这样说离婚就离婚的女人，觉得她把婚姻太当儿戏，特别是觉得她是靠身体换男人，换房子，换金钱，不是一般正经女人的本分。

但是，这一次，人们的猜测和判断都是错误的。小秋是带着孩子回到我们大院，和她的父母挤在一间屋子里面。史家那张床上不仅睡着他们一家三口大人，还多了一个孩子。如果小秋真的是为了房子，为了金钱而换男人的话，她并没有找好下家接着她。而且，真的是为了房子和金钱，她应该在离婚的时候要下住的房子来。但是，她像是被扫地出门一样，或者是净身出户一样，带着孩子回到了娘家。

人们便又开始新一轮的猜测。如果说被扫地出门，说明错在她自己，带把儿的烧饼，让人家男的手拿把掐死死地攥着呢；如果是净身出户，说明她并不在意房子、金钱，金钱诚可贵，房子价更高，若为自由故，两者皆可抛。她的气性挺大呢。我们大院里那些明察秋毫洞若观火的人们，也拿不准小秋了。这个小秋，不是一般的女人呢。

小秋带着孩子回来的第二年，"文化大革命"爆发了。学校都停课了，但是，幼儿园还在办，每天正常，家长们每天还都得把孩子送到幼儿园里来。小秋每天照旧很忙。这时候，她的孩子五岁，每天，她上班，把孩子也带到幼儿园，一举两得。

小秋也才二十五六，年龄不大，"文化大革命"没耽误男女搞对象这些事情。好心的街坊，也曾经帮助小秋介绍过对象。只是，没有成功。小秋单身两年。原来的那个姓洪的，倒是经常来找小秋，按照史家老两口的主意，是希望小秋为了孩子，和姓洪的复婚。但是，姓洪的没有这意思，他只是为了看孩子，小秋再穿运动短裤，也难吸引他的注意力了。后来，姓洪的也不来了，听说是又结婚了。

　　对于再婚，小秋自己好像也没有什么兴趣。她好像要在沙家浜扎下去了，没有想借再婚搬走，到一个宽敞的地方住。眼瞅着孩子一天天长大，她的注意力放在怎么样把现在的住房扩大一点儿。趁着"文化大革命"，小秋请来幼儿园里的几个工人，拿着电锯，把夹道里一棵桑葚树锯掉，把自家的房子往里扩展，一间变成了两间。有意思的是，夹道本来是有两棵桑树，一棵被她锯掉了，另一棵没两年居然也死了。具体什么时候死的，谁也不清楚了。那年月里，死个人都不是什么惊奇的事情，仅我们大院里，因为批斗而死就好几个人呢，谁还会留意人们从来不去的后夹道里的一棵桑树！死了也就死了，不过是一棵树。

　　到了这时候，人们才注意到小秋的孩子五岁多了，说话还不利落。小秋和史家老两口是不是早就注意到了，人们就不清楚了。起初，人们只是觉得孩子可能不爱讲话，随史家老两口，都是扎嘴的葫芦。后来，人们发现，孩子说话很困难，而且，躲着人，常常把自己一个人关在屋子里。特别是史家扩展出一间新房子，孩子就更愿意把自己关在新房子里。

　　现在，人们都懂了，孩子这是得了自闭症。那时候，谁懂呀！当人们发现了孩子不是不爱说话，而是有病，是孩子已经读小学的时候了。还是老师找到了小秋，让她带孩子到医院瞧瞧病。幸亏那时候小学校里不学什么功课，要不孩子还真的跟不上，学都没法子上。

我从北大荒调回北京，住在大院的时候，见到小秋这个孩子，已经十三岁了。那时候，孩子的病已经好多了，起码说话利落多了，而且，愿意和孩子们一起玩了。我见到了小秋，她还是独身一人。算一算，她三十出头，一个女人的好年华还没有过去，而且，她人长得漂亮，这样年龄的女人，属于风韵犹存、汁水饱满，有一种成熟的美。可是，她还是一个人。听街坊们说，也有男的喜欢她，愿意和她结婚，可是，她不愿意，她怕结了婚，到了一个新家，儿子本来就有病，无法适应，再受委屈。

我和她见面只是打个招呼，从来没有和她正面说过话，更谈不上和她有过交流。可能是想起小时候的事情，总觉得偷窥过她的隐私，心里有些羞愧吧。因此，我无法知道小秋内心的真实想法。只是猜想，有了孩子的女人，和没有孩子的女人，心完全不一样。恋爱和结婚，无法改变一个女人，真正能够改变一个女人的，只能是她有了孩子之后。没有孩子的时候，女人的心，是自私的，恋爱也好，结婚也好，离婚也好，都是自己的事情，所有的感受，都是从女人的直觉出发；只有到有了孩子的时候，女人的心，才会变得不属于自己，而属于另一个生命——孩子的了。她的心，才会变得比以前任何时候，都要宽厚，包容得下一切的困苦与酸楚。她才可能为了孩子而舍弃自己的幸福，她的出发点，便不再只是女人的直觉，而是母亲的本能。

一个才三十出头的女人呀！以我那时候对女人的理解，我忽然对小秋有了一种同情和理解。

我家搬离大院的时候，小秋一家早我一些天也搬走了。我们两家几乎是前后脚搬的家。那时候，小秋已经当上了幼儿园的园长，幼儿园在天坛东门旁边简易楼的职工宿舍，分给她两间。尽管房间并不大，却比我们大院她家的房子好多了。楼里还有共用的厕所，可以不用出去找公用厕所了。她的孩子也到了该上中学的年龄了。看着小秋牵着孩子的小手，离开我们大院的时候，我在心里证实着我的猜想和判断是没错的。她应该是这样一个为了孩子而舍弃自己幸福的女人。望着她和孩子的背影，我的心里忽然对她涌出一种复杂的思绪。我在很长一段的时间想起小秋，都会忍不住想起在她家床上，她最初和那个姓洪的滚在一起的情景，以及她穿着那条白色蓝边的运动短裤，坐在老槐树下乘凉的情景。那时候，她是多么的年轻漂亮，如果不是家里住房狭窄，如果不是她不想和父母在一张床上睡，她不会那么轻而易举就把自己嫁给一个离过婚的男人。那么，她也就不会生下这样一个患有自闭症的孩子。她的命运就会是另一种样子。生存，尤其是生存环境的窘迫，对于一个青春期的孩子，有时候是一种压迫，是一种诱惑，是一种扭曲，是一种无奈，是命运事先挖掘好的一个陷阱，你越是想逃离，也越是容易落进去。那时候，谁让她太年轻。

"文化大革命"结束，落实了政策之后，房东把史家曾经住过的小仓房和扩展出的那一间房子，都拆除掉，把那棵早就枯死掉了的老桑树也连根挖除。在夹道里，又种上了两棵桑树。有老街坊笑房东多余，但是，谁都有怀旧的梦，这院子毕竟属于他，后夹道曾经有过的两棵桑树，也是他的得意之作。疏枝横斜的影子，曾经摇曳在他家的后窗。

自从小秋一家搬走后，我以为我不会再见到她了。谁想到，命运竟然安排我们还非得有一次见面的机会不可。只是，我没有想到，她会突然站在我的面前。而且，站在我面前的小秋，我已经完全认不得了。

是十年前，我在写《蓝调城南》一书的时候。那时候，我像一个胡同串子一样，常常游走在城南那一片熟悉的老胡同里。那个细雪飘飞的冬天，我在南芦草园，正在向一位老街坊请教这条老胡同的历史，一个穿着驼色呢大衣的女人站在我的身后，一直就那么站着，我以为她也在注意倾听老街坊的讲述。等老街坊讲述完毕,她依然站在那里没有走,我望了望地,发现她也望着我,我觉得有些奇怪。她笑着问我:还认识我吗?我抱歉地摇摇头。她依然笑着对我说:我可认出你了!我问她:你认出我是谁?她还是笑道:你不是肖复兴吗?我赶紧点头说我是,问她:你是哪一位?我真的想不起来了。她又是一笑说:我是小秋呀!

不能怪我认不出她来了。她的变化实在是太大了。站在我面前的,是一个白发苍苍,胖得有些臃肿的老太太,而且,矮小得像只水桶。那件呢大衣也不大合身,紧紧地箍在身上,似乎有随时崩裂的可能。原来那么漂亮的小秋,哪里去了呢?在我的记忆里,小秋始终都是我们大院里的小秋,是少女时代穿着运动短裤性感十足的小秋,是中年少妇牵着孩子小手袅袅婷婷的小秋,怎么一下子就变成了一个白发斑斑的老太太小秋了呢?

我握住她的手,叫了声:小秋!小秋,这名字,叫得人有些心酸。那曾经是一个多么年轻好听的名字。

她高兴地对我说:这些天在报纸上总看你写城南老胡同的文章,知道你总在这些胡同里转悠,我还想呢,没准儿哪天在胡同里能碰上你。真巧,今天就碰上了你。老远就看见你和那个街坊说话,我一眼就认出了你!

我忙问她的情况,问她的孩子现在怎么样了?她告诉我。孩子挺好的,病早就治好了,没事了,结了婚,自己办了个公司,弄计算机的。现在,跟他爸爸住在一起呢。他爸爸给他看公司的大门。

我问她孩子的爸爸怎么样了?其实,是想问她和孩子的爸爸是不是重归旧好了?

她明白我的意思,笑着对我说:我知道你想问什么,但是,你说可能吗?孩子病的那么多年,一直都是我一个人吭哧瘪肚地管,他连问过一声都没有。

我说：那也是，不过，孩子跟他爸爸在一起，把你一个人撇在一边，这孩子的心也够可以的呀！

她摇摇头：是我让他到他爸爸那边去，他爸爸现在也是一个人，又有病。我这里一个人挺好，我现在信佛，你知道吗？我是居士，每个星期要到河北蓟县（今天津蓟州区）一座寺庙里住两天呢。来回一趟一星期的时间还挺忙乎的呢！

我没有想到，站在我面前的小秋，竟然成了居士，想象不出梵香缭绕之中，坐在蒲团之上的她是一种什么样子。我只是在心里感叹着，青春最美好的年华，是多么的短暂，一个人的一辈子，这么快就走到了尾声。

我和小秋一起走出南芦草园。她要去两广路，坐公交车回家。我送她一直到公交车站。等公交车的时候，她忽然对我说：你还记得咱们大院夹道里那两棵桑树吗？我说怎么能不记得！她笑了说：你当然记得，你和九子没少从我家房顶跳进夹道，偷摘桑葚吃，也没少趴我家的后窗户！这话说得我脸红。她接着说：听说后来房东又补种了两棵桑树，这事你知道吗？我说知道。她说：但你知道吗？后种的那两棵树结的都是紫桑葚。咱大院老街坊说，房东当时挺纳闷，说买桑树苗的时候，明明说好一棵结白桑葚，一棵结紫桑葚的。你说怪不怪！说着，她哈哈大笑起来，声音挺大，惊动了旁边等车的人不住地瞅我们俩人，不知道我们得了什么喜帖子。

何氏两家春

很多事情，是以后才知道的。小学时学过的"水落石出"这个成语的意思，当时其实并不真正懂得。

相比一些老住户而言，我家搬进这个大院的时候不算早。那是北平刚解放的那一年，我才两岁多一点，对于那时候的我们大院，基本没有任何印象了。真正有点儿记忆，是我的生母突然去世那一年，那时，我五岁零一个月。记忆中的场景，至今记得还非常清晰，那是个开春不久丁香花刚刚开放的下午。院子里那两棵老丁香刚刚露出花骨朵。

那时，我爸和我姐还没有下班，家里只有我和两岁的弟弟，突然看见母亲一个跟头倒在里屋的煤球炉子旁，那时候，乍暖还寒，我家一直还生着煤球炉子。看着母亲倒在地上，任我们怎么叫都没有回声，我们吓坏了，赶紧跑到院子里，哭着喊救命。闻声跑来的第一个人，是一个比我母亲年龄小一点儿的女人。当然，这是事后回忆中的比较。当时，哪顾得上仔细看她的模样，只是看到她的腿脚很灵便，一个箭步就跨进我家大门，一把拖着母亲的胳膊，把母亲拽出了屋子。这时候。院里的街坊围上来好多，就听她的喊叫声：谁家有醋，赶紧的！忘记了是哪位街坊小跑着，从家里拿来一瓶醋，递给她。她一手拔出瓶塞子，一手掰开母亲的嘴，就往母亲的嘴里咕咚咚灌醋。旁边的街坊问她：何太太，肖太太这是怎么了呀？她一边给母亲的嘴里不停地灌醋，一边回答：是煤气中毒了!

不知这么搞的,已经过去了六十多年了,那一幕的情景,依然记得那么清楚,就像刚刚发生过的一样。可以说,这是我一生中最早的记忆。

那时候,我才第一次认识了她,从街坊们的话语里,知道她叫何太太。我留心仔细打量过她,是一个长得秀气的太太。相比较我们大院里一些五大三粗的劳动妇女,她不是那种干粗活的人,算不上多么的端庄,却显得格外白白净净,有几分文气,眉眼里闪动着明亮的光泽。即使那时才开春,还穿着厚厚的衣服,她依然腰肢袅娜。似乎还文着眉,一双丹凤吊眼非常有神,嘴巴两边还有两个浅浅的酒窝,不笑,也像在笑。特别像当时月份牌上的那种大美人。

尽管她的那瓶醋最终也没有把我母亲救活,但我还是挺感激她的,对她的印象很好。那天黄昏,我爸和我姐下班回家,忙着料理母亲的后事,没人照管我们,是她把我和弟弟领到她家,在她家吃的晚饭。记得那么清楚,吃的是挂面汤,她给我和弟弟的碗里一人卧了一个鸡蛋,用手轻轻地摸摸我和弟弟的头,说:快吃吧。她的手留着长长的指甲,指缝间有一股刚刚洗过的香皂的气味。

那时,我才注意,她家有一个和她长得一样的白白净净的小女孩,名字叫何小青。当时,我挺奇怪,孩子都应该是随爸爸的姓,为什么她随她妈妈的姓呢?后来,我才知道,何小青没有爸爸,是何太太一个人把何小青养大。何小青为什么没有了爸爸呢?刚开始的时候,我想肯定和我的母亲死了一样,她的爸爸也早就死了。当我知道何小青没有爸爸后,有一种和她同病相怜的感觉。她似乎和我一样,也有这样的感觉。一个没有了妈妈,一个没有了爸爸,我们两人常常在一起玩。

后来,我大一点儿了,隐隐约约知道了,何小青没有了爸爸,和我没有了母亲的原因好像并不一样。我曾经问过我爸:为什么何小青没有爸爸呢？我爸瞅我一眼，说：小孩子家，别瞎问！我也曾经问过我姐这个问题，我姐叹了口气，没有说话。从我爸和我姐的样子看，他们一定是知道何小青为什么没有爸爸的。只是，他们不愿意告诉我。而且，从院里街坊们议论起何太太时候那种躲躲闪闪扑朔迷离的眼神看，大人们都是知道这个问题的答案的。对于一个还没有上小学的孩子来说，这是一个让我特别想知道的谜。

何太太住在我们大院前院北房靠西边的一间。在我们大院，那应该算是好房子了，坐北朝南，阳光充足。最早建这座会馆的时候，这里一溜三大开间，每间只是用木屏风遮挡，是作为主人宽敞客厅的。何太太住的尽管只是一间，但开间很大，足够她们娘儿俩住的了。门前还有个宽敞的廊檐，顶着西山墙，盖个小厨房，摆放些花盆，是足够富裕了。

她的隔壁是何叔叔家。对这个何叔叔，大院的街坊们看法不一，有赞有弹。不过，按照我爸的说法，如果当年不是何叔叔让出这一间给何太太住，何太太还真的无处可住了，起码住不进我们大院了。人家何叔叔干吗自己两间大北房住得好好的，非得腾出一间来？不算是高风亮节，起码也是雪中送炭。那时候，兵荒马乱的，何太太一个人带着个一岁多的孩子，正落在难处。

但是，也有街坊不同意我爸的这种说法，他们会撇撇嘴，说几句酸凉的话：漂亮的女人，总是招人疼爱的，怜香惜玉嘛！也不能怪街坊这样说，何叔叔是个光棍汉，牺牲自己一间房子，请来个画上一样的大美人，光是为了做大好人雪中送炭，就没有一点言外之意？真的很难说呢。

对于街坊们的议论纷纷，何叔叔都是笑着做这样的解释：都是没出五服的亲戚，一笔写不出两个何字，船都会有个浅处，人都有个难处，她何太太一个人带着孩子无路可走，我能眼瞅着不管？

很长一段时间，街坊们还真的以为何叔叔和何太太是亲戚，打断了骨头连着筋呢。后来，我们大院见多识广的街坊不知从什么地方打听清楚了，都姓何不假，哪里是什么没出五服的亲戚，不过都是一个何家庄的乡亲罢了。这样的底牌揭出来，何叔叔的心思有点儿欲盖弥彰。

不过，街坊们的议论归议论，没有恶意，相反都非常愿意促成这样一对鸳鸯成双。何太太长得文静秀气，人见人爱；何叔叔是个工厂里的技术员，年龄也不算大，虽然没结过婚，但不嫌弃何太太带着孩子，相反一直对何太太情有独钟，不是挺好的一对吗？街坊们没少这样说合，何叔叔嘴上不说，心里是乐意的。只是何太太不点头，说自己带着孩子，是个拖油瓶。别耽误人家！这么一晃好多年过去，操心他们的街坊们也不再费嘴皮子了。两个何家相安无事，相敬如宾。

我和何小青同龄。转眼，我们同时上了小学，被分在同一班。那时，我们是很要好的朋友，常常上学一起去，放学一起回家。我很愿意和她一起玩，尽管女孩子玩的跳皮筋、抓羊拐、丢包之类的游戏，和我们男孩子不一样，但是，我还是愿意凑到她的身边，和她一起玩。

就像我们男孩子各自有心爱的玩具一样，她也有，那是一副羊拐。一副羊拐，一般要有四只羊骨头的关节，选中大小相差不多的四只，不大容易。她的那副羊拐，和别的女孩子的羊拐不一样，不仅大小很相近，而且非常的小巧玲珑。更特别的是，都被她涂成了玫瑰红的颜色。虽然总玩，玩的时间长了磨得有些褪色，但依然很鲜亮，在全院女孩子的羊拐中，显得鹤立鸡群。她特别爱玩抓羊拐，有一段时间，我苦练抓羊拐的基本功，为的就是和她一起玩。我抓羊拐比她玩的成绩还好。她不服气，总是在我赢了之后，要和我再比赛一把。那副玫瑰红颜色的羊拐，在我们的手指之间抓起抓落，闪动着，映红了她不服气的脸庞。那曾经是我们最开心的日子。

小学四年级的时候，她当上了我们班的文艺委员。因为她爱唱歌跳舞，活泼得像只小燕子。即便在我们大院里，她也愿意和比我们年龄大的大哥哥大姐姐一起玩演戏的游戏。那时，几个大哥哥大姐姐，以钟家老大为首，常常会趁着大人不在家，把家里的被单或床单拿出来，两头分别系在两棵丁香树的枝子上，当作演戏的幕布，他们藏在被单后面装神弄鬼。何小青把我也拉进被单后面，和他们一起演"大灰狼"呀，"白雪公主"呀之类的节目。每一次玩的时候，她都会划着一根火柴，然后吹灭，用火柴棍烧黑的头把自己的眉毛抹黑，再用指甲草把自己的手指甲染红。挺好玩的。我们都特别开心。大人不在家的时候，我们疯玩疯闹，大闹天宫。

有一次，记得特别清楚，是在暑假里，我们凑在一起演节目，何小青唱了一段京韵大鼓，是《玉堂春》里的一段。那是我第一次听京韵大鼓，也是第一次听何小青唱京韵大鼓。她唱的什么内容，我一句没听懂，只觉得奇怪，她平常唱歌唱得挺好的，在我们学校的合唱队里领唱《听妈妈讲那过去的事情》，特别委婉动听，什么时候学会唱这种咿咿呀呀的京韵大鼓的呢？一边唱，还一边伸出个兰花指来。说心里话，没觉得比她唱歌好听。

就是何小青这唯一的一次唱京韵大鼓，被她妈妈何太太听到了。我忘记了，那一天，何太太是出门刚刚回到我们大院，还是从前院她家的那间北房里出来的，反正是一阵风似的疾步上前，走到何小青的面前，一把抓住她的胳膊，二话没说，把她拽回家。我不知道何太太为什么发那么大的火，不就是何小青唱了一段京韵大鼓吗？尽管咿咿呀呀地唱的并不好听，但也不至于这样呀。那天的何太太，和平常日子里说话柔声细语、走道风摆柳枝那样温文尔雅的何太太，判若两人。这让我非常的惊讶。

那天，何太太是真的生气了，把何小青关在家里，一连好几天都没让她出门和我们一起玩。我也不敢去她家找她。一直到那个暑假结束，开学之后，在学校里见到何小青，很想问问她究竟是怎么回事，你妈生那么大的气？可是，没敢问。

小学毕业，我和何小青分别考入两所中学，她读的是女中，我读的是男校。见面的机会很少。后来，上了高中，知道了她有一个男朋友，是她在暑假夏令营认识的邻校的一个男同学。有好几次下午放学的时候，在我们大院前老远的地方，我曾经看到过送她回家的这个男同学的影子，他们告别的样子有些鬼鬼祟祟的，那个男同学好像看见了我，一阵风似的就没有影子了。她走到我的跟前，一脸云淡风轻的样子，像没事的人一样，有时候，还故作热情地叫我一嗓子。我没有理她，跑了几步，先进了大院。我和她越来越疏远。小时候在一起疯玩抓羊拐、一起躲在被单后面演节目的情景，一下子像被风吹得老远老远，远得像未曾经发生过一样。

初中三年，高中三年，那样飞快就过去了。我再一次走到她的身边，仔细看到她的时候，发现她长高了，好像一下子蹿的个儿，个头儿都快赶上我了，亭亭玉立的样子，像小时候我看到她妈妈何太太时的印象。想想，那时候正是她青春年华的时候，当然，留给我的是一个豆蔻少女最美好的印象。一直到现在，一想起何小青，浮现在我眼前的，还是这样一个美好得让人心动的印象。

可是，这样美好的印象，却是发生在那一年令人心碎的下午。那是"文化大革命"第一年的夏天，何太太遭了批斗，怕何小青接受不了这一幕，我拉她跑了出去。

那天，我们两人一直走出西打磨厂，走到前门火车站，坐上22路公共汽车，坐到终点站，下车后又坐上车回到前门的终点站。来来回回，坐了好多趟22路，一直到天黑了下来，万家灯火点亮，一直到末班车车上没有几个人，颠簸的车厢摇晃着，车窗玻璃上辉映的街灯跟着一起摇晃。我想她的心和我一样也是一直起伏不定，我很想安慰她，却又不知道说什么才好。我们就这样一起又走回我们的大院。

  我不知道，那一晚上，何小青回到家里的时候，何太太是一种什么样子。据说，何太太原来是天津卫唱京韵大鼓的演员，在当时的天津卫虽然是拜的骆玉笙为师，但功夫远赶不上师傅，算不上出名，只是在开场前唱点儿小曲暖场的，却正赶上青春无敌的时节，模样俊俏，迷上了一位阔少。如果没有何小青的出世，也许，何太太还会做她的二、三流的唱小曲的曲艺演员。但是，何小青的出世，彻底改变了何太太的命运。她只能离开舞台，跟着这个阔少从天津来到了北平。如果到了北平过安安稳稳的日子，也算是云淡风轻，却又赶上北平解放，城外整天打炮。这个阔少没有和何太太打一声招呼，自己一个人跟着他父母全家坐飞机逃到了香港。那时候，资本家的老婆，便等同于资本家；又是小老婆，还是唱小曲的演员，就连唱戏的戏子都不如，双料合在一起，就等同于流氓、破鞋、狐狸精；同时，还是叛逃到香港去的资本家的小老婆，更是罪加一等，她虽然没有跟着一起逃往香港，却和逃犯一样有着不死的亡我之心。那时候的逻辑就是这样。

  现在想来，那一晚和何小青来来回回乘坐22路公交车，竟然是我和她的最后一面。我们竟然一句话都没有说，就此天涯远隔。童年和少年，一起抓她染过颜色的羊拐，一起躲在被单后面演戏，很多美好的回忆，一下子便风流云散似的，只成为烟雾一样的一团缥缈的梦。

  我不知道何小青是什么时候离开北京，到山西去插队的。反正，她离开我们大院，离开北京的时候，我不知道，何太太也不知道。我理解她那时候因为母亲和生父的身份问题心里很压抑。但那时候，谁的心里不压抑呢？我很不理解她的不辞而别。等我知道何小青远在山西的时候，她已经和中学时代那个常常送她回家的男同学结婚一年多了。

1974年的春天,我从北大荒调回北京的时候,忙忙叨叨的,没有顾上去看看何太太。1975年,我搬家离开大院以后,一切安定下来,我特意回我们大院一次,见到了何太太。那天晚上,走进何太太的北房,满屋子都是糊好的和没有糊好的火柴盒。从撂得高高的如同小山一样的火柴盒中露出头来的,除了何太太,还有何叔叔。当他们两人抬头看我的时候,我发现他们一下子苍老了那么多。何太太走到我的面前,我仔细看了看她,鬓角花白飞霜,身子也臃肿了许多,童年印象中像月份牌上的那个大美人,哪里去了?现在想想,那时候,何太太也才还不到五十岁呀。

那时,何小青还在山西没回来,何太太见到我就问我是怎么办回北京的,我知道她很希望何小青也能够回北京。我说,知青返城有政策,现在街道办事处都有专门的知青办,应该让何小青回北京一趟,找找知青办。您现在就一个人,身边无子女,完全符合让何小青回北京的政策。何太太听了很高兴,却一个劲儿地掉眼泪。何叔叔在一边劝着她,一边忙着张罗做晚饭。她拉着我的手连连对我说,你还记得来看我,比我家小青都强,她都好几年没有回家了。

那天晚上,何太太和何叔叔非要留我吃饭。盛情难却,我只好留下。她为我端上来的是一碗挂面,里面卧着两个鸡蛋,一下子让我想起童年。那一刻,让我感到世上好多东西都有可能离我很远,只有童年离我并不远。

离开何太太家的时候,何太太和何叔叔非要送我出大院的大门口。我走了老远回过头来,看见他们两人还站在大门口。我冲他们喊道:给小青写信,让她回来找知青办!

何小青没有办回北京。她是在几年之后,直接从山西办到香港。那时,"四人帮"被粉碎几年了。他的生父从香港回到北京,千方百计找到了何太太,要把何太太和女儿接到香港。何太太没有去,何小青去了。在山西,何小青第一次见到了自己的生父。据说,何小青跟着第一次相见的父亲特意回到北京,劝何太太跟她一起到香港,但是,何太太还是没有去。

当我听到这事之后,当时还以为何太太和何叔叔已经结婚了,不能跟着女儿他们一起去香港呢。但是,街坊们告诉我说,何太太和何叔叔一直也没有结婚,不过,何叔叔一直都是在何太太身边照顾着她。街坊们无不感慨地说:何叔叔这样的人真的很难找,如果没有何叔叔的照顾,何太太这些年的日子不知怎么过呀!街坊们说得极是。北平解放前夕,何小青的生父一走了之,开始那些年,靠着手头的一些积蓄,何太太还能勉强度日,以后,何小青生父留下的那些金银首饰都卖得精光,坐吃山空,没有何叔叔的接济,何太太的日子真的难熬。街坊们感慨完了,又感慨何小青,说这孩子像她爸爸一样,心也够硬的,也是甩下何太太自己一走了之,一点也不知道心疼她妈。是,她自己在山西农村的日子过得也不如意,在心里一直埋怨她妈生下她来就受气受苦受委屈,和她妈越来越生分。但是,她这个从来没有见过面的爸来了,她就不生分了,一下子就屁颠屁颠地跟人家走了,这算是怎么一回事呀!街坊们一边对我说着,一边撇着嘴。

据说,何小青的生父带着何小青走之前,执意留给何太太一笔钱,还相中了在芦草园的独门独户小四合院,要买下来给何太太住。何太太坚决不要,何小青的生父坚持要给,僵持不下。最后,何太太勉强只收下了钱。

去年的夏天,我接到何叔叔的一个电话,告诉我何太太去世了。在电话里,他对我说:何太太一直念叨你,你在报纸上发表的文章,她特别爱看,特别是你写怀念你母亲的文章,她边看边掉眼泪。

何叔叔的话,说得我的眼睛湿湿的。我问他:何太太的事情告诉何小青了吗?何叔叔说:告诉她了,现在,她在美国呢,听说,她自己也得了乳腺癌,正住在医院里化疗,来不了她妈妈的葬礼了。然后,他对我说:你知道何太太身边没有任何亲人,你要是能来的话,她一定会高兴的。我忙对何叔叔说:放心,我一定去!

何太太葬礼那天,我早早赶去了。葬礼举办得很简单,除了大院几个老街坊,就是我和何叔叔。街坊们告诉我,何太太病重在床的时候,都是何先生照顾,连端屎端尿都是他,幸亏有他!

望着何太太的遗照,那是何叔叔特意找出来的何太太年轻时候的照片。照片上的何太太,是留存在我童年时候的何太太的样子,那样的漂亮。我的心里充满感慨,一个人的一辈子这么快就过去了。所有的痛苦也好,辛酸也好,欢乐也好,怨恨也好,思念也好,都一去不返,留下来的即使是这样一张好看的照片,最后也会随遗体被火烧尽,化作一缕青烟,消散在如今已经雾霾沉沉的天空。

望着何太太已经被整过容的遗体,我的心里更是充满感慨。我们上一辈人的一辈子,比我们这辈人,有着更多的苦难。命运,让他们赶上我们国家最动荡的时候,国破家亡,战乱连年,妻离子散,临了临了,又赶上了"文化大革命",一个个的磨难,让他们心成老茧,老树成精。在这些个磨难中,就像我真的不清楚我的父母的心里是怎么想的一样,我不知道何太太最难以忍受,或者最痛苦不堪的是什么。是被自己的男人抛弃吗?是在艰难日子里为生存而苦恼吗?还是为自己唯一的女儿不理解,那么轻而易举地就离开辛辛苦苦养大自己的母亲而跟着陌生的父亲远走他乡?

听何叔叔对我讲,何小青去香港之前和她的丈夫离了婚。然后很快又从香港去了美国，后来，她嫁给了一个美国人。结婚的那一年，她带着她的美国丈夫一起回了北京一次。以后，由于工作太忙，再以后自己又得了病，就一直没有回北京看看何太太。我猜想，这恐怕是何太太心里最解不开的一个结。我问何叔叔，何叔叔说，我也这样问过小青她妈，可是，她不说什么。其实，说出来才好，憋在心里就憋出病来。

去年秋天的时候，在一份很大的报纸海外版上，我看到了何小青怀念母亲的文章。文章不长，写得很动情，写到了何太太怎样在艰辛中把她养大成人，也写到了何太太去世时候她自己正卧病在床无法参加葬礼的遗憾和悲伤。读后，我挺感动，毕竟是自己的母亲，母女连心。在这篇文章中，我才知道，何小青跟着生父来到香港之后不久，就到了美国，即便年过三十有四，还是攻读了美国名牌大学的MBA，学业有成，有了一份不错的工作。同时，她写到母亲临终前还把存下的一笔钱换成美金汇给了她和她的孩子，那是母亲最后对孩子无私的爱。只是，她没有说，但是我知道，那笔钱，是当年她的生父留给何太太的，还有她到美国有了工作之后寄给何太太的钱。何太太一分没动，全部留给了她。

让我心里有些不舒服的是，文章署名是庄小青。她把原来的何姓改成了庄，不用说，庄，是她生父的姓。

有意思的是，文章配有一张照片，不是何太太，却是何小青的。面容姣好，化有精致的淡妆，很像年轻时候的何太太。

老钟和他的爬墙虎

老钟,其实不老,这是他自己对自己的称呼。他曾经刻有一枚印章,在一枚很软的化石上刻有小篆阴文两个字:老钟。印章,是他自己刻的,用的他爸的修脚刀。这种化石很便宜,二分钱就能买一块。

老钟曾经把我们一帮小孩子招呼到他家,展示过他的这枚印章,他问我们:知道为什么我刻"老钟"这两个字吗?我们谁都不清楚他的真实意思,只觉得他故意装大,倚老卖老,好当我们的孩子王。他接着说:你们知道,古时候,孔老二叫孔子,还有老子、墨子、孙子……好多人都省略了他们的名字,只留下姓,再叫一个"子"字,这是尊称。叫我自己钟子,不好听,好像我成了种地的什么种子一样了,但像叫老子一样在前面加个"老"字,既好听,又有古意,你们觉得是不是?那时,我们都还小,听他这么云山雾罩地讲,既觉得他在吹牛,也觉得他挺有学问的。

老钟是个极其聪颖的人,心灵手巧,什么都会。样样把式,都拿得起,放得下。爱好多种多样,像万花筒,总在变幻之中。

老钟家住在我们大院最宽敞后院一排东厢房,足有三大间,他家房的边上就是后院的院墙,沿着院墙往北走一点,便是后院的月亮门,门上镶有梅兰竹菊砖雕,很漂亮。这一溜儿院墙,便成了老钟施展才华的舞台和园地。他先是沿院墙根儿种了一排的蛇豆。春天,绿绿的叶子爬满墙；夏天，墙上开满淡紫色的小花；到了秋天，长长的蛇豆弯弯地垂挂着，成为我们大院里的一景。

　　第二年，老钟不种蛇豆了，改种丝瓜，原因是蛇豆不好吃。老钟家是南方人，喜欢吃丝瓜。丝瓜炒鸡蛋，有黄有绿，常是他们家夏天和秋天里吃的菜，端在他家的房前，坐在院子里的小桌旁吃，逗我们的馋虫。

　　后来，老钟又不种丝瓜了。他对我们说，丝瓜、蛇豆都是蔬菜，太低级，太俗气。他要玩一个高雅的，改种爬墙虎。这玩意儿不开花，不结果，但是从开春到秋末，绿油油的，比丝瓜和蛇豆的叶子都密，都绿，都好看，爬满一墙，连个砖缝都难看见。尤其是到了秋天，秋风一吹，渐渐变红，一直红彤彤地摇曳到冬天，真的成了全院大人、小孩都可以观赏的风景，而不再仅仅是为了饱老钟一家人的嘴福。

　　老钟应该比我大六七岁的样子。我小学还没读完的时候，他已经在读高二了。那是老钟一生最辉煌的一年。这一年，就是他改种的爬墙虎爬满东院墙的第二年。

　　这一年，老钟的爱好又转移了。他不再热衷他的农艺，而改为了艺术，真正高雅的玩意儿了。老钟的这一爱好的转移，得从他的姐姐说起。

　　老钟家里姐弟三人，他下面有个弟弟，上面有个姐姐，他上高二这一年，姐姐已经从航空学院毕业，刚和她同班的一个男同学结婚。这个男同学是个印尼华侨，他们结婚之后，回过印尼一次，回国的时候，带回一台录音机。当时，在我们大院里，可是个新鲜玩意儿，谁也没有见过。在我们大院里，除了前院当翻译的老孙头儿家里的那台打字机，这是我们见到的第二个洋玩意儿了。它的出现，像给大院带来新奇的风一样，吹得我们一帮孩子整体趴在他家的玻璃窗前，看老钟摆弄这玩意儿。是那种台式的录音机，一个四四方方的小匣子，透明的塑料玻璃里面，转动着焦糖一样褐红色的磁带，薄薄的，细细的，小股的水流一样，缓缓地转动着,声音就在这转动中录进去了。真的让我们感到非常神奇,又非常的好玩。

那时候,只要下午没有课,老钟就早早回到家里,像只猫一样,趴在他姐姐这台录音机前录音。他在朗诵长篇小说《林海雪原》,一看我们趴在他家的窗前了,便把我们招呼进屋,有了我们一帮听众,他朗诵起来特别来情绪,一会儿是203首长少剑波,一会儿是小白鸽白茹,一会儿是英雄杨子荣,一会儿是土匪座山雕和蝴蝶迷,一会儿装男,一会儿装女,一会儿变粗,一会儿变细,他不停变换着不同人的声音,煞有介事地朗诵着。我们都屏住呼吸,大声不敢出,只听见录音机里的磁带咝咝转动的声音。然后,见老钟停下朗诵,按下停止键,长舒一口气,我们也跟着长舒一口气,叫着让他赶紧放给我们听听,他朗诵的声音是什么样子的。

从录音机里放出的声音,显得不那么真实似的,仿佛从什么遥远的地方传来,让我们感到神奇,充满诱惑。从那年的冬天开始,一直到来年的春天,老钟姐姐的这台录音机一直放在他家窗前的桌子上,老钟常常像只猫一样趴在录音机前朗诵他的《林海雪原》,我们也都会跑到老钟家,像蹲在电线杆子上的一排家雀儿似的,听他朗诵《林海雪原》。

我们当中好几个孩子受他的影响,也都跟着他学习朗诵。我是其中最迷朗诵的孩子之一。他会让我们对着他姐姐的录音机,朗诵一段诗歌或课文,帮我们录音,然后放给我们听。我们的声音和老钟的声音,交错着从那台录音机里放出来,就像好几股水流飞溅起不同的水花,成为那些个日子我最快活的事情。盼望着到老钟家对着录音机朗诵,再让录音机里放出我的声音,比什么游戏都要好玩,常常让我在课堂上走神,想入非非,而在眼前幻化出一些似是而非的幻景。

那时候,北京很时兴了一阵星期天朗诵会,每个星期天,在中山公园的音乐堂，或王府井北口路西的儿童剧院，都有这样的朗诵会，殷之光、曹灿、董行佶、周正、苏民、郑榕、朱琳……一帮名角儿汇集，曾经风靡一时，就像今天听歌星的演唱会。在星期天朗诵会上，我碰见过好几次老钟。我不知道是这样的朗诵会受到了老钟的影响呢，还是老钟受了他们的影响？我只是知道，我非常崇拜老钟，觉得他对着他姐姐的那台录音机朗诵的《林海雪原》，一点儿不比星期天朗诵会上的那些名角儿差。

我佩服老钟，他是我童年和少年时期的偶像，我最初对于文学的爱好，可以说相当一部分是源自他的朗诵，让我接触到了那么多的诗歌和小说。老钟确实聪明过人，干什么都有两把刷子。尽管他爸他妈都常数落他，说他干什么都没有常性，三分钟的热乎气。但是，朗诵，成为他坚持时间最长的事情。而且，看得出来，在以前他所侍弄的那么多玩意儿里，他最喜欢的，也是他最终选择的，是朗诵。

这一年夏天还没有到的时候，老钟家的录音机被他姐姐拿走了。老钟开始安静了下来，天天趴在桌前复习功课。我们知道明年他就要高考了，谁也不再去他家的窗前打搅他。只是第二年过了寒假开学之后，看见他不再埋头读书，而是常常站在他家的窗前，装腔作势地摇头晃脑，又伸胳膊又伸腿地比画，但是，嘴里不出声音。不知他装神弄鬼地在干什么。

我发现，每次在大院里见到他的时候，他的嘴里都含着东西，和他说话，他的声音含含混混的。我问他嘴里有什么东西？他吐出来给我看，告诉我是喉片。那时候，我从来没吃过这玩意儿，第一次见到，奇怪地问他吃这玩意儿干吗，又不是什么糖？他告诉我保护嗓子，我才知道，老钟要考北京电影学院表演系。他从迷上了朗诵，到迷上了表演。他找到了高雅的玩意儿，原来在这儿等着他呢。尽管他姐姐不赞成他考电影学院,他爸他妈更是都不看好他,给他泼冷水,说我们老钟家的坟头上就从来没有冒过演戏的这种香火!不好好读书学习,净整这些不着调的玩意儿!他爸他妈心里就想他能踏踏实实地学习,像他姐姐一样考上个正经的大学。在他们的眼睛里,电影学院就不是什么正经的大学。

老钟考电影学院,他们家并没有当回事,但我看得出,老钟是当回事的,准备得很认真。可以说,当时在我们大院里。除了老钟自己,就是我也把这事当成大事的。他一直这么我行我素地坚持着,我挺佩服他的,也祝福他能如愿考上北京电影学院。

老钟初试通过了,这让他有些扬眉吐气。他爸他妈不再说什么了。难得他开始用功,因为笔试需要考电影戏剧常识,外语还得过关,他特意找老孙头儿求教,请老孙头儿帮助他补习英语,还让老孙头儿帮助他借斯坦尼斯拉夫斯基的书和爱森斯坦的电影剧本集。抱着这些砖头一样厚厚的书,趴在他家窗前的桌子上,整天像啃窝头似的啃这些书。

那时,我挺好奇,指着他抱着的书问他:爱因斯坦和电影有什么关系?

他拍着手里的书笑话我道:什么爱因斯坦,你好好瞧瞧,这是爱因斯坦吗?这是爱森斯坦好不好?

那时,我只知道爱因斯坦,真不知道还有这么一个爱森斯坦,便问他:是爱因斯坦的弟弟吗?

他更笑了:一个德国人,一个苏联人,八竿子都打不着!爱森斯坦,电影蒙太奇理论的发明者!蒙太奇,懂不懂?

那时,我还真的不懂什么叫蒙太奇。老钟在复习他的这一套电影理论的同时,给我上了电影艺术的启蒙课。几年之后,我考中央戏剧学院表演系,很大一部分的因素是得益于老钟。考试之前,我曾经特意找他,向他请教。他是我最早的艺术老师,关于朗诵,关于表演,关于诗歌小说，还有蒙太奇，一切最初的萌芽，都是在他那里悄悄地吐绿，潜移默化在我这幼小的心里。

复试，除笔试之外，还有面试，我看得出他很兴奋，也很紧张，但还是充满希望。面试那天，老钟把自己打扮得油光水滑的，换了件干干净净的白衬衫，早早地就骑着他爸的那辆飞鸽牌自行车，去了北太平庄外的电影学院。那辆自行车是他爸的宝贝，如果不是路远怕他考试迟到，不会让他骑的。

这天上课，我总是有些走神，心里想着老钟的面试，想象着电影学院的面试会是一种什么样子？对于我，表演的面试，总显得有些新鲜，又有些神秘。下午放学回家，老钟还没有回来，就等着老钟回来，听他的消息。快天黑的时候，老钟才回到家，他把他爸的自行车给撞坏了前车圈，到修车铺修完后才回的家。他就等着他爸下班回来挨骂吧。但是，我看他一点儿也不害怕，得意扬扬的劲儿，情不自禁在洋溢，满脸泛着红光。下午骑车从电影学院的考场回家，正是这得意的劲儿，让他躲行人一不留神把车撞到马路牙边的树上了。

我问他考得怎么样？他眉毛一扬，说：没得说！我又问：这么有把握？他眉毛又一扬，说：我这点儿自信还是有的。我让他赶紧说说都考的什么，他是怎么表演的，怎么就有这样的自信和把握？

他告诉我，面试是先要他朗诵一段自选的篇目，他朗诵了《林海雪原》攻打奶头山的一段。这一段他轻车熟路，早在他姐姐录音机前背得滚瓜烂熟，获得考场老师的好评，这从老师的面目表情就看得出来。接着，老师把桌子上的一个墨水瓶递给他，让他以这个墨水瓶为小道具，表演一个即兴小品。这是面试的重头戏，有点儿意思。看得出，他很得意，很满意自己的这个即兴表演。我催他赶紧说说他是怎么弄的这个小品。

我先朗诵了一段陈然的《我的"自白"书》。然后,他问我:知道我为什么选择这段吗?

我说:熟呗,心里有底!这是当时星期天朗诵会上的名段,殷之光的拿手好戏,耳熟能详。

他说:不仅是熟,是朗诵完"为人进出的门紧锁着,为狗爬出的洞敞开着。一个声音高叫着:爬出来吧,给你自由!……"这样一段有针对性的台词,我的双眼紧盯着前面坐的那一排考场的老师,停顿了好半天。你知道为什么这时候我要盯着他们停顿吗?

我说:不知道。

这就是艺术了,知道中国画里的留白吗?停顿,就是留白。坐在前面的那一排老师,这时候就是那些冲着我高叫,要给我自由,让我从狗洞子里爬出来的人,那些国民党,那些渣滓洞里的坏蛋!我就有了一种现场感。你懂吗?现场感,是表演情境中最重要的,是斯坦尼斯拉夫斯基学说里最重要的。

听着他对我的这番慷慨陈词,知道他还沉浸在白天的面试里呢。我听得有些云山雾罩的。那你横不能朗诵完这首诗就齐活了吧?老师给你的那个墨水瓶呢?我催问他,这是考试关键的地方。

他瞅了我一眼,颇为得意地说:这就吃功夫喽,道具不论大小,得用得恰到好处,秤砣虽小压千斤,知道吗?我用这墨水瓶里的墨水写好我的自白书,临时把这首诗最后一句改了一下,朗诵到"让我把这活棺材和你们一起烧掉"的同时,我把手里的墨水瓶朝那帮老师使劲儿地扔了过去。那帮老师都愣在那里了。

尽管我非常佩服老钟面试考场上这样出色的即兴表演。但是,最终老钟没有考上电影学院。事后,我安慰他,是那帮老师没眼光。他却说,还是那个墨水瓶让我倒的霉。我没有处理好!毕竟墨水把人家老师的白衬衫都给染了。

第二年,老钟不甘心,接着考电影学院。这一次,成绩还不如上次,名落孙山,连复试都没挤进去。

因为考电影学院,耽误了高考,老钟最终没能上得了大学。连番两次的失败,让老钟很沮丧,有点儿灰头土脸。他那些多种多样的兴趣爱好,也随之受挫。霜打了的草似的,他变得对什么兴趣都不大了。那时候,高中毕业没有考上大学的人,档案都归在街道,等待着分配工作。在他爸他妈的责骂和催促之下,他整天灰头土脸地跑街道办事处找工作。有意思的是,这几年他根本无暇顾及的东院墙上的那片爬墙虎,吃凉不管酸,竟越长越茂盛,春夏两季郁郁葱葱,到了秋天,红得更厉害了,满墙像着了火一样。

第二年秋天要开学之前,街道办事处也没有帮助老钟找到工作,还是钟家两口子出的力。钟家两口子都在区政府工作,拉下老脸,求区教育局的人帮忙,才算给老钟找到了一个工作,让他到我们大院附近的长巷四条小学当老师,教语文课。他挺喜欢当这个老师的,他当孩子王也合适。在课堂上,朗读课文,是他的长项,也是他最喜欢的,同时,也最受学生的欢迎,他朗诵的时候,满教室鸦雀无声,他的声音洪亮,会荡漾出教室的窗外,回响在校园里,引来好多老师驻足倾听,成了学校的一绝,给他找回好多青春的回忆。

我们大院有在长巷四条小学上学的孩子,回来以后对我绘声绘色地讲这些情景的时候,我看见站在旁边的老钟的父母脸上笑容绽放。真的,钟老师在我们学校名声可大了!那些孩子很为我们大院出了个老钟骄傲。

他妈和他爸听到后,尽管心里高兴,表面还是要指着他的鼻子说:别翘尾巴!语文课可不是光会朗诵个课文!他会反驳道:语文课读写听说四大基本功,第一位的可就是朗读!

没过几天，那些孩子又带回来关于老钟的新消息。课余之时，老钟组织了个课外的朗诵小组，他负责辅导学生的朗诵训练，还照当时星期天朗诵会的模式，每个星期的周末下午放学之后，也组织一个朗诵会，自娱自乐，颇受学生的欢迎。过新年的时候，他在全校组织了"迎接新年朗诵会"，邀请校长和家长参加，更是大获好评。

举办这场"迎接新年朗诵会"之前，老钟找过我，让我帮着他写一首迎接新年的朗诵诗。那时候，我刚上初三，喜欢上了写诗，要说也是受老钟对着他姐姐那台录音机朗诵的影响，和当时星期天朗诵会的影响，常常会模仿当时颇为流行的一些朗诵诗，比如张万舒的《黄山松》、闻捷的《我思念北京》、贺敬之的《西去列车的窗口》之类，自以为是地涂鸦。老钟知道我喜欢写诗，找到我，是看得起我。我当然乐意拔刀相助。朗诵会那天，老钟也邀请我去他们长巷四条小学参加。现场听到那么多的掌声，和他们校长当场对老钟的表扬，我很为他高兴。炉灰渣儿也有放光的时候，更何况是金子呢？

也许，老钟也自认为自己是金子，但好多人认为他还是个炉灰渣儿吧。很可能是这个原因，导致老钟的婚事一直不顺。老钟自视清高，总有怀才不遇之感，希望在婚姻中找齐。当然，这是事后我对他的理解与分析了。当时的情况，证实了我后来的分析。老钟找对象的标准不是人模样长得漂亮，而是这样两个条件，必须和他有相同的艺术爱好，还有一点更致命，他自己没考上大学，却希望找一个大学毕业的人。那个年代，不像现在大学扩招之后，大学生如蝗虫似的遍地飞。找一个大学生，尤其是找一个看中他这样一个小学教师的女大学生，真的难度很大。

老钟后来和草厂九条的一个女体育老师结的婚。至于为什么老钟最后选择了一个体育老师，谁也不清楚。从表面看，老钟以前所坚持的两个条件，这位体育老师一条都不符合。不知道老钟的父母对这个体育老师怎么看,在我们大院的街坊眼中,都觉得这个体育老师配不上老钟。老钟不仅人长得好,关键是多才多艺。多才多艺,虽然不顶饭吃,但是,人们的心里还是喜欢多才多艺的人。我看钟家老两口也没有看上自己的这个儿媳妇。毕竟是诗书人家,找了这个五大三粗的女人,怎么都觉得,即使青花掸瓶上插的不是孔雀的翎毛,起码得是鸡毛掸子,现在像是插上了一把大扫帚。

完婚之后,老钟两口子就住我们大院老钟家。我常常和这个女体育老师打照面,她长相一般,个子挺高,头发很黑,一双大长腿,一脸笑模样。她教过我们大院里的一个孩子,那个孩子说她是运动队受伤后下来的,原来是练短跑的,所以跑得特别快,学生给她起了个外号叫"二级风";还有,她上体育课时爱穿一条运动短裤,露出腿上的汗毛特别重,特别黑,学生又给她起了外号,叫作"黑毛腿"。这两个外号,很快就在我们大院的孩子中间叫开了。

老钟听到了,找到我,对我说,告诉那帮孩子,不许再叫这俩外号了!那是你们老师!但是,大院里孩子谁还听他的,这两个外号,照样满院子里此起彼伏地叫。这样的叫声,常常让老钟很没面子。叫的这帮孩子里,大多已经是新一茬小不点儿了,不是当年我们趴在老钟家窗台前看他对着他姐姐那台录音机朗诵《林海雪原》的孩子们了。一茬茬不停长大不断变换的孩子们,是老钟也是我们成长的参照物。大院还是那样的老,老钟却不再年轻了。

老钟结婚是在年初寒假里的春节的时候,小日子还没过半年,这一年的夏天,"文化大革命"爆发。我们大院干的第一件革命行动的事,是推翻了老钟家前这面东院墙。推翻院墙的时候,我们好多孩子都参加了。老钟和他的妻子"二级风""黑毛腿",和我们一起推倒了这面院墙,漂亮的砖雕和绿绿的爬墙虎一起纷纷倒在暴土扬尘中。在这样一片暴土扬尘中,我看老钟远不及我们那样的亢奋,他的脸是麻木的,他在废墟前站了一会儿,连家也没回,擦了擦脸上的汗,转身就回学校了。"二级风"跟在他屁股后面,也很快离开了我们大院。

老钟的命运,并不是在我们大院这面东院墙被推翻时终止的,但老钟的辉煌是以此为终止的。老钟显得委顿,甚至有些苍老,原来洪亮的嗓音,也变得有些嘶哑了。想想那一年,他才二十七八岁。

这面东院墙上的爬墙虎,我想可能早已经被老钟所遗忘。用自己的手,用我们大院里包括我自己在内曾经那样欣赏并赞扬过他的人的手,一起连墙带爬墙虎拆毁干净,会引起他什么样的感喟,我不知道。我只知道,爬墙虎并没有完全从他的命运中连根拔除。没过多久,"文化大革命"的风暴席卷全城的每个角落,小学校也不能逃脱。

一晃,五十年过去了。算一算,老钟今年应该是七十多岁的人了。大院人事纷纭,老钟早就搬家,不知搬到哪里去了。去年夏天,我路过长巷四条小学,忽然想起了老钟,他在这里当过老师,便想到这所小学校里,打听一下他的下落。学校总会知道的。谁知我走到长巷四条小学的校门前,看见学校已经变成了拆迁指挥部。而且,大门紧锁,只有拆迁指挥部的牌子挂在门口,校门里面一片凋零,看来作为拆迁指挥部都是以前的事情了,现在它自己也等着拆迁呢。

棋罢不觉人换世,酒阑无奈客思家。世事沧桑与人生况味的变化之中,还真的有些想念老钟了,想念青春年少时那种无忧无虑、异想天开和纯净得几乎透明却那么易碰易碎的梦想。

小手表的鸽子

　　小钟是老钟的弟弟,我们都管他叫小手表。那一年,我们院里的好多小孩子都看了一部新上映的叫《探亲记》的电影。那里有个从农村进城看望儿子的老爷子,老演员魏鹤龄演的,到商店买一个闹钟,非得让人家售货员再饶他一块手表,人家笑他手表比闹钟可要贵多了,老爷子说手表比闹钟小,怎么会比闹钟贵!这个笑话,带进我们大院,小钟比老钟小,不就是手表吗?这么着,我们都管老钟的弟弟叫小手表。

　　小手表就是要比钟贵一些。钟家对小手表一直有些偏爱。因为小手表的学习成绩比老钟要好得多。小手表比老钟小四岁,老钟初中蹲过一年的班,他考高中那年,小手表考初中,小手表考上市重点中学男八中,老钟只考上了离我们大院很近的二十九中这样一所普通高中。老钟高中毕业那年,考电影学院落榜,小手表保送本校高中。小手表上高一那年的暑假,他爸爸买了块上海牌的手表给他作为奖励。这是我们大院里一帮孩子中戴在手腕子上的第一块手表。那个年月,手表还是金贵的玩意儿,别说孩子了,就是大人,也没有几个能戴得起手表的。小手表,这个外号就更名副其实了。

　　小手表戴上这块手表之后,有点儿嘚瑟。最明显的表现,就是他交了个女朋友,是女五中高一的学生。不在一所学校,不知他们两人是怎么认识的,反正,仗着学习好,他胆子挺大的,常常趁他爸妈和老钟不在家的时候，带这个女同学到他家里来玩。那个女生，我们都见过，小手表很大方地向我们介绍过她，和他一样也上高一，姓白。那时候，我们都听过他哥老钟对着他姐姐那台录音机朗诵《林海雪原》，里面有个漂亮的女卫生员小白鸽白茹，也姓白，记不住她的名字，便把她也叫小白鸽。无论是她，还是小手表，听我们小白鸽小白鸽地叫，挺受用的，这个外号和小手表一样，也就叫开了。

只是后来，小手表带着他的小白鸽一进我们大院，见到我们，不和我们恋战，说不了两句话，两人就钻进屋，还把窗帘拉上，神神秘秘的，别说让我们生气，更让街坊们看着不顺眼。按理说，男女同学来家里玩玩，也不是什么了不起的事情，问题就出在他们一来就拉窗帘。大白天的，拉什么窗帘呀？

其实，小手表带小白鸽来，也没干什么出格的事，我们一帮孩子曾经偷偷趴在他家窗台上，从窗帘缝儿里看过他们两人，就是头快要碰着头地坐在一起，温习功课。我看了一会儿，没有发现什么异样，不过有点儿亲热罢了，就想走了。有嘎小子，就是九子拉住我说：再等等，好戏就上演了！好奇心，连带着一点儿憋坏的心思，纠缠在一起，让我接着趴在窗台上。

又等了半天，他们还是头快碰着头地坐在一起温书，只差那么一点儿，两人的头就总也不往一起碰。这一点点的距离，让趴在窗外的我们看着心急。我真的没看出小手表有什么异样。小手表比我大两岁多，那时候，我们都正处在青春期，谁的心里不会对女生产生那种朦朦胧胧又似是而非的感情萌动呢？

但是，有好心也多嘴的街坊，很快就把小手表带小白鸽到家里来的事情，向他爸他妈告了状，把头快碰在一起，说成碰到一起了。这点儿距离之差，使得小手表的问题一下子变得十分严重，让他爸他妈格外警惕起来。钟家两口子都是政府的干部,哪里能容忍自己的孩子这么小不好好学习就搞起对象来呢!

有一天,他爸专门等在小手表带着小白鸽进屋拉上窗帘之后,紧跟着推门也进了屋,圆乎脸一抹长乎脸,当着两人的面,狠狠地训斥了一顿,坚决不允许他们两人继续来往,如果再发现他们两人在一起,他就会到女生的学校告诉老师去。小手表他爸是真的生气了,嗓门儿没有控制住,嚷嚷得我们在外面都听得真真的,吓得小白鸽落荒而逃。我看见她一路小跑狼狈地跑出我们大院的样子,身上落满大院好多人芒刺般的目光。当时心想,小手表也没出来送送她?

小手表不是那种嘎杂子琉璃球,一直是个听话的好孩子,他爸这么一发威,他还真的就夹起了尾巴,断了秧一样,断了和小白鸽的来往。但是,他的心思也变得飘忽不定,放学回到家,不像以前总爱温习功课,而是屁股上长了草,坐不住了。干什么都干不下去。他家的窗帘倒是不拉上了,却整天看着他坐在窗前,两眼无神在发呆。

就是从这时候开始,他玩起了鸽子。起初,只是别的同学连笼子带鸽子,送他两只白色的点子,他养着玩的。他爸心想养鸽子就养吧,只要不再和那个女生来往就行了。再说,那两只雪白羽毛、红红小腿的点子,红是那么红,白是那么白,还真的挺可爱的。

没想到,鸽子让他着迷,他养上了瘾。半年之后,他养的鸽子从这两只点子发展到了十几只,咕咕的叫声,此起彼伏。响得他们家像总有悦耳的小鼓点儿在敲打着。小手表和他哥老钟一样聪明,都是心灵手巧的主儿,干什么都能够干出点儿名堂。这一年的暑假,他在他家屋子的西山墙边上,自己一个人干起泥瓦匠的活儿,用砖头和木头垒起了一人多高的鸽子棚。第二年开春,这群鸽子繁殖出的小鸽子,多得已经让我们数不出数来了。

也就是这一年开始，小手表的学习成绩每况愈下。他爸被连连请到学校，老师告知了小手表的情况。他爸回家，生气得很，厉声命令他拆掉鸽子棚。没有想到，这一回，小手表没有像上次他爸爸命令他和小白鸽断绝来往那样的听话，他梗着脖子，不应声。那鸽子都是他自己一手喂大的，他怎么舍得再用自己的手拆掉它们的家呢？他爸爸看他没有任何反应，站在那儿就是不动窝，一气之下，走出屋门，抄起放在门口的一把铁锹，三下两下就把鸽子棚拆了，眼瞅着鸽子纷飞的羽毛落了一地，惊吓得飞上天，在屋顶上盘旋，还想落下来，他爸挥舞着铁锹，愣是把鸽子都给轰走了。

他爸在气头上，忽略了那些鸽子都是小手表喂大喂熟的，个个都认识家，响着鸽子哨，在天上呜呜地飞了一大圈，没过半天的时间，又都飞了回来，落在他家屋顶的灰瓦上，房檐上，窗户前，咕咕地不停地叫唤着。小手表半夜没睡，把鸽子棚又搭了起来。

他妈劝他爸，街坊们也劝他爸，你儿子刚开始养那两只点子时，你没管，到现在他鸽子成群了，这么粗暴的法子已经不灵了，得想新招儿。他爸这个后悔呀，养这群鸽子，还不如当初让他和女五中那个女生来往呢。起码，那时候，学习成绩没有哗啦哗啦往下掉呀。

小手表的鸽子队伍越来越壮大，一飞起来能遮一片天。他读高二那一年，他的那群鸽子，在我们前门这一片已经小有名气，到他这里来看鸽子的、换鸽子的、买鸽子的人络绎不绝。他的学习成绩直线下滑，和他爸他妈的关系也越闹越僵，他爸他妈拿他和他的这群鸽子七窍生烟，一筹莫展。

就在这一年，发生了这样一件事情，帮了小手表他爸他妈一个大忙。这是他们绝对没有想到的，他爸他妈一定想，这真的是天助我也。

就在这一年，我家隔壁向家的孩子毛蛋儿养了一只波斯猫。毛蛋儿比我小五岁，比小手表小将近八岁，这一年，刚上小学四年级。在我们大院的孩子里，他年纪小，根本和我们玩不到一拨里来，属于井水不犯河水。但是，他养的这只波斯猫和小手表养的鸽子，却是井水河水搅和在了一起，成了彼此的克星。

事后，小手表后悔，当初毛蛋儿抱回这只波斯猫的时候，自己瞄了一眼这猫，对毛蛋儿说：你这猫不是波斯猫吧？

毛蛋儿不爱听，立刻反唇相讥：怎么不是？你养鸽子，养过猫吗？

他指着猫，不以为然地对毛蛋儿说：人家波斯猫的眼睛都是蓝的，你看看它的眼睛，灰不溜秋的。

毛蛋儿说：这你就不懂了吧？得到夜里，眼睛才变蓝呢！

他一摆手说：拉倒吧！还到夜里呢，你以为它是猫头鹰呀？肯定不是波斯猫！起码不是纯种的！

就是当初自己年轻气盛，多了这么几句喘，得罪了猫大仙！

毛蛋儿养他的猫，一直都很精心，谁想到那天夜里，猫钻出了笼子，从东院墙爬上去，跳进钟家住的后院，来到鸽子笼前，叼走了没来得及回窝的一只鸽子，还是小手表心爱的一只凤头。看见自己的凤头银灰色的羽毛，零落在毛蛋儿的猫笼前，小手表能干吗？他趁着毛蛋儿家里没人，把笼子一脚踹开，拎起猫的后腿就往自家后院里跑，头朝下倒栽葱的那只大白猫呜呜地惨叫，他也不管。他用绳子把猫绑在后院中间一棵老槐树的枝子上，就开始狠命地用根木棍抽打它。一边打一边喊：你赔我鸽子！你赔我鸽子！怎么打都不解气，怎么喊都不解气，谁上来劝都不管用，他人就跟发了疯似的。只听见那猫的惨叫声，越来越凄凉，越来越微弱。

就像鸽子是小手表的心头肉，这只大白猫，甭管是不是纯种的波斯猫，也是毛蛋儿的心头肉呀。那天，毛蛋儿从外面刚回到我们大院，就听见了他的猫的惨叫声,心头像被扎了一样,三步两步循声跑了过来,一看自己心爱的猫被绑在树上,小手表还在不住手地抽打着它,这还了得。他也跟疯了似的,冲了过去,一头撞在小手表的胸前。别看他只是个四年级的小学生,那一刻变得力大无比,像辆开足马力的坦克车直冲而去,小手表光顾着打猫了,根本没有注意猫的主人回来,一下子被扑倒在地。毛蛋儿上前先把自己的猫救下来,抱着已经被打得血淋淋的猫,更是怒火万丈,冲向小手表,没完没了地踢打。一边用脚踢着小手表,一边大声叫喊:你赔我猫!你赔我猫!

小手表虽然比毛蛋儿高出半拉身子,却抵挡不住毛蛋儿这一通狂轰滥炸。也许,是小手表听到猫在毛蛋儿的怀里呻吟的声音,也觉得自己做得有些过分,自觉不妥,便没怎么还手。街坊们趁机上来把他们两人劝开了。

临回家,毛蛋儿不依不饶,一边哭着一边喊着:我的猫要是有个三长两短,我跟你没完!

小手表的哥哥老钟回来,知道了这事,说弟弟:你也真是的,一只鸽子犯得着吗?打狗还看主人呢,你这么打人家的猫,实在过分!他爸他妈回来了,也这样说他。他心里虽然还是心疼自己的那只灰凤头,但是,不再多说话。

这一夜,两家相安无事。只听见毛蛋儿家猫在笼子里凄惨的呻吟。小手表的鸽子棚里的鸽子也躁动不安地不住扑腾。

第二天早晨,毛蛋儿惦记着他的猫,天没亮就起来,一看,心爱的猫死了。一下子,火冒三丈,他抄起他们家劈柴的斧子,冲进月亮门,一直跑到小手表的鸽子棚前,抡起斧子,三下两下就把鸽子棚的木头砍断,里面鸽子还没有来得及飞走,又被毛蛋儿的斧子砍死了几只。

噼里啪啦的响动和鸽子凄惨的叫声,把钟家人惊醒,都跑了出来,小手表先是惊呆了。他刚要冲上前去夺毛蛋儿手里的斧子，他爸一声怒吼喊住了他。那时候，别看毛蛋儿只是一个四年级的小学生，却已经像战场上杀红了眼的兵，抡着斧子，不管不顾，死俩鸽子没事，别再伤着自己的孩子。

鸽子棚彻底被捣毁，鸽子死的死，飞的飞，眼前一片羽毛纷飞零落。不少街坊被惊动，纷纷跑了出来，看着眼前凋零的一切和疯了似的毛蛋儿，都惊呆了。在那个天空的鱼肚白刚刚吐露出来的早晨，这一幕的景象，给我留下至深的印象。一个只有四年级的小孩子，让全院人震惊，更让高二的学生小手表震惊，束手无策也无言以对地望着惊飞的鸽子和哭泣不止的毛蛋儿。那一天清晨嘹亮的鸽哨渐渐消失，而嘤嘤的抽泣声始终缭绕在我们大院的情景，烙印在我少年的记忆里，相信，也烙印在毛蛋儿和小手表的记忆里。

这个事件，以毛蛋儿和小手表各自心爱之物——猫和鸽子的丧失，而早早地终结了他们各自的童年与青春期。从此之后，他们再也没有养他们的心爱之物——猫和鸽子。

为此，钟家两口子非常庆幸，他们怎么说怎么做都无法让小手表将他的鸽子驱散走，毛蛋儿却帮助他们意外地做到了。只是，做到的时间晚了些。尽管小手表在此之后一心扑在学习上面，留给他的时间毕竟有限，高三毕业的高考，他还是差了十几分没有考上大学，只上了一所中专石油学校。钟家两个儿子，在高考中先后落榜，成为老两口一生的遗憾。

时过境迁之后，谁都会为当初自己的行动感到几分幼稚得好笑。但是，谁没有在自己的童年、少年乃至青春期的时候，做过一些这样可笑得让自己脸红的事情呢？那时候，为了自己的心爱之物，为了自己的心爱之人，曾经是那样倾情付出，那样忘乎所以，那样疯狂相许，甚至可以生死与共。是的,只有童年、少年和青春期,我们才有可能这样。我们的童年、少年和青春期,恰恰是在我们大院里度过的。那里现在看来已经破旧不堪的屋顶与院落,凋零的树木和花草,甚至丢弃的拖把和水桶,以及从残破木箱里飘散而出的以前的旧报纸和旧挂历,都曾经驮负着我们的回忆和感情,点染着我们的生命与爱恨情仇。

对于小手表和毛蛋儿,他们之间有过激烈的争斗,甚至有过咬牙切齿的恨,却从来没有仇。都说夫妻没有隔夜的仇,在我们大院里,我们这些曾经从小长大的朋友之间,可能会有过隔夜的仇,甚至几夜乃至整个童年或少年时期的仇,但没有像死结一样解不开的仇。那时候,无论小手表,还是毛蛋儿,尽管为了他们各自的鸽子和猫,曾经发生过震撼我们全院的争斗,但是,那时候,我们毕竟还都是孩子,我们很快就会弥合曾经有过的摩擦和创伤,又像朋友重新走在一起。

小手表考入石油学校后的第五年,也就是1969年,毛蛋儿初中毕业。北京1969届初中生连锅端,都要上山下乡,毛蛋儿去的是内蒙古兵团。那年秋末,我从北大荒探亲回家,正好赶上为他送行,拿着从同学那里借来的一架海鸥牌照相机,可以为他拍几张临别留影。那时候,东院墙已经拆干净了,钟家那一排东厢房一览无余,当年小手表亲手垒的鸽子棚东倒西歪还倚在他家的西山墙边上,像我们童年和少年的物证一样,残存在那里。我对毛蛋儿说起当年的往事,他一笑对我说:复兴哥,帮我在那儿照张相,留个纪念。他跑到鸽子棚前留下的这张照片,至今还保存着。

我和他都没有想到的是,第二天,小手表也回到了家。他们石油学校那时候已经从北京搬到大庆油田,他是从大庆特意赶回来的。不过,我可不是单单为你送行的,你把我的鸽子赶尽杀绝,这个账,我一直还记着呢。小手表这样说,是玩笑,也是实情,他是回北京结婚来的,正赶上毛蛋儿要去内蒙古,送行的队伍自然又多了一个老街坊。

毛蛋儿去内蒙古是晚上的火车,那天晚上,为给毛蛋儿送行,小手表送了毛蛋儿一个礼物,是一件石油工人的工作服,那种轧有一条一条格子的蓝色棉服。让我们都没有想到的是,小手表新婚的妻子也来了,尽管多年没见,我们还是一眼就认出来了,是那个小白鸽。

迟桂花

杨家老四是我们大院的农艺家。不知道是受谁的影响,他特别爱鼓弄花花草草。他爸爸是开火车的司机,一辈子就爱拉胡琴,他家一共九个孩子,个个受他爸爸的影响,都喜欢鼓捣个乐器。唯独老四,不喜欢乐器,偏偏喜欢种花养草,属于他家的另类。那时候,学校里多讲米丘林,是苏联的一位农业科学家,杨家老四崇拜米丘林,买了张米丘林的大头像,贴在学校他宿舍的床头。

杨家老四上高中以后,一直住校。但是,不管多忙,每周末必定得回家一趟,因为放心不下他家门前的空地上的花花草草。其实,他也没个章法,什么都种,有凤仙花,我们叫指甲草;有夜来香,我们叫晚饭花;也有鸡冠花、西番莲和美人蕉,都不是什么难种的,非常常见的草本植物。他好像是来者不拒,逮着什么种子就撒什么种子,然后等着它们随意地开花,把他们家前不大的空地挤得五颜六色满满当当的。种不下了,他就把它们种在花盆里,摆满他家一窗台。

我们大院的街坊,老早在背后就说他。有话里带刺的:小小子儿爱花,女里女气的;但也有夸他的:小小子儿爱花,将来长大娶了媳妇,一准儿的疼人。

他爸嫌他的花种得太多了,挤上了窗台不说,还挤得他晚上下班回家找哥儿几个拉琴吼几嗓子京戏的地方都下不去脚。他爸便对他说:糖吃多了不甜，花养多了不香。你把你这些宝贝给我拾掇拾掇，捡点儿好看的种种，剩下的都给我拔了。高一下学期开学没多久，刚过了清明，他还真的把他的这些宝贝都拔得干干净净，扛回家来一棵长得不矮的树。这棵树，他一个人根本扛不动，是钟家的大女儿帮他一起扛回来的。

开始，人们的注意力都集中在这棵树上了，我们大院里的树不少，但没有这种树，都好奇地问他这叫什么树。他一脸汗珠淋漓地告诉大家是桂树。大家便也都没在意，帮他一起扛树回来的钟家大闺女更是一脸汗珠淋漓。钟家大闺女和杨家老四在一所中学里，又在同一个班，既是街坊，又是同学，帮个忙，是捎带手的，不是什么大不了的事。

但是，钟家的两口子老眼毒辣，见微知著，看出了端倪。风起于青萍之末，自己的大女儿肯定和杨家的老四好上了。否则，这样一棵树，那么远的道，她不会和人家一起去抬的，带手的，也得看带手的什么活儿。平常，让她去水房抬桶水，她都说功课忙不过来呢。不过，钟家两口子暗中观察，不动声色，心里有数就是了。因为他们知道这个宝贝的闺女是个顺毛驴，戗毛是理不顺的。

钟家大闺女叫钟锦钰，她爸她妈锦钰锦钰地叫着她，我们大院的孩子听成了金鱼，就都叫她金鱼，上了高中之后，她戴上一副近视眼镜，我们都管她叫龙睛鱼。在钟家三个孩子里，她不算是最聪明的，却是学习最用功的，一门心思想上大学。她和杨家老四是怎么好上的，我那时比她和杨家老四小十来岁，不属于他们那一帮孩子的圈，不大清楚。听他们那帮大孩子说，是因为她先喜欢上了杨家老四种的花，后喜欢上了人，算是典型的爱屋及乌吧。

后来，我知道了，杨家老四之所以把以前种的那些花都拔了，改章程种桂树，是听了龙睛鱼的主意。龙睛鱼说，花和树，树更好，又高又大，开满一树的花又多又香，你种的那些花都是草本的，命都不长，每年都得种一次。树就不用了，种活了它，命比花长多了，每年都可以开花。杨家老四觉得有理，但种什么树，心里没底，征求她的意见，问她种什么树好，她提议种桂树。

这样的传言，是可信的。因为钟家两口子都是南方人，刚搬进我们大院的时候，每年秋天，常有老家人给他们寄点儿糖桂花来。他们对这玩意儿挺钟情，熬八宝粥、做醪糟、包豆包、煮汤圆，都爱放点儿这玩意儿。后来，他们和老家的关系渐渐地断了，就自己到稻香村南味店里买这玩意儿。正月十五，钟太太煮好她自己亲手包的汤圆，有时候会端一碗送给我们尝尝，别说，还真的挺好吃的，添了一点儿这玩意儿，立马有一股子说不出来的浓郁的香味。龙睛鱼自然会从他们家钟爱的糖桂花想到了桂花树。

杨家老四种上这棵桂树后的第二年秋天，桂花就开满了树。花不大，米粒一般小，金黄色一片，缀满枝头，一粒一粒的小花不起眼，聚集成阵，花香就像攥紧的拳头一样，击打出来是那样的有力，浓浓的花香长上了翅膀一样，飞满我们大院，比起春天开的丁香还要香，还要好闻。

当然，到龙潭湖苗圃里买这棵桂树的时候，人家没有蒙他们两个中学生，说来年肯定能开花，还就真的开花了。更重要的，还得算是杨家老四喜欢农艺，钻研这门学问。他先是把原来种花的土全部换了，那土还是我们好几个孩子帮助他拉的平板车，到后河沿的护城河边挖来的呢。我问过他为什么非得换土？他说，等你长大了你就懂了，花草树木对生长的土壤需求不一样，就像是不同的人对生活的需求不一样，就像有人喜欢吃甜的，有人喜欢吃酸的。树和人是一样的，听说过十年树木，百年树人这个词吧？

我听了似懂非懂，只见他换了土之后，还往土里掺和了好多他妈做鱼前刮下来的鱼鳞和吃剩下的鱼刺，又买了点儿什么溶液洒在土里。我看了瓶子上写着"硫酸亚铁",就更不懂了。但是,也更佩服他了,他懂得可真多!

冬天来临之前,我见他又用他爸帮他找到的黄色草绳,从树的根部一直包到树干的中间。我帮他忙乎的时候,他对我说,桂树是南方的树,娇气,怕冷,你帮我看着点儿,别让那帮孩子把草绳给掰走玩去。

第二年开春的时候,我看见龙睛鱼的爸爸钟老师,还专门帮助杨家老四给这棵桂树剪枝。是个星期天的早晨,大家都休息,我们一帮孩子也跑到杨家房前那棵桂树下看热闹。龙睛鱼跟在他爸爸的后面,也跑来了,杨家老四搬着一个"人"字形的梯子立在树下,他自己爬到梯子上,钟老师在下面指挥他剪,不住大声地说:别怕多剪,枝子太密,遮挡阳光,桂树喜欢阳光。早晨的阳光,透过桂树的枝叶,斑斑点点地洒落在杨家老四和钟老师的身上,还有龙睛鱼仰着头抻长了脖子的脸上,她那副近视眼镜的镜片上反射着的全是一片闪闪烁烁的太阳光。

这棵桂树,给我们全院庸常的日子带来新奇的欢乐。盼望着它早点儿开花,便不是杨家老四和钟家龙睛鱼的事情了。那时候,我们小孩子的心思更集中在我们从来没有见过的这棵桂树上,根本没有注意,就在桂树一天天长大的日子里,杨家老四和钟家大闺女的感情,也一天天在长呢。桂花开满树的时候,他们的感情也在悄悄地开着花、喷着香呢。

这一切,是瞒不过钟杨两家老人的眼睛的,他们都是过来人,知道这种年龄的男女常在一起的结果,当然会像树到了季节要开花一样的,哪有不让树开花的道理?钟家两口子都是政府的干部,看杨家老四爱学习爱钻研,当然喜欢这样的好孩子。杨家看钟家是诗书之家,文化比自家高,钟家大闺女性格文文静静的,长得又白白净净的,自然更是喜欢。因此,虽然两人也属于老师都反对的早恋,但他们两家却悄悄默许,睁一眼闭一眼。

这一年秋天,我们大院弥漫着桂花浓郁的花香。桂花飘落的时候,制作糖桂花,是我们大院开天辟地的大事。我们都尝过钟家的糖桂花,但是,还从来没见过这玩意儿是怎么做出来的,大家都很好奇,我们一帮孩子更是跑过来看。这一次做糖桂花的主角是钟家太太,杨家大婶在一旁当帮手。桂花早就在杨家窗台上晾干了。杨家大婶早就备好了红枣和蜂蜜还有白糖,钟家太太从家里拿来了从稻香村买来的米酒和桂圆,然后,教杨家大婶这么样一层层地将这些东西放进盛满水的铁锅里,将他们煮开,熬成黏稠状。最后,钟家太太放了一点点的盐。糖桂花就算做成了,并不复杂,跟我们熬粥差不多。但闻起来真的很香,尝一口,甜里面带着一种说不出的味道,是糖的甜无法比拟的。

钟杨两家合作的这一锅糖桂花,给我们大院每家送去一小碗,让我们在熬腊八粥和包元宵的时候用它。在我的记忆里,我们大院,除了那三棵前清留下来的老枣树,每年秋天打完枣,各家分一大洗脸盆的红中泛绿的马牙子枣,就是这棵杨家老四种的桂树了,用它开放的桂花做的糖桂花,也分给每家分享,成了我们甜蜜的回忆。在以后很长一段时间里,到了秋天,我就盼望着糖桂花和马牙枣,一般都是先分了糖桂花。过不了几天,就该分马牙枣了,吃月饼的中秋节,也就紧跟着到了。那是我们能够连续大饱口福的季节。

桂花第二次开放的时候,杨家老四和钟家的龙睛鱼都如愿以偿地考上了大学。杨家老四考上了北京农学院,钟家龙睛鱼考上了北京航空学院。仿佛人只要一上了大学,就跟鲤鱼跳过龙门一样,立刻长大了,恋爱更成了名正言顺的事情,想怎么爱就怎么爱。杨家老四和钟家龙睛鱼,可以双飞蝶一般,明目张胆地手牵着手,大摇大摆地出入我们的大院。钟杨两家不仅是默许,而且是承认了他们两人的关系,我看见他们两人在没人的地方,还偷偷地亲过嘴呢。但是,我和大家一样,觉得亲就亲吧，他们就应该到了亲嘴的时候了。我们全院里的街坊包括我们孩子，都认为他们是天造地设的一对。

每个星期天从学校回到我们大院，杨家老四和钟家龙睛鱼，都会一起侍弄给他们带来感情和好运的桂树，每年暑假时候，也就是他们领到大学录取通知书的那个日子里，他们两个还会在树上系上一根红丝绳，作为还愿和感谢的表示。每年的秋天桂花开放的时候，钟杨两家都会聚在一起，做糖桂花，然后给全院每家送一小碗糖桂花尝尝。这成了我们大院每年秋天的保留节目。

不知道从哪年的秋天开始，这个保留节目消失了。只是觉得忽然，有一年的秋天，大家等来了分的一洗脸盆的马牙枣，却没有等来糖桂花，心里闪了一下，有些空落落的，才觉得好像缺了点儿什么。大家才注意到了，事情发生了变化，无论是杨家老四钟家龙睛鱼他们自己，还是钟杨两家，乃至我们大院的所有人，最开始看到桂花开放，尝到糖桂花好吃的时候，都过于乐观了。

我后来仔细想了想，糖桂花和我们告别的具体日子，应该是在钟家大姐龙睛鱼大学毕业之后，和同班同学、那个印尼华侨结婚之后。当时，我们只顾着到钟家找老钟玩她从国外带回来的那台录音机了，没顾上倒霉的杨家老四。

实际上，我的记忆是错的。早在钟家大姐龙睛鱼和杨家老四考上大学那一年的秋天，在我们的大院里，糖桂花就没有了踪影。因为那时候天灾人祸在全国闹腾，什么东西都紧缺，买什么都得要票，还上哪儿淘换金贵的白糖和蜂蜜去呀？所以，将糖桂花在我们大院的消失迁怒于钟家大姐龙睛鱼和杨家老四考上大学，是没有来由的，那不过只是我们大院里好多人对龙睛鱼的一种态度罢了。

后来，我听杨家的九子对我说起他哥哥老四，应该是更早的时候就已经埋下了祸根。大学毕业，龙睛鱼分配在北京一家航天科研所工作，他哥哥老四分配到了黑龙江去研究马铃薯退化。这是导致两人最后分手最重要也是最开始的原因。据九子对我说，当年，龙睛鱼希望老四能够留在北京，但老四自己要求去的黑龙江，他毕业实习就在黑龙江，对马铃薯退化的研究感上了兴趣。那时候，马铃薯退化，在我国是个大事，作为重要的研究项目，从北京调去了好几位老科学家，他正好想跟老科学家取点儿真经。

两人尿不到一壶去，即使没有那个华侨的出现，两人早晚也得分手。这是有一天九子夜里醒来撒尿的时候，听他爸和他妈说的话。

不管怎么说，本来挺好的一对，就因为这个退化的土豆，给棒打了鸳鸯，我们大院的街坊都替他们惋惜。

但是，也有明察秋毫的街坊不这样看，他们认为，土豆只是压弯骆驼身上最后的那根稻草。更根本的原因，是人家华侨有钱，又留在北京，谁家的闺女放着眼面前的河水不洗船，非得跑到那么远的黑龙江去洗船？

那时候，我还小，对大人们的这些议论，觉得似是而非，好像都有道理。不管什么道理吧，也只是瞎猜。鞋穿着合适不合适，只有脚丫子自己知道，别人哪里会知道，兴许脚后跟都磨出了血泡来了，还觉得挺舒服的呢。

自从杨家老四去了黑龙江，他家门前的那棵桂树没人照料，每况愈下。开始还行，几年之后，开春时候没有人施肥剪枝，入冬前又没有用草绳包好保温，树渐渐凋零。秋天来的时候，开的花稀疏零落，全院飘香的盛景，竟然再不存在了。

我临去北大荒那年的夏天，望着这棵失去了元气的桂树，想起老四和龙睛鱼，想起小时候老四对我说过的树和人是一样的话，心里挺感慨的。算了算,老四大学毕业到黑龙江,已经是六七年前的事情了。日子过得飞快,我都二十了,老四都往三十岁上跑了。听九子说,他哥哥一直都没有结婚,可人家龙睛鱼都有两个孩子了。

我在北大荒待了六年之后,重回北京,再到我们大院里的时候,钟家早就搬走,杨家还住在老房子里。只是门前的那棵桂树早就没有了,那块空地盖起了房子,杨家好几个孩子从外地插队回来,先后结婚成家,房子不够住呀。

九子也从陕西延安插队回到北京,我见到他,聊起天,自然要说起他哥老四。他告诉我:我哥还是外甥打灯笼——照旧(舅)!我挺奇怪的,怎么,还是一个人,还在黑龙江呢?我都从黑龙江回来了,你们哥儿几个就不劝劝他?九子一摆手,说:他得听呀!好像天底下就他妈的一个龙睛鱼了!

如今,我们大院就要拆迁了。去年开春,过前门,顺便回大院看看,心里想,这么多年没来了,不知道还能碰见哪位老街坊。空荡荡的大院里,有的房子拆了,有的房子空了,有的房子上着锁。所剩无几的几户老邻居,在等待着和开发商进行最后的谈判,希望要到的补偿能够多一些。没有想到,这几户中竟然看见了九子。他告诉我,他哥哥老四从黑龙江调到北京来了。我为他哥老四高兴,想想,他都得七十多岁的人了。我以为他是退休回来的呢,其实早在二十多年前,他就调回北京农业大学教书了。他研究的马铃薯退化问题,有了科学新成果,获得国家的奖励,是调他回来教书的主要原因。不管怎么说,失之东隅,收之桑榆。

我问他哥现在生活怎么样,还是一个人吗?九子狡猾地一笑,让我猜。我说,看你这坏笑,他肯定是花好月圆了!

是,我四哥也太不容易,那么老了,才成了一个家。

我问:和谁,不会还是那个龙睛鱼吧?

九子一笑：还真差一点儿让你给说着了。我让他赶紧说说。他说，你要是感兴趣，哪天你自己找我四哥，问问他自己吧！我说不清他们那点儿骡子事。

我让九子带路，找了一趟杨家老四。他住的离我家不远，一个新开发没几年的小区。显然，他也是新搬来没几年。小区规划得很好，尤其是绿化，很有特色，每一片楼前都种着不同的花草树木，而且花开四季，此起彼伏在一年不同的时辰里，错落有致在每一片楼群前。正是春天，满园花红柳绿，正路过的楼前，一片樱花如雪，开得正艳，明丽照人。

我们的见面，如果不是九子领着我进了老四的家门，向我们彼此介绍，还都不敢相认了。日子不抗混呀，我们都老了。他身边站着一位女士，年龄也不小了，但比他要显得小好多，看样子年纪比我还要小几岁。不用说，她是龙睛鱼的取代者。

都说往事如梦如烟。但是，再怎么如梦如烟，小时候的事，年轻时候的事，还是很难忘记的。坐稳之后，没等我开口，老四先对我说道：我听我家九子对我说了，你关心的不是我，而是钟家的钟锦钰，我就先告诉你，省得你惦记着。我从黑龙江调回北京，她还真的找过我一次，那时候，她已经离婚好多年了，两个孩子都被她丈夫带到国外。不知道她从哪儿得到我调回北京的消息。当然，我明白她的意思，是听说我一直都是一个人，希望能破镜重圆。那时候，我刚到北京，还没房子住，暂时住在学校的招待所呢，下班之后，我就带着钟锦钰来到了招待所，见了她。说着，他指指坐在身边的老伴儿。

在来的路上，九子告诉我了，这位就是他哥当年在黑龙江研究土豆时候的助手。两个人一起从黑龙江调到北京来的。两人在离开黑龙江的时候结的婚。差了一步，人生有些事情，失之毫厘，往往会谬以千里，和农艺稼穑一样，错过了季节，不是不可以补种，但补种也需要恰到好处的时间差。

  虽不是青梅竹马，但也属于红袖添香，看到杨家老四身体硬朗，晚年幸福，我真为他高兴。告别的时候，他坚持要下楼送我。送到楼下，我才注意到他家的楼前种的是一片桂花树，刚才来的时候，光顾忙着上楼了，没有看到这一片桂花树。我笑看对他说：我认得出来，你不是相中了这片桂花树，才搬到这里来住的吧？他连连摆手，笑着说：我可没有你这么怀旧。巧合，完全是巧合。我笑他：哪里有这样的巧合！他说：真的是巧合，如果我真相中桂树，会选当年种在咱们大院的桂树，那是早桂，开花早，开花多，开花香，不会是这种，这种是迟桂花，开花不行，又开得晚。

最后的孩子王

在我们的大院里,由于住户多,各家的孩子多,一茬茬的孩子,就跟一茬茬的庄稼一样,长得飞快,此起彼伏的,这茬麦子刚登场,那茬豆子又要成熟了,另一茬的稻子又等着开镰了。年龄相仿的一群孩子,便如同一茬庄稼一样,会收在同一个场院上,聚在一起,便常玩在一起,聊在一起,惹祸也在一起。就像连阔如说的评书里英雄好汉们的江湖一样,各有各自的圈子,一茬孩子有属于自己一茬的孩子王。这样孩子王的领袖资格,好像是与生俱来的一样,不用投票选举,自然而然就形成了。

向家的毛蛋儿,应该是我们大院里最后一茬孩子的孩子王了。

倒不是因为他从内蒙古兵团回到北京,没有住多久就搬家到洋桥去,不再在我们大院里住了。孩子王,不会延续到那么大的年龄。孩子王这个头衔的保鲜期和保值期,一般是在小学毕业到初中毕业这短短的几年时间里。毛蛋儿是1969届毕业生,他初中毕业就去了内蒙古兵团,他的孩子王的头衔本应就此结束,该由下一茬孩子接替。但是,那时候,红卫兵闹得正欢,称王称霸,横冲直撞,早把孩子王的气势给压下了。再加上大院里不少人家泥菩萨过河自身难保,大人都不让孩子再到外面惹祸。大院清静了许多,以前像我们那一茬,像毛蛋儿那一茬的孩子,时常凑在一起,前院后院疯跑、房顶树梢乱窜、绕世界疯玩的情景,已经再也见不到了。而且，随着大院被革命行动一次次的破旧立新，枣树、丁香树、桑葚树、影壁、石碑、院墙……都消失殆尽，孩子们也失去了疯玩的舞台，孩子王发号施令耀武扬威的空间也没有了。孩子王，便彻底消失在毛蛋儿那一茬孩子里了。

毛蛋儿能成为孩子王，主要归功于毛蛋儿和钟家小手表那场惊动全院的恶斗。一个小学四年级的毛孩子，把比他大近八岁的高中生打得翻倒在地，而且用一把斧子把小手表的鸽子笼砍断，把他养的那群鸽子砍杀得落花流水，致使他再也没有养鸽子。这样的举动，不能说是惊天动地，在我们大院里，却是绝无仅有。那一茬孩子，自然把毛蛋儿推崇到孩子王的宝座之上。毛蛋儿也毫不推让，欣然受领。可以说，就是从那时开始，毛蛋儿开始领着新的一茬孩子，霸占我们大院的老枣树、老丁香、老桑葚、老影壁、老院墙、老屋顶这一切的空间舞台，上演着属于他们这一茬孩子的活剧，和我们已经截然不同。

如果说，毛蛋儿和小手表因为猫和鸽子的那一场大战，拉开了他当孩子王的序幕，那么，毛蛋儿真正上演他当孩子王以后的另一幕大戏更惊心动魄。

那是1974年的冬天，我父亲脑出血去世，我回北京奔丧，就留在北京，因为家中仅剩下老母一人，我准备办困退回京，正苦于烧香找不到庙门。有一天，我家的家门被推开，毛蛋儿穿着一件带毛领子的军大衣走了进来，我差点儿没认出来。坐下之后，他先告诉我他已经办回了北京。我赶紧请教他有什么高招，这么快就办回了北京？他对我说：我办的是病退。我说：你的身体跟生牤子一样结实，你有什么病？他笑着说：我到我们兵团医院去开病退的证明，医生也这么问我，你有什么病？我撩开衣服对医生说，你看我有什么病，就有什么病。医生一看，傻了眼，我的腰间一圈插着的是一把把的蒙古刀。病退证明就这么开来了。听得我后背直冒冷汗，毛蛋儿还是毛蛋儿，从小到大，一点儿没变，什么绝活儿都能使出来，关键时刻都不含糊。

我的困退没有用得上毛蛋儿这样的绝活儿，还算顺利，因为正赶上北京到北大荒招收一批老高三的学生回北京当中学老师，我就搭上了顺风车。等我接到通知，让我回北大荒办调动手续的时候，毛蛋儿为我送行，看我穿着棉衣，还是弟弟送我的工作服，后背已经有了大块补丁，便把他的军大衣脱了下来，让我换上：人配衣服马配鞍，你这次回北大荒办调离手续，怎么也得精神点儿，不能这么寒酸，给咱哥们儿丢脸！

我就是穿着毛蛋儿这件军大衣，回北大荒办的调动手续。回到北京，归还这件军大衣的时候，毛蛋儿对我说：知道我为什么要让你穿着这件军大衣回北大荒吗？没等我说话，他先说了，为了避邪，知道不？为了让你办手续时候顺利点儿，别遭受那帮孙子的刁难。

我说手续办得还算顺利，没受什么刁难，问他这件军大衣有什么特别的讲究吗？

毛蛋儿告诉了我下面的事——

他到内蒙古兵团的第三年，因为爱演节目（我们大院里好多孩子都爱演节目，这是我们大院孩子的一个传统，在暑假里，趁父母不在家的时候，从家里拿出来床单或被单，在两棵树之间拉起来当幕布，开始演出节目，几乎所有的孩子都有过这样的锻炼），他从连队抽到团里的毛泽东思想文艺宣传队。那时候，团长看中了演出样板戏《红灯记》里的"李铁梅"。一个北京女知青，几次想占她的便宜，都没有得手，一直贼心不死。吓得"李铁梅"像被恶魔缠身一样，总是偷偷地掉眼泪。"李铁梅"有个男朋友，是乐队里拉京胡的北京知青。他知道毛蛋儿天不怕地不怕，歪点子又多，就找到毛蛋儿，想让毛蛋儿替他出气。毛蛋儿一听，大骂团长这个老王八蛋妄想老牛吃嫩草，心里的火就蹿了上来，说那个老王八蛋要是再找"李铁梅",你让"李铁梅"点头,约个时间和地点,把这个老王八蛋约出来,我给这个老王八蛋点儿厉害瞧瞧!还反了他了,他以为他是南霸天呀?

正是数九寒天,塞外冰天雪地的,按照毛蛋儿的嘱咐,"李铁梅"把这个老王八蛋约了出来。老王八蛋约了好几次,"李铁梅"都没有答应,这一次,老王八蛋非常高兴,如约来到团部粮库前,没看见"李铁梅",正四处寻摸呢,一个大麻袋,从身后套了过来,没等他喊出声,已经黑乎乎地被装进了麻袋里,接着一个闷棍,立刻晕菜。然后,几个知青把人塞进粮库的麦子堆里。

如果不是第二天清早有车来拉麦子,差点儿没把这老王八蛋憋死。毛蛋儿解气地对我描述着他亲自导演的这幕大戏。

不能就这么完了吧?你这不是惹事吗?我问他。

那是!没几天,师部保卫科就来人调查这事。让全宣传队的人都列队站在外面的冰天雪地里,边上还蹲着条大狼狗,阵势怪吓人的。他们先把"李铁梅"和他男朋友叫了出来,让他们交代是谁领头干的?"李铁梅"哇的一声就吓得哭了起来。他们又冲着大家叫喊:今天不说出是谁领头干的,你们谁也别走!什么时候交代出来,什么时候走!谁也不说话,他们就开始把排在队头的人挨个叫出来,大声问是不是你干的?是谁干的?

这玩的是什么战术?我想这么僵持下去,没有什么好果子吃,一咬牙,我就站了出来,说我一个人干的,和别人没关系!师部来的人都带着枪,凶神恶煞地走到我的面前,指着我的鼻子质问我:你干的?你知道要死人的吗?你胆子也太大了吧?我也火了,一把扒拉开他的手指,比他嗓门儿还大,质问他:你应该知道我为什么这么干,那老王八蛋要强奸我们的"李铁梅",他的胆子也太大了吧?那人又质问我:你有什么证据说你们团长要强奸"李铁梅"？我大声喊道：我敢这么做，我就有铁证如山！其实，我哪有什么证据，但那时候，气可鼓，不可泄！我这么一喊，所有人都惊呆住了，谁也不说话了。过了好半天，那人才对我说：你跟我来！然后喊了一句：其他人解散！

我跟着他去了团部的保卫科，他问我有什么证据，让我拿出来。我是一口气硬顶在了嗓子眼儿，拧着脖子对他说：我不能给你。为什么不能给我？我是上级派来的，他质问我。我告诉他：你是上级派来的不假，不过我已经把证据交给了你们的上级的上级！他瞪着眼睛直直地盯着我的眼睛问：交给谁了？他以为我不敢正视他，我也直直地盯着他的眼睛，我知道这时候我一定不能泄气，我一个字一个字清清楚楚告诉他：我已经写信交给了周总理。你们要是不管，就快有人来管管了，那老王八蛋就快要完蛋了，你们等着瞧吧！这都是我瞎编的。但是，都是我事先想好的。别说，这一招挺管用。毕竟团长是做贼心虚，不光是"李铁梅"这一件事，他惦记着好多个我们团漂亮的女知青，告状信很多，都寄到了师部和兵团，甚至北京，还真有从北京转来的告状信。没过多久，师部就把这个老王八蛋调走了，我的事也没人追究了。月黑风高杀人夜，大麻袋装老王八蛋的事，被我们宣传队编成了快板书，在内部演开了，说得有鼻子有眼儿，比真事还要精彩！

说了半天，也没说你那件军大衣怎么避邪呀！我问他。

你别急呀。那天晚上，就是我给那个老王八蛋装进麻袋里的那个晚上，因为白天下了一天的雪，雪后寒呀，特别的冷。但已经是定好的事情了，再冷也得出去呀。再说了，那个老王八蛋欲火中烧，他不怕冷啊！我得陪他练练呀！临出门的时候，"李铁梅"的男朋友把他的军大衣披在我身上，让我穿上，一为保暖，二也为了遮挡一下身体，别让那个老王八蛋认出我来。我就穿上了军大衣。事后，"李铁梅"的男朋友说这件军大衣避邪，让我逃过一劫，非要把这件军大衣送我。

从战鸽子，到战造反派，到战团长，毛蛋儿这人生三部曲，让他成为我们大院的传奇，让他这个孩子王的期限无比的延长。如果说我们大院人才济济，其中不乏高人，毛蛋儿理所当然算得上一位。

毛蛋儿从内蒙古兵团回北京之后，在他爸爸的建筑公司当一名工人。起初，是想让他在工地上干两年，然后找机会调到公司的工会以工代干。他爸爸早早过世，让这个机会打了水漂，没有人再去问津。没过几年，公司不景气，改制之后，要下岗一批工人，他先买断了工龄，下岗回到了家。幸亏他爸爸给他留下一个三居室，他从洋桥搬进这三居室，出租一间，有了进项，再加上他老婆的工资，勉强也够他一家花费的了。

那时候，他整天无事可干，除了仨饱俩倒，天天像没笼头的野马到处闲逛。有一天，他路过龙潭湖的鸟市，看见有个人在卖一对翠鸟，竟要上千元那么高的价钱！那时候，他拿到手的买断工龄的钱，一共还不到一万块钱。这着实让他大吃一惊，真是没想到！更让他没想到的是，这么高价钱，居然有人敢买，连犹豫都不带犹豫的！他的心里不禁一动，真是三十年河东，三十年河西，敢情现在行情变了，不仅又开始养猫逗狗，连鸟都这么值钱了，而且居然有这么多人在养鸟、买鸟、卖鸟！

龙潭湖鸟市偶然间的这一瞥，在他的心里挑起了火苗，噌噌地蹿动着，燎得他浑身发热，蠢蠢欲动。他立刻跑回家，叫喊着要老婆把积蓄的钱拿出一部分。老婆奇怪地问他干什么？他说买鸟。妻子火了，人还养不起呢，你抽风呀，买只鸟养着玩？他不想和老婆置气，一时半会儿跟老婆也掰扯不明白。老婆到底磨不过他，他到底还是把鸟买了回来，他先买回来一对便宜的玉鸟。

毛蛋儿聪明，对于活物，尤其有一种天然的悟性。这从他小时候养猫就能看得出来。他重拾当初养猫的心气和工夫，养鸟和养猫一个道理，只要你心思到了，钻研进去了，鸟和猫一样都会懂得你的心，和你相亲相近，和你相互呼应，和你一起风生水起。

毛蛋儿心灵手巧，他很快就学会了编鸟笼，懂得了调鸟食，他清楚鸟要是病了，该怎样弄碎点西药片掺和在鸟食里喂进去，他知道文百灵武画眉，该怎么个分别遛鸟而不脏了鸟……鸟声啾啾，整天在他的屋子里叫唤，叫唤得他老婆和儿子心烦意乱，却叫唤得他满心欢喜，渐入佳境。

三个月后，他养的第一对玉鸟孵出四只小鸟，活了一对。他小心翼翼把它们养大，拿到鸟市，很轻巧地就碰上了买主，几乎没怎么砍价，就卖了三百元钱。这是鸟带给他的第一笔收入。从此他一发而不可收，养鸟的名气越来越大，在鸟市上认他的人越来越多，收入也越来越多。老婆对他刮目相看，自从下岗之后求谁都不灵，烧香拜佛恨不得都掉屁股，没想到，这小小的鸟却帮了这么大的忙！

后来，他基本不到鸟市去转悠了，因为他的名声大震，号称"鸟王"，他的家，常常是顾客盈门，都跑到他的家中订货了。他的鸟还没有孵出来，就已经有人排队预定了。而且，他也不再养玉鸟那种不值钱的菜鸟了，养的都是名贵品种，然后靠它们孵出小鸟挣钱。一对名贵的白牡丹鹦鹉或是烈日牡丹鹦鹉，一万三，少一个子儿，他都不卖呢，还得事先交给他定金才行。

他的底气足了，开始把头扬了起来，指挥得一家团团转。他早把出租出的那一间房子收了回来，专门用来养鸟。人家天天听见隔壁屋子鸟叫，睡不好觉，早也不想租住了。这间房子成了鸟房，搭成一层一层的鸟笼，比饲养棚还要整齐，几十只鸟叽叽喳喳，吵得隔壁邻居家不行，他便先是常常买点儿东西送给人家，然后再送只百灵给人养着，把邻居也培养成了养鸟的爱好者，渐渐地把关系调理顺了。听惯了鸟叫，像每天出早操时候放的音乐,便成了大家永远的音乐。我好几次找他,经过他家的楼下,总能给人一种百鸟闹林的感觉。有了相当不错的收入,有了悦耳动听的鸟声,妻子和儿子一时再不习惯,也不再说什么了。

一晃,我有好几年没有见毛蛋儿了。不过,听说他的日子过得挺滋润。前两年,毛蛋儿的儿子小毛蛋儿,突然来我家找我,哭丧着脸,对我说:您和我爸爸是好朋友,您劝劝我爸爸好吗?我忙问他你爸爸怎么啦?他不是挺好的吗?小毛蛋儿气急败坏地告诉我:我爸爸到现在还养着他那些宝贝的鸟呢!我不是他的儿子,那鸟是他的儿子!

我让他慢慢说。我知道毛蛋儿养鸟的辉煌,只有那么六七年的时光。后来,鸟的行情一下子跌了下来,原来上千元或上万元的鸟,几百元,甚至几十元,都没有人买了。这种意想不到的价格起伏,和以前吉林长春闹腾的疯狂的君子兰,几乎走的是同一个路子。毛蛋儿的收入一落千丈。但是,毛蛋儿养鸟养出了感情,你不让他养,跟没个抓挠的一样,他的心里五脊六兽的。不为卖钱,自己养几只玩玩,也是可以理解的。你不可能不让他养呀!

但是,小毛蛋儿告诉我,他可不是只养几只的事,那间鸟房还被他占着,依然是一屋子的鸟还在叽叽喳喳地叫着,依然是此起彼伏地孵着小鸟呢。鸟不再卖了,他就把新孵出的小鸟送给人。而小毛蛋儿已经不再是孩子了,他到了要结婚的年龄了,就让他爸腾出这间房子,自己好结婚。这不,父子两人冲突起来了,居然还打了一架。他老婆替儿子结婚没房子着急,当然站在儿子一边,上来劝他:赶紧把这些没什么用的鸟都收拾了,把房子给儿子腾出来结婚。得,他和老婆又打了一架。气得他老婆骂他六亲不认,就认他的鸟!

我赶紧去毛蛋儿家救火。

毛蛋儿带我到他家这间鸟屋里看这些吃凉不管酸的鸟,指着这一屋子鸟,很有些得意地对我说:有时候,我就坐在这间屋子里听鸟叫,听那是什么鸟在叫,暗暗在想,鸟市最兴旺的时候,得值多少钱,另一只什么鸟又在叫,又值多少钱。钱从心里过,好像大把大把的钱从手里过一样,流水一样,哗哗地响。你说有意思不?

我劝他:算了吧!赶紧把这间屋子腾出来,给你儿子结婚!鸟重要呀?还是儿子重要?哪头炕热,你分不清了?

其实,好多的事情,我们都一样,明明可以分得清爽,却偏偏分不清爽。记忆和现实,便常常这样打架!青春都早已经是挑水的过景(井)了,可偏偏还以为自己是得意扬扬的孩子王呢。

毛蛋儿叹了口气,对我说:那是我儿子,他结婚没房子,我能不急吗?可是,让我把鸟都收拾了,我就不憋气吗?

我对他说:我知道你憋气,可甘蔗难得两头甜,你总得舍一头吧!

他又叹了口气:我知道,我得舍一头。可你说,我都这么大岁数了,你说我再舍下这一头,还剩下什么了?上学的时候没赶上好时候,说是初中毕业,其实就是小学六年级;后来,去上山下乡,青春大好年华,都葬送在塞外高原了;返城了,不像你还赶上个末班车,考上个大学,我这儿倒好,工作没安稳几年,又赶上企业改制,买断工龄下岗……你说我这一辈子是不是两手空空?好容易赶上一把,养鸟让我挣了钱,心气也舒畅了,现在,好,一闪,把我的老腰又闪了一把。你说,现在,我剩下的这一头,就是这点儿鸟了,再把这点儿乐给舍掉,我这一辈子还剩下什么了?

我只好劝他:行了,别抱怨了,人这一辈子,谁都一样,都是狗熊掰棒子,最后能抱住一根棒子就算行了。你有儿子,你儿子得结婚,再给你生个孙子让你抱着,你就算是功德圆满了!

他一摆手说:眼睛指不上,还指望眉毛?儿子我都指望不上呢,还指望抱孙子？

  我说他：别怪你儿子，要怪就怪你自己！要是你当初卖鸟红火的时候，给你儿子买套房子备着，能有今天的矛盾吗？那时候，他卖鸟的钱都投入新鸟的培育里了，要不就都大把大把地挥霍掉了。

  他一摆手：好汉不提当年勇！

  这话说得好。毛蛋儿的内心好强，一直是把自己定位在好汉的位置上。可是，他不明白，他不是当年我们大院里的孩子王了。从战鸽子，到战造反派，到战团长，他一路总是战无不胜。到了今天为了房子和儿子大战的时候，他无奈地败下阵来。其实，说穿了，他也不是在和儿子大战，而是和这个时代大战。在新时代面前，他不承认自己廉颇老矣。他就像一个过了气的堂吉诃德，不管以前曾经如何辉煌，已经是英雄末路，无可奈何地被这个快速发展的时代甩了下来。人毕竟老了，我们都老了，我们谁不是一样已经被甩在时代的边缘。毕竟，这个时代，这个世界，是属于年轻人的。至于年轻的一代，是能够比我们有点儿出息，还是重走老路，走到和我们今天一样的结局，就看他们自己的造化了。

  如同老戏文里唱的那些英雄好汉，以往有再多的过五关斩六将，最后都是以走麦城收场，毛蛋儿最后这一幕戏，到底以悲剧收场。无论是战鸽子、战团长，都是和外部的战斗。到了自家的营盘，和儿子战斗了，无论以前你再能耐，再勇猛，再神机妙算和运筹帷幄，都会是老子以失败而告终。这或许是人生的进化论所揭示的哲理，也是人生这出儿女情长的大戏的总体戏路子。在这条路上，谁也逃脱不掉。特别是江湖上的好汉，最后都是折在自家人的手里。自家不过是大千世界的一个缩影。

风中的字

春节早过去了,年三十那件事却总还在眼前晃。

我家街对面是潘家园市场,这一天,较往常的人满为患虽然清静了不少,但依然有市声喧嚣,就连便道上都有人摆摊,不过,卖的大都是过年的窗花、对联,也有一些自己书写的书法作品。到黄昏的时候,这些零星的小摊早都收拾好家伙什回家过年了。只有一个人在寒风中坚持着。

这是一个中年人,听口音是河北沧县人,沧县是我的老家,一听就能听得出来,便感到有些亲切。我在马路这边就看见了他,穿着一件枣红色的羽绒服,在便道隔离的栏杆前,他正在弯腰收拾地上摆着的东西。长长一溜儿的便道上,硕果仅存只剩下他一个人,显得格外醒目。在街这边看,他的身前是一座绿色的报刊零售亭,早已经挂上了门板,但绿色的亭子,和他身后白色的栏杆、街树的枯枝、市场灰色的外墙、颜色艳丽的广告牌,这些静物把他组合在一起,构成了一幅画。如果作为新年画,怪有意思的。

我过了马路,除了地上还摊着两幅书法,他已经收拾好东西,正准备要走。我匆匆瞥了一眼地上的两幅字,一幅隶书,一幅行草,尺幅都不小,没来得及仔细看,只是客气地和他打过招呼,知道卖的都是自己写的书法作品。问了句今天卖的行情可好?他摇摇头说今儿不行,一幅没卖出去。又问这么晚了回沧县过年吗，他说在北京租有房子，全家今年都在这儿过年了。然后，彼此拜了个早年就分手了。寒风中，看见他的身影，显得有些孤独和凄清，怎么感觉像是巴金《寒夜》里的人物。

办完事，我原路返回，天已经彻底黑了下来，路灯早亮了，倒悬的莲花一般，盛开在寂静的街道旁。路过报刊零售亭的时候，忽然看见门板上贴着两幅书法，在街灯的映照下，白纸黑字，非常打眼。看出来了，是刚才那个中年男人摊在地上的那两幅字，一幅隶书，一幅行草。仔细一看，隶书是四个横写的大字：龙马精神。行草是四句诗：箫鼓追随春社近，衣冠简朴古风存。从今若许闲乘月，莫笑农家腊酒浑。禁不住莞尔一笑，字虽然写得一般，但觉得有点儿意思。两幅字都和春节相关呢，一幅为马年祝福而写，一幅为春天到来而写。后一幅，是放翁诗的改写，改得风趣有神，有点儿功夫，并非等闲之辈。

这位老兄，一天没有卖出去一幅字，却索性把这两幅字留了下来，贴在报亭上，留给人观赏，也留于风抚摸，和即将燃放的鞭炮欢庆。这是他心情的宣泄，也是他拜年的特殊方式，是个不错的创意。既然清风朗月不用一文钱买，那么，白纸黑字也可以无须一文钱卖，和大自然交融，一起过年迎春，是一种别样的境界呢。到潘家园来卖字画的人，多如过江之鲫，如他这样有如此创意的人，我还真的没有见过。

只是担心，不知道这两幅字能否熬过大年夜，明天一早，人们出门到各家拜年的时候还能否看得到？走过马路，禁不住回头又望了望，寒风吹过，报亭上的那两幅字在猎猎地抖动。

如今，春天到了，到潘家园去，再没有见到这位卖字的人。

大师隐于市

那天午饭，正好有幸同张耀、王义均两位老先生在一起。他们可以说是一代名厨，都是国宝级的烹饪大师，今年，张先生80岁整，是从牛街走出来的前辈；王先生73岁，是丰泽园的主厨。如今，他们都已经退隐江湖，长闲有酒，一溪风月共清明，难得在餐厅里再见到他们的身影了。

在餐饮界干了一辈子，他们的名声早蜚声海内外，张先生不仅自己是一代名师，还是那些名师的组织者和领导者，是宣武区烹饪学会的创始人，带领着那些名师总结一辈子积累下的经验，培养了下一代无数的厨师。北京首次烤鸭研讨会就是他组织的，他让四代烤鸭名师聚首，第一次将北京烤鸭从历史到技艺进行了规模性的学术研究；拥有三十多种菜品的"西瓜宴"也是他的首创，其他诸如"孔府菜""仿唐菜"等无一没经过他的染指而成。

王先生师从鲁菜一代宗师牟长勋，在国内外拿过大奖，葱烧海参、烩乌鱼蛋、醋椒鱼等丰泽园的看家菜，都是他的拿手绝活。当年，做国宴请他去，梅兰芳在世时，做家宴一定也要点名请他去；客座美国，牛刀小试，让外国人看得眼花缭乱，当地报纸称赞他的技艺简直是具有"魔术般的魅力"。

能够和这样的大师坐在一起吃饭，真的是长学问，他们是真正的知味之士，而且是知底人家，所谓变戏法瞒不过筛锣的，什么能瞒过他们的法眼呀？上来了一盘葱烧海参，张先生告诉我，海参一共有十三种，过去葱烧海参的海参一定得用灰参，而且葱得先放进汤中熬出葱香味来备用。最后的海参才能够吃出葱烧的味道来，现在的葱都是后加上的，是为了让你看的。王先生是做这道菜的大师，他告诉我以前做这道菜，海参都是自己亲自挑亲自发的。那时候的认真与精细，只存在于我们的想象中了。我问王先生现在还主灶吗？他摇摇头说早不去了。我又问在家您下厨吗？他笑着说在家倒是还经常下厨。我心想他家里的人真幸福呀，可以常享受大师级的美味香。

大概因为两位老人见多识广，早已是久经沧海难为水了，而我对于这一切都是外行，他们不住地为我布菜。王先生一定要我尝尝油爆肚仁，告诉我现在这道菜很难吃到了，当年马连良最爱吃这一口。张先生特别为我夹来一块牛尾，又为我夹来几片削得跟薄薄的纸片样的羊头肉，对我讲了关于羊头肉的一则轶闻：最早卖这肉的是羊头马家，那时候每天推着独轮车到廊房二条口那儿卖，每一个羊头都是他自己到屠宰场挨个挑的，几岁口的羊头才能要，格外讲究的，所以一天二十多个羊头一会儿就卖光了。每天只要他一去，围着的人特别多，都是为了看他削羊头肉的，他拿着一把弯月刀，从脖子的这边绕一个弯儿，一直削到另一边。扇面一样，真是绝了。看着张先生学着羊头马的动作，一个弯弯的弧度，缓慢而潇洒，恍惚跌进了往日的岁月。

和他们在一起，让我不仅长学问，而且如沐春风，感觉格外受宠若惊。他们的谦虚和平易，给我留下了深刻的印象。也许，各行各界都是一样，都是阎王好挡，小鬼难缠，越是半吊子，越是不可一世地到处唬人，越是学问大的大师，才越发的平易近人，亲切得就像邻家提着鸟笼遛弯儿碰见你和你寒暄的老大爷。

如今，也实在是大师泛滥的时代，教授和专家的贬值，到处都冠以"著名"二字，如同蛐蛐的两根长须子，谁稍稍一挑逗，都能够立刻乍开，像是唱戏的名角抖动着头上的翎羽似的自以为是，而真正的大师却大隐隐于市。提起大师，张先生很谦虚地告诉我，清真菜的一代宗师褚连祥，那才是真正的大师。可惜，他死得早（58岁），新中国成立以前就去世了。张先生叹了口气。张先生对我说他和褚连祥在牛街边的寿刘胡同里住街坊，当年褚连祥在御膳房里给慈禧太后做过菜，全羊席是他的招牌菜。他最大的贡献，是开创了清真菜的新品种，马连良鸭就是他的首创。他这个人好学、好钻研。那时，西来顺饭庄是他开的，经常有人请他吃饭。汉民的饭菜，他不吃，但他看，他听别人说，然后回去自己试着做，做好了，再请这些人来品尝，帮助他改进。汉民菜里的海鲜，原来清真菜里没有，他把海鲜带进了清真菜系，他的红烧鱼翅比当时有名的福全馆还有名。

感谢张先生让我知道了褚连祥，这是真正的大师。许多真正的大师，我们并不认识、不了解，才容易被一些伪大师所忽悠，轻而易举地上了江湖郎中的当。

2006年9月19日于北京

第四章

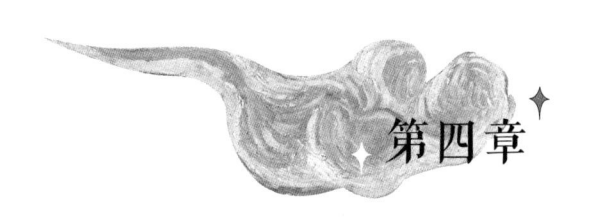

把甘甜与苦涩都酿入浓酒

这面墙正对着阳台的玻璃窗,四扇屏上反光很厉害,跳跃着的光点,晃着我的泪花闪烁的眼睛,一时光斑碰撞在一起,斑驳迷离。春夏秋冬的风景,仿佛晃动交错在一起,很多记忆,蜂拥而至,随四季变幻而缤纷起来。

生命不仅属于自己

母亲已经去世十几年了，怪得很，还是在梦中常常见到，而且是那样清晰，母亲一如既往地绽开着皱纹纵横的笑容向我说着什么，一个人与一个人的生命就是这样系在一起，并不因为生命的结束而终止。

在母亲的晚年，曾经得过一场幻听式的精神分裂症的大病，折腾得她和我都不轻。记得那一年母亲终于大病初愈了，那时，我刚刚大学毕业留在学校里教书。一直躺在病床上，母亲消瘦了许多，体力明显不支，但总算可以不再吃药了，生活又走上了正常的轨道，我和母亲都舒了一口气。记不得从哪一天的清早开始，我忽然被外屋的动静弄醒，忽然有些害怕。因为母亲以前得的是幻听式的精神分裂症，常常就是这样在半夜和清晨时突然醒来跳下床，我真是怕她的旧病复发，一颗心禁不住一下子提到嗓子眼儿。

我悄悄地爬起来往外看，只见母亲穿好了衣服，站在地上甩胳膊伸腿弯腰的，有规律地反复地做着这些动作，显然是她自己编出来的早操。我的心里一下子静了下来，母亲知道练身体了，这是好事，再老的人对生命也有着本能的向往。

大概母亲后来发现了她每早的锻炼吵醒了我的懒觉，便到外面的院子里去练她自己杜撰的那一套早操，还别说，锻炼真的管用，她的胳臂腿比以前有劲儿多了，饭量也好多了，蓬乱的头发也不像以前，而是梳理得整齐得多了。

正是冬天,清晨的天气很冷,我对母亲说:"妈,您就在屋子里练吧,不碍事的,我睡觉死。"

母亲却说:"外面的空气好。"

也许到这时我也没能明白母亲坚持每早的锻炼是为了什么,以为仅仅是为了她自己大病痊愈后生命的延续。

后来,有一次我开玩笑说她:"妈,你可真行,这么冷,天天都能坚持!"

她说:"咳,练练吧,我身子骨硬朗点儿,省得以后给你们添累赘。"

这话说得我的心头一沉,我才知母亲所做的一切是为了孩子,她把生命的意义看得是这样的直接和明了。

在以后的很多日子里,我常常想起母亲的这话和她每天清早锻炼身体的情景,便常让我感动不已。一直到母亲去世的那一天,她都是没有给孩子添一点儿累赘。母亲是无疾而终,临终的那一天,她如同预先感知即将到来的一切似的,将自己的衣服包括袜子和手绢都洗得干干净净,整齐地叠放在柜子里,她连一件脏衣服都没有给孩子留下来。

也许,只有母亲才会这样对待生命。她将生命不仅仅看成自己的,而是关系着每一个孩子,她就是这样将她的爱不仅通过感情的方式而且通过生命的方式传递着。

其实,我们每一个人的生命都是这样的,都不仅仅属于自己,都会天然地联系着他人,尤其是自己的亲人。只是有时我们不那么想或想得不周全,总以为生命是属于自己的,无论病还是其他的痛苦自己忍着痛苦就痛苦罢了,而对生命不那么善待甚至珍惜,不知道这样做是会连及亲人的,他们现在会为我们对生命的那样不善待和不珍惜而日夜担心,日后会为我们因此得到的结果比如病倒在床而辛苦操劳。这样的例子不止一人，我的弟弟就是其一。他饮酒成性，喝得胃出血，一边吃药一边照样攥着酒瓶不放。大家常常劝他，他却死猪不怕开水烫。不止一个人说他："你得注意点儿身体，要不会喝出病来的，弄不好连命都得搭进去。"他却自认为很潇洒地说："无所谓。"照样以酒为乐，以酒为荣，根本没考虑到他的妻子、他的孩子包括我在内也会是那样轻巧的无所谓吗？如果有一天真是喝出病来不可收拾的时候会给亲人带来多少痛苦，这一点他起码连想都没有想。

每次看到弟弟这样，我便想起母亲，我也曾将母亲当时锻炼的情景告诉给他，但似乎他无动于衷。前些天，就在过五一节的半夜，他突然再一次胃出血，而且比以前更加严重，大口大口的血从口中喷出不止。他的妻子怕得要命，给我打来电话，我只好连夜奔过去，把他送到医院的ICU急救室里抢救。一连住了半个来月，总算渐渐地恢复了过来。那天，我到医院去看望他，再一次对他讲起了母亲的这件往事。他的眼睛迷茫着，听后什么话也没说，我不知道母亲的这件往事能够对他起到什么样的作用。

想想，他没有亲身感受到那情景，母亲每天清晨锻炼身体而想着包括我和他在内的孩子的时候，他喝酒喝得正痛快淋漓的呢。或许，这就是孩子和母亲的区别。只有孩子才始终是母亲的连心肉，孩子脱离母体之后总以为是飞跑了的蒲公英，可以随处飘落而找不到了根系。

我们常说一个人和一个人感情是可以相通的，其实，一个人和一个人的生命更是可以相连的。

2002年于北京

忆秦娥

现在想想，其实大华也就比我大3岁，也就是说，我上小学三年级，他上初中；我上初中了，他已经升入中专了。那时不知怎么搞的，他显得比我大那么多，仿佛两代人似的。并非他长得人高马大，而是小时候我显得很弱小，跟没有长开似的，再加上他特别爱打架，总是挥胳膊动拳头，一脸凶神恶煞的样子，便显得越发比我强大许多。那时候，在我们大院里和我一样大或比我还要小的孩子，似乎都有这样的感觉，也都很怕他，老远看见他都躲着他。那时我们谁都没有想到，没有人和他玩，和他说话，他是很孤独的。

我们大院原来是北京前门一带很出名的一家会馆，在前门打磨厂只要一打听粤东会馆，老人们几乎没有不知道的。三进三出的大院子，前出廊，后出厦，大影壁，高碑石，月亮门，藤萝架，可以想象前清时建造它时的香火鼎盛。我们住在这院子里的时候，黑漆大门上的对联："诗书继世长，忠厚传家久"，虽斑驳脱落，却还是在的。只是诗书难以继世，早不那么灵光了；忠厚也没能够传家，渐渐地变得不那么忠厚了，这在以后的日子里越发明显地显现出来，越发被人心叵测所替代。但是，人丁兴旺是比以前要翻了几番的，三教九流，孩子成群，尤其是在下午放学后和晚上，我们这些半大孩子满院子疯跑，影壁前，枣树后，花架里，乃至公共厕所的墙根儿下，都成了我们捉迷藏的好地方。

好多次我们玩得兴味阑珊,准备往家里走的时候,大华常常会影子一闪,突然出现在我和弟弟的面前,二话不说,先把我弟弟一把推倒在地,再挥动他结实有劲的胳膊,上前就给我当胸一拳。他从不说为了什么,我们也从不问,彼此心里都明镜似的清楚得很:都是因为他的那两个姑姑。

大华家姓秦,他的两个姑姑叫什么,至今我也不知道,大院里的大人们和我们所有的孩子,都管她们两个叫秦家大姑和秦家小姑。小孩子看人的年龄常常走眼,那时我总觉得小姑比大姑要小许多,大姑显得有些苍老。也许是因为大姑的衣着总是灰蒙蒙的,而小姑的穿戴要鲜艳得多,在那个服装单调被后来的人称为"蓝蚂蚁"的年代里,她那鲜艳的色彩喜鹊登枝似的总能够招惹人们的目光。就是她和大姑这样明显的对比,让人觉得她们两人年龄的差异吧。记得小时候我曾经到过她们的家,那些早已不复存在的场景,留给我的记忆却很深。最深的是大姑家一墙的书柜,遮挡住了半屋的光线,由于地面返潮,书的气味有些发霉。而小姑家简洁清爽,新洗的干干净净的床单,散发着肥皂淡淡的味道和阳光温煦的气息,这大概也是让我觉得她们两人年龄差异的原因吧。

两人的性格差异更大,大姑矜持,平常不大爱讲话,但性情温和,出出进进的,端庄大方,不大爱着急;小姑是属炮仗捻儿的,点火就着,一着就烟火弥漫得吓人,和大华的急脾气很像。

两人的长相倒是很像,都是高挑儿的个头,脸庞也很白皙,长得都属于清秀受看的那种。不过,岁月老去,她们的模样对于我已经是一片模糊,所有关于她们的容貌、身材以及仪表、举止,与其说是我的回忆,不如说是我的想象。但是,有一点,绝对不是想象,而是沉淀在岁月和记忆里极其深刻的印象,就是小姑的左脸颊上有一块红痣,非常大,几乎占据了半边脸,如果生起气来或着急上火,那块红痣就越发的显眼,脸上、鼻子、眼睛的线条便也显得越发明朗，都被映得红红的。我们背后又叫她红脸小姑，那叫法里当时有种恶狠狠解气的意思。她的那些来如雨去如风的无名火，在他们家里逮谁朝谁发，特别是爱朝大华的大姑发火。即使他们家里拉上窗帘，我们也能够从映在窗帘上她那张牙舞爪的影子，想象得出她脸上那块红痣烧红的烙铁似的样子。而大姑总显得那样的低眉敛气，逆来顺受，从来没看见过她有一次的反驳，任凭她雨打芭蕉一般的发泄和数落。所以，那时候，我们对大姑充满好感，而对这位红脸姑姑总是印象不佳。

现在想想，大姑很像现在电影演员号称"天下第一嫂"的王馥荔，而小姑有点儿活泼泼辣的小陶红的意思罢了。

大华家住在我们大院中院的一排坐北朝南的正房里，豁朗的房门前有轩豁的廊檐和高高的台阶，院子里有三棵前清种下的老枣树，枝干都已经老态龙钟了，生命力依然旺盛，春天枣花的清香满院地飘，撩人得很，秋天的时候，满树结满红红的枣压弯了树枝，常常让我们这些孩子在枣还没有红的时候，就忍不住嘴馋而爬上树去偷偷摘枣。当然，这也是我们和大华常常打架的一个导火索，大华总以那三棵枣树是他们家的而自居。这样的房子，不能说是最好的，也可以说是大院里比较好的房子了，从中可以揣摩出当年大华爷爷在世时买下这一排大瓦房时，一定是个钟鸣鼎食人家（据说大华爷爷在世时买的是我们大院整个中院的一个院子，包括东西耳房，四周有院墙和一个月亮门，可以独立门户，他家的东耳房外面是一条走道，走道东面还有一排房子，才是我们外来人住的地方，足见他家当时的殷实）。我们懂事时，大华的爷爷就早不在世了，东西耳房早已住了别的三户人家，院墙和月亮门更是早拆除了，他家只保留下那一排三大间房子，正中住着大华的奶奶，左右两大间分别住着他的两个姑姑。大姑已经成婚，小姑一直独身，大华跟小姑住。

问题就出在这里了，大院里从来不缺乏好事者，一直在关注和猜测小姑为什么不结婚呢？在他们看来三十多岁的女人还不结婚，一定是有问题的。当然，脸上有块红痣是问题之一，脾气暴躁也是问题之一，但在他们看来绝对不是问题的全部或主要部分，他们认为主要问题在于大华其实就是她的孩子，而且是来路不明的私生子。带着这样一个莫名其妙的拖油瓶，才是她始终无法结婚的根本问题。他们对此津津乐道，醋打哪儿酸，盐打哪儿咸，分析得头头是道，秦家自己说大华是他家二姑的孩子，二姑在老家山西太原，但他们认为这个二姑是虚拟的，因为从来没有见过他家的这位二姑奶奶来过，哪怕是一次，再怎么样，要是真有这么一位二姑，怎么也得来看看自己的亲骨肉吧？

我们一帮小孩子就是受了这样的影响，一准儿认为大华肯定就是红脸小姑的孩子，想一想，没结婚居然就能够有了孩子，别说脸上有块难看的红痣，就是没有，就是再漂亮的女人，也难以让我们容忍呀。那时候，我们还不懂得未婚先孕或私生子这个词儿，但我们懂得道德和情操，已经被淘洗漂白得至善至美、至纯至净。在那个情感和情欲一并被压抑的时代里，本该是我们觉醒的青春期，我们的心理与情感，却被一腔正义的理性与书面慷慨的词汇理所当然地替代，以为天就应该很蓝，水就应该很清，眼睛里哪里揉得进沙子？

我们背后常常议论大华和他的红脸小姑的秘密，小小的口气却给予义正词严的批判，虽然都是背着他，但大华当然也是会断断续续听得见的。更何况有时候我干脆就是指桑骂槐故意说给他听的。他那样一个急脾气的人，怎么能够善罢甘休？找我来算账，是可以想象的，也是必然的。为此，我和弟弟没少挨他的打，只是弟弟那时还没有上小学，根本不懂事，完全是吃挂落儿。我和大华的关系一直很僵，虽然他比我个头儿大又有气力，我常常挨了打回家不敢说，但是我的心里是不服气的，管自己的妈不叫妈却叫姑，总不是光彩的事情吧？还打人，有什么本事？有本事，别叫小姑叫妈呀？！

这话我不敢当面跟大华讲，背着他没少啐他。

并不是所有的孩子都和我一样，挨了打不敢回家说而忍气吞声。有一个和弟弟差不多大小的孩子骂大华是野孩子，让大华听见了，和他打了起来，那孩子也不示弱，和大华扭成一团，结果是大华大获全胜，那孩子被打得一身是土，鼻子直流血，脏猴似的哭哭啼啼地回家了。他妈妈立刻跑出屋，找到大华，破口大骂：你不是野孩子，你把你爸爸给找出来，让我们看看到底是谁！说着，用头撞大华的肚子，一直把大华撞到墙根儿底下，撞得大华脑袋在墙上嘭嘭直响。那孩子他妈妈才解气地走了。大华捂着肚子疼了半天，然后望着我们一帮看热闹的孩子，一句话没说，回家了。当时，我不理解大华望我们的那眼神里有什么意思，说心里话，当时我心里光觉得解气，不会理解大华一肚子的委屈和无法诉说、无法抗争的怨尤的。当时心里还在想，看着吧，大华的小姑下班回家要是知道了，就她那脾气，能善罢甘休吗？她是全院有名的护犊子呀，更热闹的架还在后面呢。

可是，那天，架没再打起来。大华根本没有告诉他的小姑。我当时不明白大华这样的举动是为了什么，还以为真的软的怕硬的，硬的怕横的，横的怕不要命的呢，幸灾乐祸地想，大华你也有服软的时候啊！现在想想，多少能够理解大华了，当时他是把眼泪、把委屈、把怨恨都咽进自己的肚子里了，那时，他该是多么的孤独，多么的痛苦，因为在这次打架之后，大院里的孩子更远远地躲着他，不和他玩了。他和我差不多大，还是一个孩子，却要承受比我们都要多的苦恼，而且这苦恼还不敢和家里人说。

当时，我太不懂事，恨不得带领全院的孩子孤立大华。在这之后不久，突然有一天弟弟背着我悄悄地和大华玩在一起了。我实在不能够忍受，别人都不和大华玩了，你还和他玩，况且你挨了人家的打，还和人家玩，这在我看来不等于背叛投敌一样吗？我当时真是气愤至极，和弟弟打了几架。

现在想想这原因其实也很简单，大华和我弟弟都不怎么爱学习，在学校里的成绩都很差，每学期都是有一两门功课不及格的主儿。正如弟弟是我家最操心的一样，这也成为大华的小姑和他奶奶包括他大姑都为他而头疼的事情，特别是火暴脾气的小姑没少软硬兼施地数落大华，弄得他对学习更是厌烦。大院里的孩子都不爱和他玩，正好有了我这样一个同样一见课本就心烦的弟弟，两个人凑在一起，彼此算是有了照应。

我开始发现弟弟和大华玩在一起，是看见了弟弟衣兜里广和剧场的电影票，一问弟弟，他倒是老实交代，是大华给他的电影票，看的电影是《女理发师》。到现在我还记得特别清楚，是因为当时我立刻气不打一处来，质问弟弟难道你忘了大华是怎么打你的吗？但是，一张电影票足以让弟弟一笑泯恩仇，何况，其实在之前，大华已经给了弟弟许多张电影票，两人一起到广和剧场去不知看过多少次电影了。广和剧场就是新中国成立前有名的广和楼，就在我们大院前不远的肉市胡同里，两人一抬腿就到了，而那时买一张看电影的学生票虽然只要一毛五分钱，但对于生活拮据的我家来说，也够弟弟向爸爸妈妈要的。因此，一下子不断地有那样多的电影可看，让弟弟立场不坚定，和大华一下子接近起来，成为大华在大院里唯一的玩伴儿。

最令我气愤的，是那一次弟弟和大华逃课，一起去东单体育场看杂技，回来后大华心血来潮也要照葫芦画瓢玩杂技，在他家门前的枣树底下，他非让弟弟在他的双手支撑下练倒立，妄想和刚刚看完的杂技演员一样玩点儿绝活，结果两人都摔得鼻青脸肿。大人下班回家，我弟弟没少挨我爸爸的骂，大华更是被他小姑骂得个狗血淋头。那时，我不知道即使是挨了一通臭骂，大华的心里也是很高兴的。这是他在大院里唯一开心的事情，毕竟有孩子和他一起玩儿了。我们都是孩子，哪个孩子不爱玩儿呢？哪个孩子又不需要有个朋友和他一起来玩儿呢？那时，我爸爸常常说就是秦桧还有三个好朋友呢！但是，那时我还小，很难理解父亲的话，更难理解大华从小因缺少父亲而在心里一天天随着年龄长大增加的孤独与寂寞，空落落的犹如干涸的沙土地，有一点水星儿也让他觉得滋润无比。因为小时候和大华一次次打架的阴影总也消失不去，却在我心里像是越积越厚的尘一样，无法打扫干净，让我对大华的隔膜加深。

童年的好恶就是这样的黑白分明，没有一点过渡色。单调的童年，因有这样的被我自己升级为正义与非正义的打架，而多了色彩与内容一般，让我的心里膨胀着虚拟的情感，并在我的作文里多了写作的内容。就像是在成长的特殊时期随着季节的变化我都容易多愁善感一样，我是极易受到大人的暗示而表现出自己的嫉恶如仇的性格和洁白如云的追求，以此显示自己确实在长大，在向正义和正直靠拢。而所有这一切，我把假想敌都化作了大华的那个红脸小姑。

那时候，我不知道，其实我错了。

而且，那时候，我还不知道，大华的奶奶在大华中专就要毕业的那一年去世之后，大华的性格发生了根本性的变化。他忽然变得不爱和我们打架了，而且显得越发地不爱说话了，见到我们不是我们远远地躲着他，而是他绕着我们走了。就连大院里唯一原来和他一起玩的我弟弟，他也有意躲得远远的。

算一算，那一年，是我初三毕业的前夕，也就是1963年的样子。

那时候，我更不知道，大院里大人们的心思更是发生着翻天覆地的变化和震荡。人们变得很冷漠，窥测他人的好奇心如猪笼草似的，希望捕捉到想要知道的一切，对于别人家的隐私更加感兴趣，并且用其制造成置人于死地一发发炮弹。大院无形中成为窥测他人隐私的最佳场所，门对门地住着，窗帘掩不住猥琐的身影，再厚的砖墙也没有不透风的，压抑的情欲化作了阴暗的心理，扭曲的情感膨化为极端的行为。在那个过去并不太长的年代里，趴墙根儿、听窗户、盯门缝儿，甚至拆人家的信件，然后跑到街道办事处或派出所去告密，都不是什么奇怪的事情。

在大华奶奶死后没有多久，这样的一个新闻就在我们大院里迅速地传开了：大华的亲妈不是他的小姑，而是他的大姑。现在，我已经无法考证这样的消息是大院里哪一位高人最先窥探到的，但你不能不叹服这位高人比派出所的警察管得还要宽，比福尔摩斯的鼻子还要灵，而且他或她的窥测结果是准确无疑的。

事实上，确实是大华的奶奶在撒手人寰之前把大华叫到跟前，亲口向他讲了这件事情。人们在当时有意或无意地忽略掉了在这个基本事实之外，大华奶奶特意嘱咐大华另外重要的一点，那就是大姑是个好人，早已逝去的大华的亲生父亲也是个好人（这位好人到底是做什么的，又是因为什么而死的，大家的功夫没到家，到底没有探测清楚，却不妨碍添油加醋去胡乱猜疑），现在这个大姑夫更是个好人，他已经受尽了苦，就千万不要再给他添苦恼了。现在看来，秦家老奶奶是个心肠善良的老太太，她嘱咐大华要善待这些对于他都是好人的家人。当然，这么多年，一直背着是大华妈妈名声的红脸小姑，更是个不同寻常的好人，她替姐姐分担了恶名和许多痛苦，把大华从小拉扯成人。

我不知道大华从老太太那里亲耳听到这个消息之后，心里是一种什么样的感受。他会高兴知晓这件对于他真实的事情吗？面对一直和他相依为命的小姑，他会高兴地认大姑为妈吗？事后我曾经想，如果老太太不告诉大华这个消息，对他会不会更好些呢？有时候，说破了事情的真相，是一种对于当事人相当残酷的折磨，因为他维系心底的平衡突然间被打破了，心就像断了线的风筝一样漂泊无依。但是，事后我也想过，大华当时并不是已经习惯把红脸小姑当成了自己的母亲，而没有一丝的怀疑，对于大人们的世界无法靠近又无法破解而在内心咬噬着的痛苦，伴随着他度过整个的童年和青春期，那漫长的岁月中煎熬的孤独无助与哭诉无门，不仅比他的两位姑姑要深，也比我们一般孩子要大得多的。只是那时我们太小，并不知道也并不理解，而是把他的痛苦碾碎成我们对他的嘲笑，他那样拼命地和我一次次的打架，不过是他的发泄罢了，而那时我察觉不出他的痛苦而只觉得自己的委屈。

当大院里所有的人都知道了这一事实之后，开始出现的是意想不到的惊愕，水落石出一般，残酷的事实终于裸露在那里，大院里的所有的人似乎都惊愕地感叹怎么就没有想出来呢？这种惊愕，主要是对大华的大姑的始终讳莫如深，然后转化为对红脸小姑的敬佩，感叹她始终不嫁的不容易。再后来，是意想不到的平静，甚至是难得的通情达理与温馨的关照和善意的同情。那时，我不知道，这不过是暴风雨来前的风平浪静，是回光返照一般短暂的瞬间而已。在这短暂的瞬间里，谁似乎都知道大华有一个隐隐的红字刺在身上，那红字写着就是"私生子"。如果说，在此之前虽然这三个字一直存在着，却还是不够确切的，因大姑突然的浮出水面而成为确定的事实之后，那三个字便越发醒目刺眼。在那个时代，那是三个多么可怕的字眼，是不会被忽略不计的。

在我的印象中，那时，大华依然管他的生身母亲叫大姑，起码从外表看，我没有发现大华对她的态度有丝毫的变化，仿佛一切并没有发生。大华也真能够沉住气的，小小的心里盛得下那么多的事。我现在知道，其实我当时并不理解大华的心情。在他即将长大成人的时刻，突然知道了这样对于他至关重要的事实，表面上的不动声色，只不过掩饰着内心无法言说的震荡与痛苦。天天和自己生身母亲要面对面,却始终叫不出口一句妈妈,该是多么的苦楚和压抑。那时,我们确实都还太小,我们一时都自觉不自觉地承继着我们上一代的思维模式,却无法承继他们的历史,无法走进他们的历史。我们不知道他们为什么要这样做,我们也不知道自己该这样做。我们不仅与同代人彼此隔膜着,和上一代更是隔膜着。因此,他们的痛苦,我们是不理解的,而我们的痛苦,他们谁也无法帮助我们解决,只能靠我们自己默默地忍受着、独自一人吞食着自以为是灿烂的阳光和清纯的空气,营养不良地消化着。这就是当时大华无法将这些苦闷传递给他人而必然对沉默的选择。现在,每当我想到这一点时,常常后悔当初那样的不懂事,和他一次次对于他格外伤心的打架。我们自以为有父亲有母亲,自以为学习比他要好,而对他的嘲讽、冷落乃至孤立,让他在和我们一样本来物质与精神生活就贫瘠的童年和少年的时光里,因为我们自以为是的正直与正义的积压而无情地增多了孤独和痛苦,并独自去咀嚼这些孤独与痛苦。

那时,大华的大姑已经越发苍老,出入我们的大院,她总是低着头,仿佛怕见到任何投到她身上的目光,走路轻轻的,跟一阵风似的,没有一点声响,出入我们的大院,像没有她这一个人似的。特别是大华已经知道了她就是自己的母亲这一事实之后,她显得越发如鸵鸟一样低着头走路,尽量避免和大华碰面,不得已和大华碰面,表情不是难堪,就是不知所措。其实,那时她的女儿才上小学六年级,她那时的年龄撑死了也就四十挂零。大华的大姑是个小学老师,她的女儿就在她教书的小学里上学,可以成天跟着她,她几乎从来都不让女儿跟大院里的孩子玩,她让女儿整天跟在她的屁股后面,就像她的影子一样。我现在多少能够理解她的这个防范警惕的举动,她实在不愿意让自己那么小的女儿再像大华一样听到我们这些半大孩子的风言风语而受到伤害了。

原来她在我们的大院里是不怎么起眼的，特别是和风风火火的小姑相比，就更不显山显水。但从那时起，我开始对她格外打量起来，在她人生闪闪烁烁的片段中，有一段是与大华密切联系在一起的。即使到现在我也无法想象她当时的心情，大华这个自己的儿子，一个大活人一直就在眼前，从那样小一天天长高长大，她的内心深处会涌出什么样的感情和感觉？都说儿女是当妈的心头肉，对于大华一天天在长大，特别在成长过程中学习并不如意甚至江河日下，对于她这样当老师出身的母亲，就一点不心疼、不着急吗？就一点表示都没有吗？还是有许多细微的只有她自己知道的东西，我们作为外人是并不清楚的？还是因为大华的粗心和贪玩而忽略了她的那点点滴滴？还是因为她太老谋深算而被她处理并遮掩得竟然是那样的波澜不惊、云淡风轻，而且缝若天衣一般滴水不漏？那时，我确实充满了好奇和疑惑，总是问自己，在她内心深处是如何将这些令她心碎的碎片悄悄地连缀成完整的一页的？我对她刮目相看，总觉得分外神秘。

大华的大姑夫原来是个俄语翻译，后来到中学里教俄语，和大华的大姑一样，也是扎嘴的闷葫芦，除了坐在他家的那个转椅上把头埋得很低默默地看书，看不到他干别的什么事情。因此，无论是他们上班离家还是下班回家，他们的家里总是静静的，仿佛空荡荡的根本没人一样，只有偶尔风把他们家的窗帘吹起吹落沙沙地响。不过，我相信大姑父他对这一切都是早已知道的，并不像大院里的人们猜测的那样，秦家一直瞒着他，为了不妨碍他和大姑的生活。只不过，他从来都不说什么，不管是对大华，还是对妻子，他始终都是缄默的。他只想保持着平静的生活。有时，想一想，人们的要求就是这样的简单。但是，就是这样简单的要求有时也很难达到，在那个动荡的年代里，平静的生活已经是一种奢侈。

平静被打破，首先就在那一年大华的奶奶死后没多久，大华中专毕业后立刻回老家山西了，据说是在太原钢厂当工人。秦家多余的房子立刻被人相中，出租出去大华和红脸小姑住的那一间。入住的是一位军人的家属，带着她不大的孩子。

大华是和红脸小姑一起走的，她是辞了职去的山西。这件事情对我震动很大，虽然那时我并不能够完全理解红脸小姑的举动，但我知道她是为了大华，当然也是为了她的姐姐。那时，红脸小姑在一个无线电厂当技术员，辞去了这样一份很好的工作，而且是离开了许多人都向往的首都，远走山西，是需要决心的。是什么让她那样果断地下了如此一了百了的决心？当时，在我们的眼里，山西除了醋还能够有什么呢？能有北京的故宫、颐和园和前门楼子吗？现在，我已经渐渐变老，经历了一些人世的沧桑，品尝到了一些人生的况味，多少能够理解一点红脸小姑。并不是因为她的脸上长着红痣就让她自卑，而在内心里没有一点春心荡漾（否则她也不会愿意穿戴得那样色彩鲜艳，女为悦己者容的），也不是因此就没有男人喜欢她，她就该倒霉一辈子嫁不出去，我们大院里就有男人看上过她，但她始终都是对自己摇头，对别人摇头，一辈子没有结婚，从始至终守身如玉和大华生活在一起，这该是多么了不起的选择，是嚼碎了自己多少痛苦的选择。在这里，我看到的是亲情的力量，有时，你得承认，在这个世界上，爱情也好，友情也罢，可以很鲜艳，很动人，但那只能够是树上开的花和结的果，可以为我们生活而点缀，也可以为我们生存而餐食，但总是开出来的结出来的，毕竟是外在的，而亲情是唯一与血脉相通的，是永远不会如花朵如果实一样可以在成熟时或在风雨中掉下树来的，因为它是树的根系。因此，现在我会想，大华到底应该管谁叫作母亲呢？他的生身母亲当然应该叫的，但他的红脸小姑是更应该被他叫作母亲的。

大华走得很突然，但大院里和我年龄差不多大小的孩子还是凑在一起买了一个笔记本，在他临走前的那天晚上，在疏影婆娑的枣树下送给了他作为青春分别的礼物为他送行。算一算那一年，大华18岁，我15岁，他没有特别感谢，但我看得出他其实还是很高兴的。童年和少年的许多打架和争斗乃至惆怅和苦恼，在分别的那一瞬间都变得有些美好起来。我才发现，我们和大人们毕竟隔着一段距离，我们自己还是多少有些息息相通。

大华和他的红脸小姑离开我们大院，是上午的时候，我们都去上学没在家，我只知道大院里好多的老街坊都出来为他们送行，一直送到大院的大门口，却不知道大华一家子是一种什么样的情景，特别不清楚大华的大姑也就是他的亲生母亲，会是一种什么样子？她会流泪吗？大华也会流泪吗？她会一直送到火车站吗？或是送到大院的门口就去上班了？即使什么话也不说，起码会向大华挥挥手吧？那可是他们母子有生以来第一次的分别呀，而且又是因为知道了母子关系的原因而分别的呀。对于那天的分别，到现在我也不清楚那时的情景会是什么样子，我只能对此充满着青春期所萌发的想象，替大华，替大华的大姑，也替他的红脸小姑，一遍遍地想象着，就像搭积木似的，一遍遍地自以为是地搭建起来，又一遍遍地被我自己否定而拆掉重来。大华走后好长一段时间里，再见到他的大姑，我感到十分的陌生，忽然感叹自己离大人的世界是那么的遥远，一种从来没有过的茫然，浓重的雾气一般在我的心头弥漫，总也散不去。

大华走后的第三年开春，他从太原回北京一趟。可惜，我没有看见他。我弟弟那时下午放学正在家，两人相见分外高兴，弟弟一直陪着他。大华的大姑和大姑父都没有下班，他在邻居家坐了一会儿。弟弟后来告诉我，大华从书包里拿出几个苹果，切开一瓣一瓣地分给这些馋鬼孩子吃。那时，在我们大院里苹果还是难得一见的贵物，特别是开春时还有保存得那么好的苹果，更是难得一见的奇迹。大华在邻居家一直待到大姑和大姑父回来，拿出一个苹果给了邻居，说还剩下两个苹果给我大姑和大姑夫。这句话给我弟弟留下的印象特别深刻。那晚，我回家的时候，大华已经赶回太原了，弟弟不知道他为什么走得那样匆忙。从此以后，我再也没有见到他，我不知他有没有再回过北京，反正是到他的大姑和大姑父从我们大院搬走前，他都没有再回来过。

现在，我想，他幸亏没有再回来。

就在他这次匆匆忙忙走后不久，他的大姑和大姑夫平静的生活被彻底打破。那年夏天来临的时候，"文革"开始了。还是大院的人，曾经窥探过，也曾经同情过，曾经詈骂过，也曾经为大华送行过的人们，一夜之间，在我们的大院门口和大华大姑家的窗前贴上了墨汁淋漓的大字报。

后来他们很快也就搬家了，离开了这块伤心之地。从大华的爷爷买下的独立门户的中院，到奶奶在世时剩下的一排三间大北房，到大华和小姑去了太原后出租出一间，一直到大姑和大姑夫搬走，秦家彻底走完了败落的道路。

如今，我也早从粤东会馆搬出。大院里，已经物是人非。

记得刚从20世纪70年代中期北大荒插队回来的时候，我专门回老院子里去了一趟，很想打听一下大华和他的那两个姑姑的下落。但是，访旧半为鬼，惊呼热中肠，健在的老人都不清楚他们现在的一丝一毫的消息，年轻人更是连他们是谁都不知道了。只看见秦家那一排房子住了三家陌生的人，原来门前的枣树都已经砍掉了，代之而起的是拥挤的小房。原来豁亮的房门也堵死了，而是把后窗打成了门，为的是可以多占据一些空间，搭间做饭的小厨房，挤巴巴的，早没有当年的风光。

现在，又有近三十年的时光过去了，大华今年该是差一岁就是六十的人，大华的大姑和小姑是接近八十或超过八十的老人了。我不知道他们现在的日子过得怎么样，我又去过大院几次，问过老街坊，谁也不知道他们的消息，他们再也没有回来过。

大院更是凋零破败，拥挤不堪，年青的一代住进去，他们的孩子都长成我们当年一样大小了，在满院尽情奔跑是不行了，但那稚气的面孔是那样的似曾相识，可以说是我和大华当年的拷贝。大院不说是饱经沧桑，也确实是见过大世面的了，像是一个老人，老眼厌看南北路，流年暗换往来人。

2003年7月3日写于北京
8月19日改毕于北京

太阳味道的西红柿

日子过去得非常快，一旦成了历史，事情便很容易褪色。鲜亮的颜色总是漆在眼前或即将发生的事情上，而不在如烟的往事上。

在北大荒插队，秋天是最美的，瓜园里有吃不够的西瓜和香瓜，让我们解开裤带敞开地吃。但过了秋天，漫长的冬季和春季别说水果，就是蔬菜都很难见到了。我们要一直熬到夏天的到来，才能终于尝到鲜，第一个鲜亮亮跑到我们面前的就是西红柿。在北大荒，我们是把西红柿当成宝贵水果吃的。想想一冬一春没有见过水果，突然见到这样鲜红鲜红的西红柿，当然会有一种和阔别多日的朋友（尤其是女朋友）相见的感觉。蠢蠢欲动是难免的，往往会等不到西红柿完全熟透，我们就会在夜里溜进菜园，趁着月光，从架上拣个大的西红柿摘，跑回宿舍偷偷地吃（如果能蘸白糖吃，比任何水果都要美味无比了）。

那时候，我最爱到食堂去帮伙，原因之一就是可以去菜园摘菜。北大荒的菜园很大，品种很多，最好看的还得属西红柿，其余的菜都是趴在地上的，比如南瓜、白菜、萝卜，长在架子上的菜总有一种高人一等的昂昂乎的劲头。但是，架上的扁豆还没有熟，北大荒的黄瓜五短身材难看死了，只有西红柿红扑扑、圆乎乎的，样子就耐看。没有熟的，青青的，没吃嘴里先酸了；半熟不熟的，粉嘟嘟的，含羞带啼像刚来的女知青般羞涩；熟透的，红透了从里到外，坠得架子直弯直晃，像村里那些小娘儿们般的妖冶……

离开北大荒好久了,还是总能想起那里的西红柿,尤其是那种皮是红的切开来里面的肉是粉的,我们管它叫作面瓤的西红柿,有种难得的味道,不仅仅是甜是酸,也不仅仅是清新是汁水丰厚,真的是其他水果没有的味道。吃着这种西红柿,躺在一望无边的麦地里,或是躺在场院高高的囤尖上吃,是最美不过的了。我们会一个接一个地吃,直至吃得肚子鼓鼓的再也吃不下去为止。那西红柿被晒得热乎乎的,总有一种太阳的味道。

回北京这么长时间了,总觉得北京的西红柿不好吃,酸、汁水少,没有北大荒面瓤的那种。特别是冬天在大棚里靠人造温度和催熟剂长大的西红柿,味道就更差了。而在国外有一种转基因的西红柿,样子很好看,价钱也便宜,但一点儿营养没有,更是无法吃。

想起我母亲还在世的时候,有一年的春天,在院里种了一株丝瓜、一株苦瓜,还种了一棵西红柿。从小在农村长大的母亲,对于种菜很在行,夏天,这几种玩意全活了,长势不错,只是西红柿长不大,就那样青青的愣在架上萎缩了,最后只剩下一个终于长大了,渐渐地变红了。我告诉母亲别摘它,就那么让它长着,看个鲜儿吧。夏天快要过去了,整天晒在那里,它快要蔫了,母亲舍不得看着它蔫下去烂掉,从困苦中熬出来,一辈子总是心疼粮食蔬菜,最后还是把它摘了下来。在母亲的手里,西红柿虽然蔫了,却依然红红的格外闪亮。那一天,母亲用它做了一碗西红柿鸡蛋汤。说老实话,我没吃出什么味儿来。

唯一一次西红柿鸡蛋汤吃出味道的,是三十多年前,弟弟的一位从青海来的朋友,请我到王府井的萃华楼吃饭。那时他们在青海三线工厂工作,比我们插队的有钱。那时候,我已经离开北大荒回到北京好几年了。我是第一次到这样的饭店来吃饭,是冬天,是在北大荒没有水果没有蔬菜的季节。这位朋友点菜时说得要碗汤吧,要了这个西红柿鸡蛋汤。那是一碗只有几片西红柿的鸡蛋汤,但那汤做得确实好喝,西红柿有一种难得的清新。蛋花打得极好,奶黄色的云一样飘在汤中,薄薄的西红柿片,几乎透明,像是几抹淡淡的胭脂,显得那样高雅。

我真的再也没有喝过那样好喝的西红柿鸡蛋汤了。也许,是离开北大荒太久了。也许,仅仅是回忆中的味道。

被雨打湿的杜甫

初三那一年,我们都是15岁的少年。那一年的暑假,雨下得格外勤。哪儿也去不了,只好窝在家里,望着窗外发呆,看着大雨如注,顺房檐倾泻如瀑;或看着小雨淅沥,在院子的地上溅起像鱼嘴里吐出细细的水泡。

那时候,我最盼望的就是雨赶紧停下来,我就可以出去找朋友玩。当然,这个朋友指的是她。那时候,她住在和我一条街的另一座大院里,走不了几步就到,但是,雨阻隔了我们。冒着大雨出现在一个不是自己的大院里,找一个女孩子,总是招人耳目的。尤其是她那个大院,住的全是军人或干部的人家,和住着贫民人家的我们大院相比,是两个阶层。在旁人看来,我和她,像是童话里说的公主与贫儿。

那时候,我真的不如她的胆子大。整个暑假,她常常跑到我们院子里找我。在我家窄小的桌前,一聊聊上半天,海阔天空,什么都聊。那时候,她喜欢物理,她梦想当一个科学家。我爱上文学,梦想当一个作家。我们聊得最多的,是物理和文学,是居里夫人,是契诃夫与冰心。显然,我的文学常会战胜她的物理。我常会对她讲起我刚刚读过的小说,朗读我新看的诗歌,看到她睁大眼睛望着我,专心地听我讲话的时候,我特别自以为是,扬扬自得,常常会在这种时刻舒展一下腰身。

不知什么时候,屋子里光线变暗,父亲或母亲将灯点亮。黄昏到了,她才会离开我家。我起身送她,因为我家住在大院里最里面,一路逶迤要走过一条长长的甬道,几乎所有人家的窗前都会趴有人头的影子,好奇地望着我们两人,那眼光芒刺般落在我们的身上。我和她都会低着头,把脚步加快,可那甬道却显得像是几何题上加长的延长线。我害怕那样的时刻,又渴望那样的时刻,落在身上的目光,既像芒刺,也像花开。

雨下得由大变小的时候,我常常会产生一种幻想:她撑着一把雨伞,突然走进我们大院,走过那条长长的甬道,走到我家的窗前。那种幻觉,就像刚刚读过的戴望舒的《雨巷》,她就是那个紫丁香的姑娘。少年的心思,是多么的可笑,又是多么的美好。

下雨之前,她刚从我这里拿走一本长篇小说《晋阳秋》。现在,我已经完全忘记了这本书是谁写的,写的内容又是什么了。但是,我清楚地记得,是《晋阳秋》。《晋阳秋》是那个雨季里出现的意外信使,是那个从少年到青春季里灵光一闪的象征物。

这场一连下了好多天的雨,终于停了。蜗牛和太阳一起出来,爬上我们大院的墙头。她却没有出现在我们大院里。我想,可能还要等一天吧,女孩子矜持。可是,等了两天,她还没有来。我想,可能还要再等几天吧,《晋阳秋》这本书挺厚的,她还没有看完。可是,又等了好几天,她还是没有来。

我有些沉不住气了。倒不仅仅是《晋阳秋》是我借来的,该到了还人家的时候,而是,为什么这么多天过去了,她还没有出现在我们大院里?雨,早停了。

我很想找她,几次走到她家大院的大门前,又止住了脚步。浅薄的自尊心和虚荣心,比雨还要厉害地阻止了我的脚步。我生自己的气,也生她的气,甚至小心眼的觉得,我们的友谊可能到这里就结束了。

直到暑假快要结束的前一天的下午,她才出现在我的家里。那天,天又下起了雨，不大，如丝似缕，却很密，没有一点停的意思。她撑着一把伞，走到我家的门前。那时，我正坐在我家门前的马扎上，就着外面的光亮，往笔记本上抄诗，没有想到会是她，这么多天对她的埋怨，立刻一扫而空。我站起来，看见她的手里拿着那本《晋阳秋》，伸出手要拿过来那本书，她却没有给我。这让我有些奇怪。她不好意思地对我说："真对不起，我把书弄湿了，你还能还给人家吗？这几天，我本想买一本新书的，可是，我到了好几家新华书店，都没有买到这本书。"

原来是这样，她一直不好意思来找我。是下雨天，她坐在家走廊前看这本书，不小心，书掉在地上，正好落在院子里的雨水里。书真的弄湿得挺狼狈的，书页湿了又干，都打了卷。

我拿过书，对她说："这你得受罚！"

她望着我问："怎么个罚法？"

我把手中的笔记本递给她，罚她帮我抄一首诗。

她笑了，坐在马扎上，问我抄什么诗？我回身递给她一本《杜甫诗选》，对她说就抄杜甫的，随便你选。她抄的是《登高》，抄完之后，她忙着站起来，笔记本掉在门外的地上，幸亏雨不大，只打湿了"无边落木萧萧下，不尽长江滚滚来"的那句。她不好意思地对我说："你看我，在同一个地方摔倒了两次。"

其实，我罚她抄诗，并不是一时的兴起。整个暑假，我都惦记着这个事，我很希望她在我的笔记本上抄下一首诗。那时候，我们没有通过信，我想留下她的字迹，留下一份纪念。那时候，小孩子的心思，就是这样的诡计多端。

读高中后，她住校，我和她开始通信，一直通到我们分别都去插队。字的留念，再不是诗的短短几行，而是如长长的流水，流过我们整个的青春岁月。只是，如今那些信已经散失，一个字都没有保存下来。倒是这个笔记本幸运存活到了现在。那首《登高》被雨打湿的痕迹清晰还在，好像五十多年的时间没有流逝，那个暑假的雨，依然扑打在我们的身上和杜甫的诗上。

2015年4月11日夜于北京春雨中

清明忆

好多童年的事情，过去了那么多年，却依然恍若眼前，连一些细枝末节，都记得特别清楚。记得父亲为我买的第一支笛子，是1角2分钱；买的第一本《少年文艺》，是1角7分钱；买的第一把京胡，是2元2角钱……那时候，家里生活不富裕，一家五口全靠父亲微薄的薪水维持，为了给我买这些东西，父亲掏出这些钱来，是咬着牙的。因为那时买一斤棒子面才几分钱，花这么多钱买这些东西，特别是花两块多钱买一把胡琴，显得有些奢侈。

读初二的那一年，我爱上了读书，特别是从同学那里借了一本《千家诗》之后，我对古诗更着迷了。那时候，我家住在前门，离大栅栏不远，大栅栏路北有一家挺大的新华书店，我常常在放学之后到那里看书。多次地翻看，从那书架上琳琅满目的唐诗宋词里，我看中其中四本，最为心仪，总是爱不释手，拿起来，又放下，恋恋不舍。一本是复旦大学中文系编选的《李白诗选》，一本是冯至编选的《杜甫诗选》，一本是游国恩编选的《陆游诗选》，一本是胡云翼编选的《宋词选》。

每一次，翻完这四本书后，总要忍不住看看书后面的定价，《李白诗选》定价是1元5分，《杜甫诗选》定价是7角5分，《陆游诗选》定价是8角，《宋词选》定价是1元3角。四本书加起来，总共要小5元钱呢。那时候的5元钱，正好是我上学在学校里的一个月午饭的饭费。每一次看完书后面的定价,心里都隐隐地叹口气,这么多钱,和父亲要,父亲不会答应的。所以,每次翻完书,心里都对自己说,算了,不买了,到学校借吧。可是,每次到新华书店里来,总忍不住还要踮着脚尖,把这四本书从架上拿下来,总忍不住翻完书后还要看看后面的定价,似乎希望这一次看到的定价会比上一次看到的要便宜了似的。

　　那时候,姐姐为了帮助父亲分担家的负担,不到18岁就去了包头,到正在新建的京包铁路线上工作,从她的工资里拿出大部分,开始每月给家里寄20元钱。那一次她寄了30元。那天放学之后,母亲刚刚从邮局里取回姐姐寄来的30元钱,我清清楚楚地看见母亲把那六张5元钱的票子,放进了我家"金银细软"的小箱子里。母亲出去之后,我立刻打开小箱子,从那六张票子里抽出一张,揣进衣兜,飞也似的跑出家门,跑到大栅栏,跑进新华书店,不由分说地,几乎是比售货员还要业务熟练地从书架上抽出那四本书,交到柜台上,然后从衣兜里掏出那张5元钱的票子,骄傲地买下了那四本书。终于,李白、杜甫和陆游,还有宋代那么多有名的词人,都属于我了,可以天天陪伴我一起吟风弄月,说山论河了。

　　回到家,我放下那四本书,心里非常高兴,就跑出去到胡同里和小伙伴们玩了。黄昏的时候,看见刚下班的父亲一脸铁青地向我走来,然后把我领回家,回到家,把我摁在床板上,用鞋底子打了我屁股一顿。我没有反抗,没有哭,什么话也没有说,因为我一眼看到了床头上放着那四本书,知道父亲一定知道了小箱子里少了一张5元钱的票子是干什么去了。我知道,是我错了,我不该心血来潮私自拿钱去买书,5元钱对于一个贫寒的家的日子来说是笔不小的数目。

　　挨完打后,我没有吃饭,拿着那四本书,跑回大栅栏的新华书店,好说歹说,求人家退了书。我把拿回来的钱放在父亲的面前,父亲抬头看了我一眼,什么话也没有说。

  第二天晚上,父亲回来晚了,天完全黑了下来。母亲已经把饭菜盛好,放在桌子上,我们一家正等他吃饭。父亲坐在饭桌前,没有先端饭碗,而是从他的破提包里拿出了几本书,我一眼就看见,就是那四本书,《李白诗选》《杜甫诗选》《陆游诗选》和《宋词选》。父亲对我说:"爱看书是好事,我不是不让你买书,是不让你私自拿家里的钱。"

  将近五十年的光阴过去了,我还记得父亲讲过的这句话和讲这句话的样子。那四本书,跟随我从北京到北大荒,又从北大荒到北京,几经颠簸,几经搬家,一直都还在我的身旁。大栅栏里的那家新华书店,奇迹般的也还在那里。一切都好像还和童年时一样,只是父亲已经去世38年了。

2011年清明前夕于北京

娘的四扇屏

这一次来呼和浩特姐姐家，发现客厅的墙上多了两幅国画，一幅童子和牛，一幅展翅的飞鹰，都裱成立轴，尤其是牵牛的两个古代童子，面容清纯，憨态可掬，很是不错。一问，才知道是姐姐的大女儿退休之后上老年大学学画的，然后，姐姐又说："这点随咱娘，咱娘手就巧，能描会画。"说着，她指指客厅的另一面墙，对我说，"你看，那就是咱娘绣的。"

我一看，墙上挂着四扇屏。屏中是四面四季内容的传统丝绣，一看年代就够久远了，缎面已经显旧，颜色有些暗淡。但是，丝线的质量很好，依然透着光泽，比一般的墨色和油画色还能保鲜。

"春"绣的是凤凰戏牡丹。牡丹的枝叶，像被风吹动，蜿蜒伸展自如，柔若无骨；有趣的是凤凰凌空展翅，多情又有些俏皮地伸着嘴，衔起牡丹上面探出的一根枝条，像是用力要把这一株牡丹都衔走，飞上天空。右上方用红丝线绣着两行小字：牡丹古人称花王。

"夏"绣的是映日荷花。绿绿的荷叶亭亭，粉红色的荷花格外婀娜，还横刺出一枝绿莲蓬。荷花上有一只蜜蜂飞舞，水草中有一只螃蟹弄水，有意思的是，最下面的浪花全绣成了红色。右上方也是用红丝线绣着两行小字：夏月荷花阵阵香。

"秋"绣的是菊花烹酒。没有酒，只有一大一小，一上一下，两朵金菊盛开，几瓣花骨朵点缀其间，颜色很是跳跃。上面还有一只蝴蝶在花叶间翩飞，下面有一只七星瓢虫，倒挂金钟般在花枝下，像荡秋千。最底下的水里，有一条大眼睛的游鱼，有一只探出犄角来的小蜗牛，充满童趣。左上方用墨绿色的丝线绣着两行小字：菊花烹酒月中香。

"冬"绣的是传统的喜鹊登梅。五瓣梅花，绣成了粉红色、淡紫色和豆青色，点点未开的梅萼，红的，粉的，深浅不一，散落在疏枝之间，如小星星一样闪闪烁烁。喜鹊的长尾巴绣成紫色，翅膀黑色的羽毛下藏着几缕苹果绿，肚皮绣成了蛋青色。最下面的几块镂空的上水石，则被完全抽象化，绣成五彩斑斓的绣球模样了。依然是为了左右对称，在左上方用墨绿色的丝线绣着两行小字：梅萼出放人咸爱。

绣得真是清秀可爱。心里暗想，或许是"出"字绣错了，应该是"初"字。我知道娘的文化水平不高，好多字是结婚以后父亲教她的。

我问姐姐："这个四扇屏，以前我来过你家那么多次，怎么从来没有见过？"

姐姐说，这也是前些日子她刚拿出来的，然后做了四个框，才挂在墙上的。然后，姐姐告诉我，这是娘做姑娘时候绣的呢。

姐姐从来称母亲做娘。或是母亲去世后，父亲从老家为我和弟弟娶回来继母的缘故吧，为了区别，我们都管继母叫妈，管生母叫娘。

我是第一次见到我娘的这个四扇屏。我娘死得早，37岁就突然病故，那一年，我才5岁。我没有见过娘留下的任何遗物。在家里，只存有娘的一张照片，那是葬礼上的一幅遗照，成为联系我和娘生命与情感的唯一凭证。

说实在的，由于那时候年龄小，我的脑海和记忆里，娘的印象是极其模糊的。突然见到这四扇屏，心里有些激动，禁不住贴近墙面，想仔细看，忽然有种感觉，不知是这面墙热，还是四扇屏有了热度，一下子觉得有了一种温暖的感觉,好像就贴在娘的身边。

这面墙正对着阳台的玻璃窗,四扇屏上反光很厉害,跳跃着的光点,晃着我的泪花闪烁的眼睛,一时光斑碰撞在一起,斑驳迷离。春夏秋冬的风景,仿佛晃动交错在一起,很多记忆,蜂拥而至,随四季变幻而缤纷起来。而且。本来似是而非早已模糊的娘的影子,似乎也水落石出一般,在四扇屏上清晰地浮现出来。

从北京来呼和浩特之前,我已经在心里算过了,如果娘活着,今年整整100岁。我对姐姐说了这话之后,姐姐一愣,然后说:"可不是怎么着,娘20岁生下的我。我今年都80岁了。"说完,姐姐又望望墙上的四扇屏。她没有想到娘的100岁,却正好赶上了娘的100岁。不是心里的情分,不是命运的缘分,又是什么?

亏了姐姐的心细,将这个四扇屏珍藏了80年。这80年,不要说经历了抗战和内战的战乱中的颠沛流离,就是"文革"的"破四旧运动",也够姐姐受的了。四扇屏是娘留下来唯一的遗物了。我才忽然发现,遗物对于人尤其是亲人的价值,它不仅是留给后人的一点仅存的念想,同时也是情感传递和复活的见证。

我想起去年夏天曾经读过徐渭的一首七绝诗,当时觉得写得好,抄了下来:

筐里残花色尚明,
分明世事隔前生。
坐来不觉西窗暗,
飞尽寒梅雪未晴。

他是写给自己亡妻的,看到箧里妻子旧衣上绣的残花而心生的感受与感喟,却和我此时的心情那样相同。有时候,真的会觉得冥冥之中的心理感应,莫非去年此时,徐渭的诗就已经昭示了今天我要像他在偶然之间看到亡妻的遗物一样,在突然之间和娘的遗物相遇?让相隔世事的前生,特别在娘一百岁的时候,和我有一个意外的邂逅?

只是,和姐姐相对而坐,面临的不是西窗,而是南窗;飞落的不是梅花和雪花,而是一春以来难得的细雨潇潇。

我想,娘一定在四扇屏上看着我们。那上面有她绣的牡丹、荷花、菊花和梅花,簇拥着她,也簇拥着我们。

2015年6月4日记于呼和浩特细雨中

独草莓

姐姐家在呼和浩特,她住一楼,房前有块空地,种着一株香椿树、一株杏树和一株苹果树。退休之后,姐姐把这块空地开辟成了菜园。翻土、播种、浇水、施肥……每天乐此不疲。姐姐一辈子在铁路局工作,年年的劳动模范,局里新盖了高层楼,分她新房,面积多出三十多平方米。她不去,舍不得她的这片菜园。孩子们都说她,如今,一平方米房子值多少钱?你那破菜园能值几个钱?却谁也拗不过她,只好随了她。

我已经好多年没有见到姐姐了。今年,是姐姐的八十大寿,说什么也要来看看姐姐。想想63年前,1952年,姐姐17岁,就只身一人来到内蒙古,修新建的京包线铁路。那时候,我才5岁,弟弟2岁,母亲突然逝去,姐姐是为了帮助父亲扛起家庭的担子,才选择来到了塞外。姐姐照例每月往家里寄20元,一直寄到我21岁到北大荒插队。那时候,姐姐每月的工资才百几十元钱呀。姐姐说起当年她要来内蒙古前离开家时,我和弟弟舍不得她走,抱着她的大腿哭的情景,仿佛岁月没有流逝,一切都恍若目前。

来到姐姐家,先看姐姐的菜园。菜园不大,却是她的天堂,那里种着她的宝贝。特别是姐夫前几年病逝之后,那里更是她打发时光消除寂寞的好场所。菜园被姐姐收拾得井井有条。丝瓜、扁豆满架,倭瓜满地爬,小葱棵棵似剑,韭菜根根如阵,西红柿、黄瓜和青椒,在架子上红的红、青的青、弯的弯、尖的尖……忍不住想起中学里学过吴伯箫的课文《菜园小记》里说的，真的是姹紫嫣红。这么多的菜，吃不完，送给邻居，成为姐姐最开心的事情。

菜园旁，立着一个大水缸，每天洗米洗菜的水，姐姐从厨房里一桶一桶拎出来，穿过客厅和阳台，走进菜园，把水倒进水缸，备用浇菜。节省一辈子的姐姐，常被孩子们嘲笑，而且，劝她说现在菜好买，什么菜都有，就别整天忙乎这个了，好好养老不好吗？姐姐会说，劳动一辈子了，不干点儿活儿难受。想想，在风沙弥漫的京包铁路线上餐风饮露，这是她念了一辈子的经文，笃信难舍。再想想，人老了，其实不是享清闲，而是怕闲着，能有点儿事干，而且，这事干着又是快乐的，便是养老的最好境界了。姐姐种的那些菜，便有她自己的心情浸透，有她往事的回忆，是孩子都上班、上学去之后孤独时的伙伴，她可以一边侍弄着它们，一边和它们说说话。

夸她的菜园，就像夸她的孩子一样让她高兴。我对她的菜园赞不绝口。姐姐指着菜园前面绿葱葱的植物，我没认出是什么。她对我说："这里原来种的是生菜和小水萝卜，今年闹虫子，我把它们都给拔了，改种了草莓。不知怎么闹的，也可能是我不会种这玩意儿，你看，一春天都过去了，只结了一个草莓。"

我跟着她走过去，伏下身子仔细看，才看见偌大的草莓丛中，果然只有一颗草莓，个头儿不大，颜色却很红，小小的像红宝石一样，孤独地藏在叶子下面，好像害羞似的怕人看见。

"孩子们看着它好玩儿，都想摘了吃，我没让摘。"姐姐说。我问她："干吗不摘，时间久，回头再烂了，多可惜。"姐姐笑着说："我心里盼望着有这么一个伴儿在这儿等着，兴许还能再结几个草莓！"

相见时难别亦难，和姐姐分手的日子到了，离开呼和浩特回北京的前一天的晚上，姐姐蒸的米饭，我炒的香椿鸡蛋，做的西红柿汤，菜都来自姐姐的菜园。晚饭后，姐姐出屋去了一趟菜园，然后又去了一趟厨房，背着手，笑眯眯地走到我的面前，像变戏法一样，还没等我猜，就伸出手张开来让我看，原来是那颗草莓。你尝尝，看味儿怎么样？姐姐对我说。

我接过草莓，小小的，鲜红鲜红的，还沾着刚刚冲洗过的水珠儿，真不忍心下嘴吃。姐姐催促着："快尝尝！"我尝了一口，真甜，更难得的是，有一股在市场买的和采摘园里摘的少有的草莓味儿。这是一种久违的味儿。

2015年6月8日写于呼和浩特归来

蓝围巾

不知为什么,最近一些日子总想起那条蓝围巾。我怎么也想不起来,在什么时候什么地方,怎么把它弄丢的了。只记得,收到这条蓝围巾,打开包裹,抖落出来一看,足有一米四长,透迤在炕上,拖到地上,像一条蓝色的蛇,明显是一条女式的围巾。心里想,我妈也真是的,怎么买了一条女式的围巾。尽管是纯毛的,花了20元,我还是把它丢在一旁,一天也没有戴过。那时候,20元对于一般家庭不是一笔小数字。父亲退休后,每月的工资只有42元,也就是说,这条围巾花了父亲近半个月的工资。

那应该是1970年或1971年的事。那时候,北大荒的冬天"大烟泡儿"一刮,冷得刀割一般难受。是我写信向家里要一条围巾。当然,也是为了臭美。那时候,知青不讲究穿,但就像当年时兴假领子一样,戴一条好看点儿的围巾,不显山显水,却成为我们的一种暗暗的时尚。

就像我妈一直不知道我竟然是如此对待她寄给我的这条蓝围巾一样,我也不知道我妈寄给我这条蓝围巾时所经历的心酸。一直到父亲去世,我从北大荒"困退"回北京,和我妈相依为命好几年之后,才在一次偶然的聊天中知道,原来这条蓝围巾上还有我妈的眼泪。

我妈是在王府井百货大楼买的这条蓝围巾。一辈子从来没有戴过围巾,甚至连一件毛线织的任何衣物都没有穿戴过的我妈,哪里懂得围巾的品种起码是要分男女的。她只想买最长、最厚、最贵的，认为那样才是最好，最能抵挡北大荒的风寒。

买好围巾，正好有一位北大荒我们队上的北京知青回家探亲，我写信时告诉家里，如果围巾买好，就让他帮我带回北大荒。在信的末尾，我写上了这位知青家里的地址。他家离我家不远，也在前门附近的一条胡同里。但是，我只重视了知青身份的相同，却忽略了他家与我家的不同。我家只是普通人家，我父亲只是税务局的一个小职员，住在一个大杂院两间窄小的东房里。他家以前是一个资本家，住一个独门独户的小四合院，虽然经过了"文革"中的抄家，却是瘦死的骆驼比马大，大户人家的气势并未完全消失。我和我妈都以为是举手之劳的事情，竟然到了那个四合院里，成为令人皱眉头的恼人的事情。因为我妈按照地址把围巾给人家送去的时候，人家没让给带，说是孩子带的东西已经很多了，行李包里放不下了。

"怪我除了围巾还买了点儿六必居的咸菜，包好，夹在围巾里。可能是人家嫌沉。"我妈这样对我说。

我说："是，你让人家带围巾就带围巾，干吗还非要带咸菜。"我这样附和着我妈的话说，是想安慰她。我知道，我妈是想让我冬天吃饭的时候有点儿就着下饭的东西，她从回家探亲的知青口中知道，到了冬天，我们吃的菜只有老三样——土豆、白菜、胡萝卜，还都是冻的。经常的菜，就是炖一锅这样的冻菜汤，最后用淀粉拢上芡，稠糊糊的，我们管它叫"塑料汤"。

我不知道，我妈对我这样说，是为了安慰我。人家没有给我带那条蓝围巾，其实，并不是因为咸菜。

那天，我们队上的那位知青没在家，我妈见到的是他妈。他妈根本没有让我妈进屋，只是在院子里说了几句话，就把我妈打发回来了。

我妈虽然出身贫寒，又没有文化，但看人多了，也知道眉眼高低，尽管经过"文革"，不讲究穿戴了，但从人家细致的衣服、白嫩的皮肤和飘忽的眼神，也看得出来，人家是在嫌弃自己呢。我妈听完人家这番话后，把围巾和咸菜包裹好，说了句"那就不麻烦你了"，便离开了那个小四合院。

那天，是腊月天，天寒地冻。而我妈是缠足，抱着围巾和咸菜，踩着小脚，一步步走到他们的那个小四合院的。那天的情景，总让我觉得像是电影《青春之歌》里的余永泽，没让乡下来的亲戚进屋，也是冷漠地让人家站在风雪之中的院子里。

那天，我妈没有回家，直接到了邮局。因为包围巾和咸菜的包上有我父亲写的我的名字和地址，我妈就求别人按照上面的字写在包裹单上，把围巾和咸菜寄给了我。

这件事，一直到我妈去世之后，听我弟弟讲，才知道全部真实的过程。那一年，我弟弟从青海探亲回北京，他的一个同事的妈妈带着十几斤香肠到我家，让我弟弟帮助带回青海，我弟弟面有难色，他自己这么多东西，这十几斤香肠不轻呢，便想只带其中一部分，让我妈给拦下了。等人家走后，我妈对我弟弟说，都知道你们青海那里一年四季难得有肉吃，人家才会让你带这么多，人家让你带，是对你的信任，别伤人家的心。然后，我妈对我弟弟说了让人家帮我带那条蓝围巾被拒的事情。

在我妈的一生中，蓝围巾只是一件小事。不知为什么，我却总想起它。在一个还有出身地位和财富不对等的社会里，人和人之间，不平等是存在的，不经意之间对于他人自尊的伤害是存在的。我们要努力去做的是，居高不自矜，位卑不屈辱，在任何时候，对任何人，要有最起码的尊重，而努力避免不经意的伤害。

如果在收到我妈寄给我那条蓝围巾时，我就知道了事情的真实原委，也许，我会好好珍惜那条蓝围巾，而不至于让它那么轻易丢失。

但也没准儿，那时还年轻，年轻时的心，没有经历过多世事沧桑和人生况味，很多事情不会真正明白。

前些天，我路过前门，发现我家原来住的大院已经拆除，不由得想起我们队上那个知青家的小四合院，便又拐个弯儿，上前多走了几步，那一整条胡同都拆干净了，变成了宽阔的马路。想想，也是应该料到的。那个小四合院，我曾经去过两次，刚开始返城回京的时候，那个知青邀请我到他家去过。见到他妈时，我不知道由于蓝围巾我妈受辱的事情，否则，我不会去的，去了，也会很尴尬。只记得正是秋天，长得很富态的他妈，大概早忘记了蓝围巾的事，兴致勃勃地对我说："秋天到了，要贴秋膘，哪怕是袜子露脚后跟了，借钱也得吃顿涮羊肉。"可那时我和我妈还从来没有吃过涮羊肉。

已经是四十多年前的事情了。我妈已经去世26年，他妈也肯定早不在了，世事沧桑和人生况味都经历了，世事沧桑和人生况味却依然还在，磨出的老茧一样，轮回在新的一代和新的世风中。

2015年8月18日于北京

北京人喝酒

北京人爱喝酒。

到了夏天,不管男女、不分老少,一律都喝啤酒,这两年都改喝扎啤。北京人喝啤酒,讲究是抱着"扎",驴一样豪饮,喝出北京人的气派。为此,北京人搞过隆重的啤酒节,在啤酒节上表演过喝啤酒比赛,一个个喝得肚子像皮球一样滚圆,嘴角如螃蟹一样挂满白色泡沫,依然叫着阵不肯停歇。

北京人喝酒就是厉害。北京人不只是为喝酒而喝酒,而是为了显示自己的性情和性格。

北京人喝酒,寻常人家,最讲究聚会到家中喝酒。这一点与南方尤其与上海不同。上海人请朋友喝酒,讲究到饭店,以显示尊重与大方,北京人如果请的是真正看得起的朋友,到饭店去显得生分,只有请到家中,才把你看成是一家人一般。这不是北京人为了节省钱,嫌到饭店喝酒花费贵,而是一份热情与真情。北京人把家看作最神圣之地,是向亲近朋友显示的最后一张王牌。北京人家中也不见得比上海人家显得多么宽敞,即使比上海人亭子间的住房还要狭窄拥挤,也要把朋友请到家中聚饮一番。请到家中,与请到饭店去喝酒,是北京人对朋友亲热、信任程度的一道分水岭。

北京人请朋友聚在家中喝酒,一般是主妇亲自下厨,亲手烧几样下酒的菜，即使色香味赶不上饭店，却是必须的情意。而且，那菜一定要量足足的，宁省吃不下，也不能见到碟空碗净。

北京人请朋友聚在家中喝酒，酒要备齐、备足，绝不会只拿出一样酒摆在桌上跌份儿！北京人会想得极其周全，白酒、果酒、啤酒，连小孩用以当酒的饮酒，都会准备妥当，集束手榴弹一样，先在桌上地上列队一排，先声夺人一般，摆出一副真正要大喝一场的阵势。

北京人请朋友聚在家中喝酒，如果家中客厅狭小，一般会将酒桌摆放在卧室，床便是座位，主人把隐私毫无顾忌地暴露在外，显示出一份浓意胜酒的情分。喝醉了，你就倒床呼呼大睡，像在自己家中一样，才让北京人舒服、熨帖。

北京人喝酒，讲究劝酒，一杯满上、饮下，再一杯紧接着满上，而且，北京人要自己以身作则，先仰脖一口灌下，热情恳切而不容置辩让你必须饮下。北京人喝酒，喝的就是这痛快劲儿。在家中喝酒，一般不谈利害、不谈交易，如果为利害交易，就不会把酒席设在家中。因此，北京家宴中喝酒，能喝出北京人淳朴古老的遗风，那一份快要逝去淡去的真情、友情与纯净美好，让酒穿肠而过，滋润了干枯的心田，烧热了枯萎的精神，便是喝醉了也心甘情愿。

北京人喝酒，在家中不喝躺倒几个，绝不鸣锣收兵。哪怕你吐脏了他家的地毯或床褥，主人也痛快淋漓，觉得这才叫喝好了酒，这才叫不把自己当外人！

北京人喝酒，豪爽之中也透着狡猾。劝酒时懂得用甜言蜜语诱惑，用花言巧语刺激，也懂得用豪言壮语自我抒情。最后灌得大家都朦朦胧胧地醉成一片，他自己自言自语，一直到醉醺醺倒头一睡大家不言不语为止。北京人将这甜言蜜语——花言巧语——豪言壮语——自言自语——不言不语，称之为酒桌上五种境界。

北京人喝酒，讲究的是"人间路窄酒杯宽"。

北京人喝酒，讲究的是"功名万里外，心事一杯中"。

北京人喝酒，讲究的是冷酒伤胃、热酒伤肝、无酒伤心——最后一点尤为重要：什么酒都行，哪怕是假酒，但不能没酒。

1991年春于北京

不时不食

不时不食，是一句老话，讲的是我们中华民族悠久的民俗传统，吃东西要应时令、按季节，到什么时候吃什么东西。最早说这句话的，是开业于明天顺二年（1458年）老北京最老的一家叫聚庆斋的糕点铺的掌柜的。那时，聚庆斋恪守这样"不时不食"的规矩卖糕点，老百姓也照这样的讲究吃食物。

这样说是没有错的，一招一式不能乱，比如，元旦要吃驴肉，谓之"嚼鬼"；立春要吃萝卜，谓之"咬春"；三月要到天坛城根儿采龙须菜吃，图的是沾沾仙气儿；四月要吃京西的大樱桃，谓之尝一岁百果之先；五月不仅要吃粽子，还要吃新玉米，叫作"珍珠笋"；中秋节不仅要吃月饼，还要吃河里肥蟹和湖中莲藕；重阳节吃花糕，过去的竹枝词里说"中秋才过近重阳，又见花糕到处忙"，那是一种双层三层乃至更多层的点心，中间夹着枣栗等果仁，意思是"层层登高步步高升"；到了春节，团圆的饺子之外，荔枝干、龙眼干、栗子、红枣、柿饼等杂伴儿，是不能够不吃的，意思是"百事大吉"……一个民族所有心里的祈祷与祝福，都蕴含在那随节气变化而变化的吃食之中了。

再说吃之中的点心，在我们的传统中更是什么时令吃什么，不能乱了套的，比如正月要吃元宵，二月要吃太阳糕，三月开春要吃榆钱糕，四月要吃藤萝糕和玫瑰饼，五月要吃五毒饼，六月入夏要吃绿豆糕、山楂糕、豌豆黄，七月要吃茯苓夹饼，八月要吃月饼，九月十月要吃麒麟酥、蜜麻花，腊月要喝腊八粥，要准备过年吃的年年高升的年糕和为先人和佛祖供奉的蜜供⋯⋯⋯⋯

这可不是穷讲究，不是物质不丰富时节品种的单调，那确实是讲究，每一个食物里都可以讲出一个动人的故事和传说，是和季节联系在一起的风俗与民风，是漫长农业时代的一种文化的积淀，透着现在越发缺少的和泥土和自然相近的亲切感觉，更是我们民族渗透进肠胃和血液里的隐性密码，表达着我们的先辈对大地的朴素的敬重情感，依此维系着代代相传的胃的感觉和心的依托。想想，哪一个国家有我们的吃食丰富？而且是和大自然的节气密切相关的呢？撩拨你的病并不仅仅是味蕾和食欲，更是你对中国博大精深的文化的兴致。

无论我们走到这个世界的任何一个地方，这样的饮食习惯和传统，便让我们可以找到我们自己的亲人和伙伴，找到我们民族根性的东西，让我们即使天各一方，彼此语言不同，却因此而紧密地守候在一起。春季里，花繁事盛，尽遇知味之士；冬季里，白雪红炉，畅饮怀乡之情。

如今，物质的发展，科技的发达，我们想吃什么，想什么时候吃，就什么时候吃，手到擒来，随心所欲，反季节的食物更是随处可见，吃得是越发的花样翻新。但是，我们还是应该讲究一些我们民族"不时不食"的传统。不应该乱了方寸，将那几百年乃至上千年老茧一样磨出来的讲究和风俗一起渐渐失落。特别是在我们每一个传统节日到来的时候，我们阖家团聚的时候，更应该讲究这样"不时不食"的传统，让我们的下一代知道这样的传统，由此唤回我们民族绵长久远的回忆，让我们离乡土和大自然越来越近，让我们心的距离越来越近，让我们民族的情感越来越浓。即使远隔千山万水，中华民族是一个大家庭，民族情感的认同，来自对于民族文化的认同。"不时不食"，看似简单，却是联系着我们每个中华儿女日常生活的文化根系，由此生长的大树才会随时令不同而丰富多彩，四季缤纷。

不过，说着容易，"不时不食"，做到不容易，我们很多传统已经无可奈何的水土流失。去年重阳节，北京的稻香村做出了花糕，味道很地道，让人能够回味当年，今年的春天，晋阳饭庄首推藤萝饼，用的原料，是饭庄院子里当年纪晓岚栽的那株已经上百年的紫藤开出的鲜花，算是对这一传统续上香火，开个好头。

2009年5月6日于北京

重阳花糕

九九重阳节是一个很老的节日，和我们今天一样，古人也是数字崇拜，以九为阳，两九合在一起，谓之日月并阳，重阳节就是这样得来的。如今，将重阳节赋予了敬老的含义，是很吉利得体的，对老人美好祝福的内涵是极其丰富的。

重阳节，老北京人以前讲究要登高的，城北要登天宁寺，城南要登法藏寺，登高的同时，还讲究要喝菊花酒、插茱萸、吃花糕。这样的传统，一直延续到民国期间。单说这花糕，已经很有些个年头未见了。去年重阳节前，到稻香村买点心，忽然看见了重阳花糕，颇有点儿意外，甚至惊奇，跟阔别重逢一般。上下两层，里面夹着枣泥、山楂、核桃仁和果脯，上印"重阳花糕"方章，红红的，很喜兴。买回家一尝，味道很地道，让人能够回味当年。

重阳花糕，自明代开始就有，来自皇宫，传至民间。过去的竹枝词里说"中秋才过近重阳，又见花糕各处忙"，对应的是老百姓心底里"层层登高，步步高升"的吉祥愿景，既是对老人，也是对所有的人的一种祝愿。我们民族饮食的博大精深，讲究把万般不同的心愿，和时序拧结一起的悠久的民俗传统，随季节变化而花样翻新，不像西方一年四季点心都是一样的蛋糕和面包。

在老北京，重阳花糕有两种：一种是如今稻香村里卖的那种，只不过,除了双层,还有三层或更多层的。按《京都风俗志》里说,糕上面还应该印有双羊图案,是"重阳"的一种谐音化的印记,而不仅仅是扣上一枚"重阳花糕"的方章。另一种,则是用黄米和江米蒸成上下两层,中间裹以枣栗等果仁,叫作上金下银,图个金银满堂的吉利。当然,前者价钱贵,后者便宜,有人说重阳花糕和北京杂拌一样,也分糙细两种。后者在登高的寺庙前和山道两侧热卖,摊子旁要插着各色旗子,让人一目了然,知道是卖花糕的,人称"花糕旗"。登高的人们奔着"花糕旗"去买花糕,就像过去春节逛厂甸必要买一串大长葫芦回家一样,或者如现在情人节里必要买一枝玫瑰捧在手里一样,成为重阳节热闹而醒目的一景。清竹枝词里说"今日登高退佳节,去寻市上卖糕人",说的就是这一景。

今日,我们强调重阳节是敬老节,特别讲究的是晚辈对长辈的孝敬。在老北京,这一天,特别彰显的是长辈对下一代尤其是女儿的关爱。明《帝京景物略》一书就记载着重阳节也是"女儿节"的来历。这一天,父母必定要在家里迎接出阁的女儿回家,回家有一个必不可少的节目,就是吃花糕。如果这一天没有迎来出阁的女儿回家吃这一口花糕,"母则垢,女则怨诧,小妹则泣,望其姊姨"。民俗的传统,有时候就是这样的有意思,表面看起来是饮食男女,儿女情长,积淀下来的却是民族文化流淌的血脉。

如今,"女儿节"的传统,早就没有了。但是,吃花糕的传统,毕竟又续上了香火。其实,父母和子女围坐一起吃点儿花糕,重阳节便既是"敬老节",也是"女儿节"。无须父母迎候,做子女的这一天提一盒重阳花糕主动上门,让爱成为一个连在一起的圆,彼此循环,其乐融融,让重阳这一天长辈和晚辈团聚,真的是日月并阳,好事成双。那么,重阳节,其实也就是爱的节日。

如果有聪明的店家,在重阳花糕上做点儿文章,进一步开掘传统,把如今的双层再"层层登高,步步高升",将以前曾经有过的三层乃至更多层的花糕推出,中间夹的枣栗果仁再丰富多彩一些,如寿桃一样,中间做一个多层大的花糕,四周一圈小花糕,让孩子买回家孝敬老人,一定会大受欢迎。那大花糕就是老人,而一圈小花糕就是他们的孩子们呀。

2009年10月21日于北京

冬日四食

数九寒冬又到了。在老北京，即使到了冬天，街头卖各种吃食的小摊子也不少，不是那时候的人不怕冷，是为了生计，便也成全了那时候我们一帮馋嘴的小孩子。那时候，普遍的经济拮据，物品匮乏，说起吃食来，就像在20世纪70年代曾经流行过被称为"穷人美"的假衣领一样，不过是穷人螺丝壳里做道场的一种自得其乐的选择罢了。

如今，冬天里白雪红炉吃烤白薯，已经不新鲜，这几年还引进了台湾版的电炉烤箱的现代化烤白薯。在老北京，冬天里卖烤白薯永远是一景，但还有一种白薯的吃法，今天已经见不着了，便是煮白薯。在街头支起一口大铁锅，里面放上水，把洗干净的白薯放进去一起煮，一直煮到把开水耗干。因为白薯里吸进了水分，所以非常地软，甚至绵绵得成了一摊稀泥。民国时徐霞村写《北平的巷头小吃》，写他吃烤白薯的味道时用了"肥、透、甜"三字，真是传神，特别是前两个字，我是从来没有听说过谁会用"肥"和"透"来形容烤白薯的。不过，那一个"透"字，恐怕用在煮白薯上更合适。白薯皮已经被煮成一层纸一样薄，朱红色，能透亮，才是一个"透"字承受得了的。煮白薯的皮有点儿像葡萄皮，包着里面的肉简直就成了一兜蜜，一碰就破。因此，吃这种白薯，一定得用手心托着吃，大冬天的站在街头，小心翼翼地托着这样一块白薯，嘬起小嘴嘬里面的白薯肉，那劲头只有和吃喝了蜜的冻柿子有一拼。

老北京人又管它叫作"烀白薯"。懂行的老北京人，最爱吃锅底的烀白薯，那样的白薯因锅底的水烧干让白薯皮也被烧糊，便像熬糖一样，把白薯肉里面的糖分也熬了出来，常常会在白薯皮上挂一层黏糊糊的糖稀，吃起来，是一锅白薯里都没有的味道。一锅白薯里就那么几块，便常有好这一口的人站在寒风中专门等候着，一直等到一锅白薯卖到了尾声，那几块锅底的白薯终于水落石出般出现为止。民国有竹枝词专门咏叹："应知味美惟锅底，饱啖残余未算冤。"只可惜，如今的北京城找不到一个地方卖这种"烀白薯"的了。

萝卜也是老北京人冬天里常见的一种吃食。那时候，水果在冬天里少见，萝卜便成为水果的替代品，所以一到冬天，特别是夜晚，常见卖萝卜的小贩挑着担子穿街走巷的吆喝："萝卜赛梨！萝卜赛梨！"老北京人管这叫作"萝卜挑"，一般卖心里美和卫青两种萝卜，卫青是从天津那边进来的萝卜，皮青瓤也青，瘦长得如同现在说的骨感美人。北京人一般爱吃心里美，不仅圆乎乎的像唐朝的胖美人，而且切开里面的颜色也五彩鲜亮，透着喜气，这是老北京人几辈传下来的饮食美学，没有办法。

"萝卜挑"，一般爱在晚上出没，担子上点一盏煤油灯或电火石灯。他们是专门为那些喝点小酒的人准备的酒后开胃品。朔风纷纷的胡同里，听见他们脆生生的吆喝声，就知道脆生生的萝卜来了。那是北京冬天里温暖而清亮的声音，和北风的呼啸呈混声二重唱。民国竹枝词里也有专门唱这种"萝卜挑"的："隔巷声声唤赛梨，北风深夜一灯低。购来恰值微醺后，薄刃新剖妙莫题。"

人们出门到他们的挑担前买萝卜，他们会帮你把萝卜皮削开，但不会削掉，萝卜托在手掌上，一柄萝卜刀顺着萝卜头上下挥舞，刀不刃手，萝卜呈一瓣瓣莲花状四散开来，然后再把里面的萝卜切成几瓣，你便可以托着萝卜回家了。如果是小孩子去买，他们可以把萝卜切成一朵花或一只鸟,让孩子们开心。萝卜在那瞬间成为一种老北京人所说的"玩意儿","玩意儿"可就是现在我们所说的可以把玩的艺术品呢。

卖萝卜的不把萝卜皮削掉,是因为萝卜皮有时候比萝卜还要好吃,爆腌萝卜皮,撒点儿盐、糖和蒜末,再用烧开的花椒油和辣椒油一浇,最后点几滴香油,喷一点儿醋,又脆又香,又酸又辣,是老北京的一道物美价廉的凉菜。这是老北京人简易的泡菜,比韩国和日本的泡菜萝卜好吃多了。

金糕,也是老北京冬天里必不可少的一种吃食。这是用山楂去核熬烂冷凝成的一种小吃。为了凝固成形并色泽光亮,里面一般加了白矾,所以过不了开春。这东西以前叫作山楂糕,是下里巴人的一种小吃,后来慈禧太后好这一口,赐名为金糕,意思是金贵,不可多得。因是贡品而摇身一变成为老北京人过年送礼匣子里的一项内容。清时很是走俏,曾专有竹枝词咏叹:"南楂不与北楂同,妙制金糕属汇丰。色比胭脂甜如蜜,鲜醒消食有兼功。"

这里说的汇丰,指的是当时有名的汇丰斋,我小时候已经没有了,但离我家很近的鲜鱼口,另一家专卖金糕的老店泰兴号还在。就是泰兴号当年给慈禧太后进贡的山楂糕,慈禧太后为它命名金糕,还送了一块"泰兴号金糕张"的匾(泰兴号的老板姓张)。泰兴号在鲜鱼口一直挺立到20世纪50年代末,到我上中学的时候止。那时候,家里让我去它那里买金糕,一般是把它切成条,拌白菜心或萝卜丝当凉菜吃。金糕一整块放在玻璃柜里,用一把细长的刀子切,上秤称好,再用一层薄薄的江米纸包好。江米纸半透明,里面的胭脂色的山楂糕朦朦胧胧,如同半隐半现的睡美人,馋得我没有回到家就已经把江米纸舔破了。

还有一种吃食,没见清末民初的竹枝词里有记载,也没见《北平风物类征》一类的书里有过描述。但在我小时候的记忆里却印象颇深,便是芸豆饼。那时，特别是春节前的那些天，在崇文门护城河的桥头，常常有卖这种芸豆饼的。一般都是女人，蹲在地上，摆一只竹篮，上面用布帘遮挡着，布帘下便是煮好的芸豆。我到现在也弄不清，腊月底的寒风中，她们是用什么法子，能让芸豆一直那么热乎乎的？什么时候买，只要打开布帘，都冒着腾腾的热气，一粒粒，个儿大如指甲盖，玛瑙般红灿灿的，很得我们小孩子的心。几分钱买一份，她们用干净的豆包布把芸豆包好，在芸豆上面撒点儿花椒盐，然后把豆包布拧成一个团，用双手击掌一般上下夸张地使劲儿一拍，就拍成了一个圆圆的芸豆饼。也许是童年的记忆总是天真而美好，也没有吃过什么好吃的东西吧，至今依然觉得那芸豆饼的滋味无与伦比。

2011年元旦试笔北京

京城花事

老北京，在朱启钤当政之前没有街行树，街行树是朱启钤从国外引进的，那时候，街道上是没有什么花可看的。到了春天，花一般是开在皇家园林、寺庙和四合院里。老北京人赏花，得到这三处去，皇家园林进不去的时候，到寺庙里连烧香拜佛带赏花，便是最佳选择。春节过后，过了春分，二月二十五，有个花朝日，是百花的生日，那一天，人们会到寺庙里去，花事和佛事便紧密地连在一起。因此，在皇家园林还没有开放为公园的年代，到寺庙里赏花，是很多人一个共有的选择。

过去，老北京有个顺口溜："崇效寺的牡丹，花之寺的海棠，天宁寺的芍药，法源寺的丁香。"这四句话，合辙押韵。意思说，开春赏花，不能不去这四座古老的寺庙，那里有京城春花的代表作。那时候，到那里赏花，就跟现在年轻人买东西要到专卖店里一样，是老北京人的讲究。可以看出，老北京人赏花，讲究的是要拔出萝卜带出泥一样，要连带出北京自己悠久又独特的历史和文化的味儿来。就跟讲究牡丹是贵客、芍药是富客、丁香是情客一样，每一种花要有一座古寺依托，方才剑鞘相合，鞍马相配，葡萄美酒夜光杯，相得益彰。

崇效寺的牡丹，以种植的面积铺展连成片而为人赏心悦目。当然，那里的绿牡丹更是名噪京城，因为那时候开绿色花瓣的牡丹，满北京只此一家，别无分店。花之寺的海棠，在五四时期的女作家凌叔华的笔下有过描述,她特意将自己的小说集命名为《花之寺》。天宁寺的芍药,和寺本身历史一样悠久。不过,法源寺的丁香,应该更有名一些,清诗中有形容那里的壮观:"杰阁丁香四照中,绿荫千丈拥琳宫。"说丁香千丈之长是夸张,但簇拥在悯忠寺的一片丁香花海,为京城难见的景观,是吸引人们来的主要原因。

有意思的是,这四座古寺都在宣南,大概和那时候宣南居住的众多文化人相关,花以人名,人传花名,文人的笔,让这里的花代代相传,这四座古寺的花事,连同明清两代文人留下的诗章,便成了宣南文化的一部分。

这四座古寺的花事繁盛,一直延续到民国。从文字记载来看,起码在20世纪20年代,泰戈尔访问北京时的重要活动,一个是和梅兰芳在开明剧院赏京戏,一个便是和徐志摩到法源寺里看丁香。读张中行先生的文章,知道20世纪40年代,还能看得到崇效寺施"大肥"(即煮得特别的烂的猪头和下水)而盛开茂盛的牡丹。

如今,这四座古寺,仅存天宁和法源两寺,近些年,法源寺的丁香,名声大过天宁寺的芍药,原因在于重修法源寺之后,悯忠台旁、钟鼓楼下、念佛台前,补种有百余株丁香,盛开起来,烂烂漫漫,重现当年的胜景,并年年趁丁香花开之机,举办丁香诗会,尽管诗的水平参差,远不如古人,却聊补古寺花事的遗憾,再现当年有花有诗的盛况。丁香盛开的时候,法源寺香四溢,人流如鲫。可以说,是如今四大名寺花事繁盛中硕果仅存的一座寺庙。

崇效寺的牡丹,早在新中国成立之初,就都移植到了中山公园。那个时代,新中国更重视公园的建设,崇效寺的牡丹,也算是找了个好人家。我小时候,开春时节,哪儿都不去,家长得花5分钱买一张门票,带我到中山公园看牡丹。如今,哪个公园里都有牡丹,但我敢说哪一处也没有中山公园的牡丹是出自名门，且年头最为久远，中山公园的牡丹才真正是魏紫姚黄，国色天香。这几年，中山公园引进郁金香，在我看来，再花姿别样的郁金香，也盖不过风采绰约的牡丹，因为它的牡丹都曾经摇曳在历史的风中。

当然，老北京寺庙里的花，可赏的并不仅局限于上述四家。早春赏玉兰，就有大觉寺和潭柘寺，大觉寺的玉兰是明朝的，历史之久，为京城之首；潭柘寺的玉兰一株双色，号称"二乔"，花和美人一体化，引人遐想。但那里毕竟在很远的郊外了，上述四家古寺却都是在今天的城中心附近。就近赏花，就跟那时候看戏一样，戏园子就在家附近，抬脚几步就到，看戏就方便，便于一般平民。再美若天仙和富贵骄奢的花，在这时候都要表现得亲民一些，如同"旧时王谢堂前燕，飞入寻常百姓家"一样，便成为京城花事的一大特色。所以，如今慕名前往大觉、潭柘二寺看玉兰的人不少，但更多的人还是到颐和园看玉澜堂的玉兰，毕竟去那里更方便些。

前两天去劳动人民文化宫，看到太庙大门外两株高大的玉兰，不像别处玉兰，只是在瘦削的干枝上开几朵料峭的花朵，而是花开满树，一朵压一朵，密不透风，盖住了几乎所有的枝条和树干，像是涌来千军万马，陡然擎起一树洁白的纱幔迎风招展。心想，这两株玉兰的年头也不少了，看玉兰，到这里更近，人也少，格外清静，花和人便各得其所，相看两不厌，应该是个不错的选择。

老北京的花，除了寺庙，还开在自家的院落里。不过，社会存在阶级或阶层的分野，现实便有抹不去贫富差别。赏花，便不可能一律平民化。在老北京，老舍先生写的《柳家大院》里的那种大杂院里，连吃窝窝头都犯愁，院子里一般是没有什么花可种、可赏的。我小时候住在前门楼子西侧的西打磨厂街一个叫作粤东会馆的大院里。这个大院要比柳家大院强许多，是清朝留下的一座老宅院，占地两亩，典型的老北京的三进三出有二道门和影壁的大院。尽管年久失修，人多杂乱，不少花木被破坏，但我小时候在院子里还有三株老枣树和两株老丁香，那两株丁香，一株开紫花，一株开白花，春天开花的时候，一树紫色如云，一树洁白如雪。

当然，真正讲究有花可种、可赏的，是有权有钱居住在那种典型四合院里的人家，这样的人家，不为官宦，起码也得家境殷实。一般四合院，春天种海棠和紫藤的居多。老北京，海柏胡同朱彝尊的古藤书屋，杨梅竹斜街梁诗正（他当时任吏部尚书）的清勤堂，虎坊桥纪晓岚的阅微草堂，这三家的紫藤最为出名，据说这三家的紫藤都为主人当时亲手种植。"藤花红满檐""满架藤荫史局中""庭前十丈藤萝花"，这三句诗，分别是写给这三家的紫藤花的，也是后人们遥想当年藤花如锦的凭证。

前些年，我分别造访过这三处，古藤书屋正被拆得七零八落，清勤堂的院落虽然破败却还健在，阅微草堂被装点一新，成为晋阳饭店。如今，阅微草堂的紫藤，因修两广大街时扩道，大门被拆，本来藏在院子里的紫藤亮相在大街上，一架紫色花瓣翩翩欲飞，成为一街的盛景。杨梅竹斜街正在改造，清勤堂肯定会被整修，只是不知道会不会补种一株紫藤，再现"满架藤荫史局中"的繁盛。

春末时分，蔷薇谢去，荼蘼开罢，紫藤是春天最后的使者了。它的花期比较长，花开之余，用花做藤萝饼，是老北京人的时令食品。如今，老四合院里的藤萝少见了，但藤萝饼在遍布京城的稻香村各分店里都可以买到。那是京城春天花事舞台的变幻，是花的精魂另一种形式的再现。当然，也可以说人们从观花到吃花，是浪漫主义到实用主义的转移。春天里热热闹闹的京城花事，到此落幕，最后竟吃进肚子里，一点儿都没糟践。

2015年3月21日春分写毕于北京

四块玉和三转桥

四块玉，是元曲曲牌中的一个名字，也是一个北京胡同的一个名字。作为胡同，这个名字在明朝就存在。四块玉是一条很老的胡同。当初，为这条胡同起名字的时候，是不是想起了元曲"四块玉"这个名字，只能是一种揣测和联想了。

我对四块玉这条胡同一直充满感情。二十世纪九十年代，我的儿子上小学四年级。他在光明小学读书，放学回家，抄近道，就是走西四块玉胡同。那时候，他刚刚学会骑自行车，骑得正来劲儿，特别愿意在这样弯弯曲曲的胡同里骑车，"游龙戏凤"般显示自己的车技。一天下午放学，在西四块玉胡同一个拐弯儿的地方，看见前面走着一位老太太，他的车已经刹不住了，一下子撞上了老太太。老太太倒没有被撞倒，老太太手里提着的一个篮子被撞倒在地上，篮子里装满刚刚买来的鸡蛋，被撞碎了好几个。

孩子下了车，知道自己闯下了祸，心里有些害怕，除了一个劲儿地道歉，不知如何是好。老太太一看，是个孩子，把篮子拾起来，没有责怪他，只是对他笑笑，嘱咐他骑车要小心，就挥挥手让他走了。

那一年，孩子十一岁。这位老奶奶对他印象和影响至深。以后，对他人需要善意和宽容，让孩子格外在意。以后，每一次走进四块玉胡同，他都会忍不住想起这位老奶奶，而且不止一次地对我说起这位老奶奶。

三转桥,也是北京的一条胡同的名字,没有四块玉好听。相传它有一座汉白玉的转角小桥。但和四块玉无玉一样,它并没有桥。桥和玉,都只是它们的幻想。它离四块玉不远,在四块玉的东边。

三转桥离我读的汇文中学不远。读高三那一年,我才学会骑自行车,比儿子晚了八年。有一天中午,我借同学的自行车骑车回家吃午饭。回学校穿过三转桥的时候,撞上一个小孩,把小孩撞倒在地上。我赶紧下车,扶他起来,倒是没有撞伤,但是,孩子的裤子被车剐开了一个大口子,孩子一下子就哭了起来。我忙哄他,问他家住在哪儿,就在附近不远,我把孩子送回家。一路走,心里沉重得像压着块大石头,毕竟把人家孩子撞倒了,把人家孩子的裤子撞破了。家里,只有孩子年轻的妈妈在,我向她说明情况,一再道歉,听凭发落。她看看孩子,对我说:没事,快上你的学去吧,待会儿我用缝纫机把裤子轧轧就好了!她说得那么轻巧,一下子就把我心里压着的那块石头搬走了。

我常想,我和儿子的成长道路上竟然有着这样多的相似。或许,是我们遇到的好人实在太多,让我和儿子都相信这个世界上尽管沙多金子少,但好人还是多于坏人的,善良多于邪恶的,宽容多于刻薄的。

我常想,如果当初那位年轻的母亲,不是说了那样轻松的话,就把我放走,而是非要让我赔她孩子的裤子的话,会是一种什么样的结果呢?同样,如果当初那位老奶奶,即便不是讹孩子,像现在常见的"碰瓷儿"的老人那样倒在地上,非要他送她到医院,再找上家长赔一笔钱,而只是让他赔鸡蛋,又会是一种什么样的结果呢?

对于一个孩子,对这个世界和这个世界上的人与事的认知和理解,也许就会大不一样了。这个世界上,存在着恶,也存在着善;人和人之间,存在着怀疑,也存在着信任。普通人应该是本能的善多一些,信任多一些,而如今普通人身上的善和信任,却被恶和怀疑挤压如荬苳夹饼里的馅。或许对于我们大人，一切都已经见多不怪，对于一个孩子，这样的凡人小事，却常常是他们进入这个世界的通道，从而见识到人生，以为世界和人生就是这样子的。他遇到的这位老奶奶和我遇到的那位年轻的妈妈，让这个世界充满爱，不再仅仅是一句唱得响亮的歌词，而是如一粒种子，种在了我们的心头。对于我，时间已经是五十年过去了；对于孩子，时间已经是二十五年过去了，这位老奶奶和这位年轻的妈妈，一直没有让我们忘记。这粒种子发芽、生根、长叶，至今仍在我们的心中郁郁葱葱。

四块玉和三转桥，像古诗里的美丽的对仗，便一直让我们对它们充满感情。

2015年5月9日于北京

小院隔雨相望冷

　　夜色降临了，天上飘着丝丝细雨。一条胡同里没有一个人，只有斑驳的树影和房子黑黢黢的剪影交错着，草厂三条掩映在水墨渲染之中。

　　草厂三条在前门外，胡同中间住着我的一个发小叫黄德智，那是北京城一座典型的四合院，门楼顶上有砖雕和彩绘，大门上有漂亮的门联：林花经雨香犹在，芳草留人意自闲。都透着不俗的气派和年头悠久的气息。

　　我是专门来找他的。说起我们之间的友谊，一直延续到我从插队回北京最初的日子里。他家以前应该是一户殷实的买卖人家，资本家出身的包袱一直压着他。我插队走的时候，他被分配到肉联厂炸丸子，我从北大荒回来后，他还在那里炸丸子。他写一笔好书法，是他从小练就的童子功，足可以和那些书法家媲美。可是，英雄无用武之地，他照样只能炸他的丸子。我到他的车间找过他，那一口直径足有两米的大锅，在热油中沸腾翻滚的丸子，样子金黄，模样不错，我笑他："你天天能吃炸丸子，多美呀！"他说："美？天天闻着这味道，让人直想吐。"

　　那时，我们一样地怀才不遇。我正在一所郊区的学校里教书，业余时间悄悄地写一部叫作《希望》的长篇小说，每写完一段，晚上就到他家去念。那时，我们都还没有结婚，有的是时间凑在一起彼此倾诉和聆听。他就是坐在那里听，一直听到我那部冗长的30万字的长篇小说写完，他从来都是认真地听着，从春雨霏霏一直到大雪茫茫，听了足足有一年多的时间。每次听完之后，他都是对我说："不错，你要写下去！"然后拿出他写的字和字帖，向我讲述他的书法，轮到我只有听的份了。我们既是上场的运动员，又是场外鼓掌的观众，我们就这样相互鼓励着，虽然到最后我写的那部长篇小说《希望》也没给我们带来什么希望。

到现在我还总想起那些个难忘的夜晚，窄小只能放一张床一张小桌和一把椅子的屋子里，我坐在床上，他坐在椅子上，面对着面，能听到彼此的鼻息和心跳。我们就这样一个朗读着，一个倾听着，一直到夜深时分，他那秀气而和善的母亲推门进来，好心地询问着："你们俩今儿的工作还没完呢？明天不上班去了吗？"告别的时候，黄德智会送我走出他的小院，一直送到寂静得没有一人的三条胡同的北口，我穿过翔凤胡同，一拐弯儿，就到家了。那条短短的路，总让我充满了喜悦和期待。以后，我搬家离开了那里，和黄德智的联系渐渐地少了，但每一次路过那附近，总能够让我忍不住想起黄德智和那些个难忘的夜晚。

我找到了黄德智家，小院还在，门楼还在，彩绘也还在，可惜主人已经换了，新的女主人知道黄德智，却不知道他确切搬到哪里去了。

我有些失落，责备自己这样长时间和黄德智失去了联系，北京城并不大。我在三条胡同里从北头走到南头，来回走了两圈，又走到北口，四周幽静得很，只有老胡同还在，而且还保留着当年的老样子，如同一位老友，即使阔别多年，依然故我，站在那里，就像那无数个难忘的夜晚黄德智送我到胡同口，站在那里向我挥手的样子一样。晚雾迷蒙，凄迷昏黄的路灯下，一种小院隔雨相望冷，珠箔飘灯独自归的感觉袭上心头。

归家后，写了这样一首打油诗：

同住前门外,隔街总往来。
长空独怅惘,小巷共徘徊。
古墨香留色,旧联篆刻宅。
少年多少事,一去梦难回。

2012年2月26日于北京

图书在版编目(CIP)数据

梅子熟时栀子香 / 肖复兴著. -- 杭州 : 浙江教育出版社, 2024.5
ISBN 978-7-5722-7745-0

Ⅰ. ①梅… Ⅱ. ①肖… Ⅲ. ①散文集－中国－当代 Ⅳ. ①I267

中国国家版本馆CIP数据核字(2024)第077433号

梅子熟时栀子香
MEIZI SHU SHI ZHIZI XIANG
肖复兴 著

责任编辑	赵清刚
美术编辑	韩 波
责任校对	马立改
责任印务	时小娟
封面设计	尤媛媛
版式设计	郝欣欣
出版发行	浙江教育出版社
	地址：杭州市环城北路177号
	邮编：310005
	电话：0571-81061382
	邮箱：dywh@xdf.cn
印　　刷	天津盛辉印刷有限公司
开　　本	880mm×1230mm　1/32
成品尺寸	145mm×210mm
印　　张	9
字　　数	217 000
版　　次	2024年5月第1版
印　　次	2024年5月第1次印刷
标准书号	ISBN 978-7-5722-7745-0
定　　价	49.90元

版权所有，侵权必究。如有缺页、倒页、脱页等印装质量问题，请拨打服务热线：010-62605166。